# 谢灵运诗选

叶笑雪 选注

复旦大学出版社

叶笑雪（1916—1998），浙江江山人。长兴王季欢弟子，余杭章炳麟门人。曾任职于上海市文管会、华东科学院历史研究所，后受聘于上海古籍出版社为特约编审，任《中国大百科全书》"先秦文学"及"宗教"卷审校。著有《谢灵运诗选》《徐森玉年谱稿》等，校点新旧《唐书》、《灵台秘苑》、《大唐开元占经》、《佛家名相通释》等，发表《般若经传译与仓垣学系》《〈禅宗语录辑要〉导读》《〈因明学研究〉略评》《王季欢传》《毛子水先生行事著述简表》等论文。

## 謝靈運

### 述祖德詩二首

達人貴自我,高情屬天雲。兼抱濟物性,而不纓垢氛。段生
藩魏國,展季救魯人。弦高犒晉師,仲連卻秦軍。臨組絀不
緤,對珪寧肯分。惠物辭所賞,勵志故絕人。苕苕歷千載,遙遙
遙播清塵。清塵竟誰嗣,明哲時經綸。委講綴道論,改服
世屯屯難既云康,尊主隆蒸民。

中原昔喪亂,喪亂豈解已。崩騰永嘉末,逼迫太元始。河外
無反正,江介有蹙圯。萬邦咸震懾,橫流賴君子。逮及世運淩
情固多事,運道革神州。繼世振文軌,賢相謀世運凌
圈因玄幕崇高矩,乙州外拂衣。五湖襄隨山,篥濬灣濠房。
紛紛遘儻捨,塵物具觀紅室關。

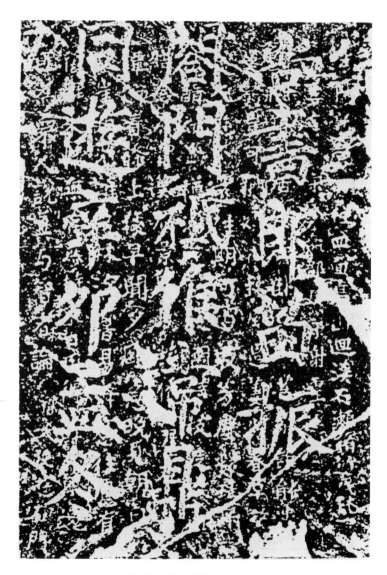

"石门新营所住"诗石刻拓本

# 出 版 说 明

一、叶笑雪先生选注的《谢灵运诗选》（以下简称《诗选》）最初由古典文学出版社1957年12月出版，繁体直排。此次重版，据初版文字录入，改繁体直排为简体横排。

二、初版的注释中一些繁难字词标有旧式注音符号，为方便阅读，重版时皆改为汉语拼音。

三、文字内容上尽量保持《诗选》原貌，如《述祖德诗》二首的先后顺序与通行者有所不同，今一仍其旧。然书中提及的一些县乡地名与时下行政区划相异，重版则略作调整，俾便阅读。

四、此次重版，对《诗选》的引文、注释作了全面复核，订正了其中的讹误。

五、本书之出版，承蒙叶晓菊女士支持与慨允，谨致谢忱。

# 目　录

前言 / 1

日出东南隅行 / 1

燕歌行 / 2

折杨柳行二首(选一) / 4

君子有所思行 / 5

悲哉行 / 7

会吟行 / 9

缓歌行 / 12

述祖德诗二首 / 13

九日从宋公戏马台集送孔令 / 19

彭城宫中直感岁暮 / 22

永初三年七月十六日之郡初发都 / 23

邻里相送至方山 / 26

过始宁墅 / 28

富春渚 / 30

七里濑 / 32

晚出西射堂 / 35

登永嘉绿嶂山 / 36

游岭门山 / 39

郡东山望溟海 / 42

登上戍石鼓山 / 44

种桑 / 46

登池上楼 / 47

过白岸亭 / 50

游南亭 / 53

游赤石进帆海 / 55

登江中孤屿 / 58

白石岩下径行田 / 60

行田登海口盘屿山 / 63

斋中读书 / 64

初去郡 / 66

东阳溪中赠答二首 / 71

田南树园激流植援 / 71

石门新营所住,四面高山,回溪石濑,茂林修竹 / 74

石壁精舍还湖中作 / 77

南楼中望所迟客 / 79

还旧园作见颜、范二中书 / 81

庐陵王墓下作 / 86

从游京口北固应诏 / 89

入东道路诗 / 92

登石门最高顶 / 94

石门岩上宿 / 96

于南山往北山经湖中瞻眺 / 97

从斤竹涧越岭溪行 / 100

石室山 / 102

初往新安桐庐口 / 105

夜发石关亭 / 106

发归濑三瀑布望两溪 / 107

酬从弟惠连 / 109

答惠连 / 113

登临海峤,初发疆中作,与从弟惠连见羊、何共和之 / 114

初发石首城 / 117

道路忆山中 / 120

入彭蠡湖口 / 123

入华子冈是麻源第三谷 / 126

岁暮 / 129

拟魏太子邺中诗八首 并序 / 129


谢灵运传 / 154

# 前　言

## 一

　　永嘉乱起,北中国整个陷于异族的统治下,人民的生命财产丧失殆尽,不要说老百姓不堪其苦,就是那"废池乔木,犹厌言兵"啊!士族人士受不住胡马铁蹄的蹂躏,便带着亲党部曲纷纷渡江,联合江南的大姓,建立了东晋王朝。

　　魏末西晋时代,士族人士已懂得领略山水,羊祜每"造岘山,置酒言咏,终日不倦";阮籍"或登临山水,终日忘归";七贤所聚集的竹林,不也是一个风景区吗?不过,在黄土平原上,水深土厚的朴实风光,不能引起他们更多的爱好。渡江以后,一方面,由于江南的地理条件与中原不同,永嘉、会稽多佳山水,"千岩竞秀,万壑争流,草木蒙笼其上,若云兴霞蔚",山川是何等的秀丽!另一方面,又由于士族人士被赶出了温暖的家园,撇下丰厚的资产,过着半流浪的生活,在国破家亡的惨痛中,对祖国河山分外

觉得可爱。因此,士族人士一旦置身于杏花春雨的江南,便狂热地爱好着山水,尽情地欣赏着山水。《世说新语·言语》篇说:

  过江诸人,每至美日,辄相邀新亭,藉卉饮宴。周侯(顗)中坐而叹曰:"风景不殊,正自有山河之异!"皆相视流泪。

他们对着良辰美景,以极其沉痛的心情悲叹着祖国的幅裂;在锦绣河山的伟大的感召下,又自发地促进了爱国主义思想的高涨。但是,这些地主阶级的士族人士的态度是消极的,很少作"克复神州"的打算,反而在江南这个半壁江山上,积极地进行着土地兼并,于富饶的"鱼米之乡"再建庄园,重新挂起从北方带来的"剥削世家"的老招牌,过着苟安偷生的日子。

  渡江之初,士族人士的爱好山水,本来是建筑于爱国主义思想的基础上的。之后,他们苟安江南,在重享安居乐业之福时,那一点子仅有的爱国主义思想便和山水分了家,渐渐于思想领域中消逝;而爱好山水则转而与物质生活紧密地结合起来,成为生活享受的不可分割的一部分。(在《世说新语》里,有很多关于这一类的记载。)东晋士族人士虽然过着寄生性的穷奢极侈的生活,但是还保持着严肃和淡远的风度,没有发展到齐梁时"玉体横陈"的淫靡地步。他们都有一定的教养,物质的和精神的生活尚不至于垂直地堕落。因此,他们仅仅满足于相当红茶的"山水",无须若渴地去寻找类乎吗啡的"艳情"。这在齐梁人看来,是"典正可采,酷不入情"。

从生活到诗,本是十分接近的,山水诗就在这样历史的和社会的条件下产生。

## 二

山水诗不是凭空出现的,它是接着玄言诗的衰歇而兴起的。为了对山水诗的兴起作较深入的理解,有回顾一下东晋玄言诗的必要。

建安时代,在曹氏父子的倡导下,五言诗获得卓越的成就,在中国诗史上揭出光辉的一页。太康时代的诗,是在建安诗的基础上发展的,风貌各有不同,而"宗归不异"。这时的诗,还是记事的抒情的,没有被用来谈玄说理;玄学的风气虽然已很盛行,但是还没有影响到诗。到了东晋,玄学如决堤的潮水,冲进了整个的诗的领域,诗起了一个根本的变化,玄言诗便应运而兴了。

在玄言诗时代,不但未出现第一流的诗人,简直可以说没有诗人,玄学既代替了诗,玄学家也兼了诗人。兼诗人们所写的诗,高明点的是有韵脚的玄学小论文,等而下之,便是一些玄学概念的杂烩拼盘之类。这时的诗专为玄学服务,完全失去了诗

所有的现实内容,建安诗的优良传统给斫丧欲尽,使诗走上一条不健康的道路。《诗品序》说:

> 永嘉时贵黄老,稍尚虚谈。于时篇什,理过其辞,淡乎寡味。爰及江表,微波尚传。孙绰、许询、桓、庾诸公诗,皆平典似《道德论》,建安风力尽矣!

《文心雕龙·时序》篇也说:

> 自中朝贵玄,江左称盛,因谈余气,流成文体。是以世极迍邅,而辞意夷泰,诗必柱下之旨归,赋乃漆园之义疏。故知文变染乎世情,兴废系于时序,原始以要终,虽百世可知也。

钟嵘、刘勰对于东晋诗所作的叙述是简要的,批评也是中肯的。东晋的玄言诗,现在流传的固然很少,而就文献记载看来,它确实是当时诗的主流。这种玄言诗,好"似《道德论》",又像《庄子》的注疏,都是一些"理过其辞,淡而寡味"的东西。严格地说,它们不像诗。

玄言诗的兴盛,也有它的一定的社会根源。永嘉之后,北中国做了"五胡十六国"混战的场所,关洛变为丘墟,人民百不存一；而南中国却得到一个相对稳定的偏安局面,偷安江南的士族不敢也不愿正视当时的社会,做一切的努力来逃避现实。玄学思想是老庄思想的继续和发展,而老庄思想中本来就含有不太少的逃避现实的思想成分,这对逃避现实的士族人士来说,真可算得"千载知己"。老庄的思想又是"玄之又玄"的,清静无为的,这对"遗事天下",喜作"经虚涉旷"的玄思的士族人士来讲,也是极适合胃口的。事实证明,这些逃避现实的人们,终于一个个掉到唯心主义哲学的深坑中而不克自拔。当时的诗,既然掌握在士族人士的手里,被用来作为谈玄说理的工具,也就无足怪了。因此,在玄言诗里,瞧不出社会生活的踪影,看不到时代动乱的痕迹,正如钟嵘所说的:"世极迍邅,而辞意夷泰。"

东晋玄言诗人以许询、孙绰为代表,而孙、许都是爱好山水的人物,许询因为"会稽有佳山水",就筑室住下;孙绰也"居于会稽,游放山水"。山水是大自然的一部分,它突出地表现了自然美。但是,士族人士是以超现实的态度去玩赏山水的,他们把山水当作体现玄理和获得玄趣的桥梁。《世说新语·言语》篇说:

  简文入华林园,顾谓左右曰:"会心处不必在远。翳然林水,便自有濠、濮间想也,觉鸟兽禽鱼自来亲人!"

于此可以看出山水和诗正起着同样的作用,它们都是谈玄的工具。

诗是用语言写的,而语言本身是有限的,以有限的语言说明无限的、不可言说的"道",其效果是不太理想的。至于山水,它是"以形媚道"的,通过山水去体会玄理,更能得到"神超形越"的境界。虽然,在当时有人把山水用来作为品藻人物的比喻,如顾恺之说王衍"岩岩清峙,壁立千仞";看到裴叔则,"如玉山上行,光映照人",山水的气象和人物的神明得到无间的结合。《世说新语·赏誉》篇说:

> 孙兴公为庾公参军,共游白石山。卫君长在坐,孙曰:"此子神情都不关山水而能作文。"

孙绰已肯定山水对于诗文的启发作用。但是,山水没有被作为诗的题材,正因为它和诗处于同等的地位的缘故。

庄子也是接近自然、喜爱山水的,《知北游》篇说:"山林与,皋壤与,使我欣欣然而乐与!"自庄子的思想到东晋士人的生活,都是息息相通的。山水诗就在这样的生活和思想的土壤(基础)中孕育和发展起来。由此看来,山水诗的发生、发展条件是消极的,而山水诗本身体现着现实主义精神,它带给东晋诗的一个新的发展阶段,是一种良好的倾向。

## 三

晋宋之际,是山水诗的勃兴时代。

说山水诗兴于晋宋间,并不等于说晋宋前的诗里没有山水的成分。从《三百篇》到《楚辞》、到建安,自然虽然也是诗的抒写对象,诗中也有写景的语言,如《郑风》的"山有扶苏,隰有荷华";如王仲宣《七哀诗》的"山冈有余映,岩阿增重阴";但是,在这个漫长的时期中,山水到底不是诗的主要题材,正如绿叶为红花而存在一样,它始终处于衬托的地位。说山水诗兴于晋宋之际,是指在这个时代里山水已成为诗的主要的甚至是唯一的内容而说的。

《宋书·谢灵运传论》说:

> 仲文始革孙、许之风,叔源大变太元之气。

而檀道鸾对于西汉迄晋的文学流变,曾作了一个扼要的评述,《续晋阳秋》说:

> (许)询有才藻,善属文。自司马相如、王褒、扬雄诸贤,世尚赋颂,皆体则《诗》《骚》,傍综百家之言。及至建安,而诗章大盛。逮乎西朝之末,潘、陆之徒,虽时有质文,而宗归不异也。正始中,王弼、何晏好庄、老玄胜之谈,而世遂贵焉。至过江,佛理尤盛,故郭璞五言,始会合道家之言而韵之。询及太原孙绰转相祖尚,又加以三世之辞,而《诗》《骚》

之体尽矣。询、绰并为一时文宗,自此作者悉体之。至义熙中,谢混始改。(《世说新语·文学》篇刘孝标注引)

檀道鸾、沈约清楚地指出:山水诗的兴起,它的绝对时间在义熙中,先驱作者为殷仲文和谢混,殷、谢以山水入诗,给当时奄奄一息的诗注射了一股新鲜血液,把诗从瘫痪的状况中救出,使它慢慢地回复到健康的路上。殷、谢就是依赖着山水的万千气象,驱散了弥漫于诗界的玄学的滓秽的。不过,殷、谢对于山水诗,虽有"荜路蓝缕"之功,但成绩并不太好。正如《南齐书·文学传论》所说的:"仲文玄气,犹不尽除;谢混情新,得名未盛。"这个批评是恰当的。的确,仲文的诗仍然保留着浓郁的玄学气氛;而谢混的诗,如《游西池》的"惠风荡繁囿,白云屯曾阿。景昃鸣禽集,水木湛清华",自是清新醒目,和玄言诗判若泾渭,他担当起"大变太元之气"的任务,从而奠定了山水诗发展的基础。可惜作品不多,终有"得名未盛"的遗憾!

  稍前于山水诗的兴起时,画里已有了山水。中国画从开始到魏晋,本以人物为主,画里没有山水,正如诗中缺少风景,情况既类似,道理也一样。到了东晋顾恺之的手里,中国画才起了一个划时代的变革。《世说新语·巧艺》篇说:

  顾长康画谢幼舆在岩石里,人问其所以,顾曰:"谢云:

'一丘一壑,自谓过之。'此子宜置丘壑中。"

这幅画里的山水,虽说还是人物的背景,但无可疑义地,它是中国画从人物过渡到山水的里程碑。顾恺之给画找到了山水这一新颖的内容,开创了山水画派。谢安说:"顾长康画,有苍生以来所无。"如就开拓山水画的功绩来说,谢太傅的评语是对的,说得一点也不过分,不能算作一种虚美。之后,"好山水,爱远游"的画家宗炳,因为年老多病,不能"西陟荆巫,南登衡岳"了,便把"凡所游履"过的名山胜水画于室间,"卧以游之"。到这时,山水画已完全取得了独立的地位。

在晋宋之际,诗里写山水,画里画山水,就是赋里书信里也铺陈山水,有大段的景语。文学艺术和山水已脉络相通,并吸取了有利的养分。由此可知,这是一个人们对自然的觉醒的时代,山水诗不是孤另另地出现的,是有山水画等伴随着而兴起的。

## 四

提到山水诗,就必然和谢灵运的名字分不开。

谢灵运是谢混的侄子,在叔源的长期教育熏陶下,无论在学术思想或文学修养上,都深受其影响。在诗的创作方面,谢灵运遵循着谢混的道路,亦步亦趋地在殷、谢原有的基础上发展了山水诗。齐萧惪说:"颜、谢同声,遂革太元之气。"(《太平御览》卷五八六引《三国典略》)是指灵运对玄学诗的革命而说的。

当时山水诗的思想内容怎样呢?《文心雕龙·明诗》篇说:

> 宋初文咏,体有因革,庄老告退,而山水方滋。

"庄老"和"山水"都是当时诗的主要的思想内容,而"山水"是一种新生的欣欣向荣的力量,"庄老"则是一种腐朽的日就衰亡的东西,它们在诗的领域里相摩相荡。在山水诗的蓬勃发展过程中,那原来作为诗的内容的玄学思想,逐步地被排斥到诗外去,所以说"庄老告退"。("庄老告退,而山水方滋",它的先后次序是按照修辞法则排列的,不应理解为诗的发展规律中的因果关系。)说"庄老告退",并不等于说诗里的"庄老"成分已完全(或最后)被肃清,消灭得干干净净,宋初的诗什中已毫无玄学思想的存在;而只是说"庄老"已大部分(或开始)退出了诗坛,还有些少玄学思想隐藏在诗的某些角落里,负隅顽抗。山水诗的发展过程,也就是一个诗人们思想斗争的过程,"山水"的战胜"庄老"而在诗里取得统治的地位,并不是在十分悦快的情境中获得的。(这不应与诗的"涵咏自得"的创作过程混为一谈。)

谢灵运诗的思想内容,也正如上面所分析的一般情况一样。在他的诗里,"山水"已占了统治的地位。山水是大自然的一部分,它最能代表自然的美,把山水写入诗中,诗自然就体现出高华气象,如"春晚绿野秀,岩高白云屯",盈溢着一股清新意味;如"云日相辉映,空水共澄鲜",使人觉得形象鲜明,美不胜收。汤惠休说:"谢诗如芙蓉出水",这个形象化的比喻,最足以说明谢诗的妙处在"自然可爱"。在谢灵运诗里,还保留着一小部分"庄老"糟粕,也是一个不可否认的事实,如"矜名道不足,适己物可忽","怀抱既昭旷,外物徒龙蠖",这一类专讲玄理的句子,在他的诗篇里也是触处可见;还有一些不以完整句子表达的玄意,像游魂一样在字里行间东闪西躲地浮动着,也真叫人惹厌呢!但是,这些残存的庄老糟粕,并不足以减低谢诗的价值,正如钟嵘所品评的:"譬犹青松之拔灌木,白玉之映尘沙,未足贬其高洁也。"它们对方滋的"山水",只起极其轻微的腐蚀作用。

当山水诗已得到高度发展时,在诗里还有"庄老"成分的残余,这不是作为一个奇迹而存在的,也自有它的社会根源。玄学思想和士族是有血肉相连的关系的,它和士族共存亡,它的盛衰依赖于士族势力的强弱。在太元时,士族已走上下坡路;谢安淝水之战的胜利,一边稳定了南北对立的形势,一边又促使士族势力的一度高涨。晋宋之际,当士族势力再度低落时,那落后于现实的思想意识(玄学思想),却刚好进到回光返照的时期。谢灵运是当时士族的代表人物,又是一个货真价实的玄学家,在他的诗里,也必然要或多或少地反映出玄学思想。再说,山水本是

"以形媚道"的，它可以不拐语言的弯儿，而直接表达玄趣。因此，它也能够通过诗里的山水，将虚寂的理融入生意盎然的景中，同样可以表现"超以象外"的理或道，也同样可以得到也许比在玄言诗里所得到的还要多一点的"玄趣"的满足，这是士族人士的"嗜痂之癖"的福音。《宋书·谢灵运传论》说："自建武暨乎义熙，历载将百，虽缀响联辞，波属云委，莫不寄言上德，托意玄珠。""庄老"真正从诗里告退，当在宫体诗兴起的齐梁之间。因此，在山水诗兴起的初期，就某种意义上说，并不意味着玄言诗的中断或绝迹；恰恰相反，残存于诗中的玄理，由于得到山水清新之气的滋润，反而获得较高境界的发展。（玄言诗时代过去后，玄理转而寄存于和尚的语录里，唐诗里保留着一些玄趣，到宋诗里又找到"说理"的嗣音。这说明了诗不宜于用来说理，说理太多的诗往往成为偈语；而不是说诗里绝对不应该带有说理的成分，少量的说理并不妨害诗的健康。）

从中国诗的发展史看，田园诗是山水诗的另一种形式，田园和山水，是晋宋间诗的主潮中的两个不同流派。（这两个齐头并进的流派，中间经过宫体诗的冲激而流缓浪伏下来，到盛唐的韦应物、孟浩然时代，才汇合为一而出现了新的风貌。）当时的田园诗人陶渊明（三六五——四二七，比谢灵运大二十一岁），出身寒素，又是一个不求闻达的隐士，在那个以门阀相尚的时代里，人既不是士人乐于去捧的对象，诗也就在他们的抹杀态度下埋没了。那时诗坛的权威是谢灵运和颜延之,《诗品序》说:"谢客为元嘉之雄,颜延年为辅。"《宋书·颜延之传》也说:"与陈郡谢灵运俱以词彩齐名,江左称颜、谢焉。"约经过一世纪,梁代昭明太子给陶渊明编集子,为他的诗集作序,又采他的诗入《文选》,渊明的诗的价值才被发现,正如一颗明星摆脱了云翳的纠缠,闪灿着瑰丽而又永恒的光辉。在时间和读者的不断考验中,颜延之的声名日就低落,颜谢齐名已为陈迹,陶谢并称继之以兴。

谢灵运和陶渊明的诗,基本精神是相同的,他们在"庄老告退,山水方滋"这条道路上,同样为着把诗从玄学中解放出来的目标而作出一切的努力。但是,谢灵运是谢玄的孙子,簪缨世族,雍容华贵,一生又狂热于政治权力的追求;而陶渊明出身寒素,虽说也是一个士族人士,但生活却很困苦,不免过着"夏日长抱饥,寒夜无被眠"的日子。他们由于社会地位的悬殊,对人民和山水的思想态度也就不一样。就以隐逸来说吧,陶谢诗里都谈隐逸,而所谈的隐逸,却又有本质上的不同。谢灵运在仕途失意时,虽有企羡隐逸的思想,也确实高卧东山过,但他显然无意于真的做隐士,而是以"山中宰相"自许。他说:"樵隐俱在山,由来事不同。"这在表面上看来,不过是说明雅俗的分野,而在骨子里却划出一条"士"和"庶"间的不可逾越的鸿沟,流露着极其强烈的阶级意识。至于陶渊明,他真的淡于仕,甘于隐,长期地住在彭泽一带农村里,过着田园生活,和劳动人民很接近,甚至已到不觉有士庶界限的存在的境地,"相见无杂言,但道桑麻长",他和邻居的农民多亲切,对生产事业又多关心!再以山水说吧,陶谢诗里都写山水,而他们对山水的态度,却又有很大的区别。谢灵运僮奴数百,颐指气使,在他看来,世界上的一切事物都是为他而存在的。因此,他的对待山水,也是以统治者的姿态出现的,他认为山水是供他赏玩的,他说:"景夕群物清,对玩咸可意。"他笔下所写的山水,如"江山共开旷,云日相照媚",就和写生画家画面上的风景素描一样,画里看不到作者的存在,作者和山水间有着一定的距离。陶渊明呢?他对山水的态度是感受的,他的精神往往和景物打交道,在一片情景相融中,体现着一种"物我同一"的境界。"平畴交远风,良苗亦怀新",在他的诗里,一株树一片山都染着他的情感和色彩。(谢灵运诗中也有"物我同一"的境界,但它的源头是玄学思想。)

　　陶谢的诗,又由于他两人的生活经验的不同,在内容和风格上也有很大的差异。谢灵运出入群从、惊动县邑地过着游放生活,有意识地把诗向自然界扩展,处处以山水作为诗的题材,一面是"山阴道上,应接不暇";一面是"兴多才高,寓目辄书",因此,山水就成为他的诗的主要内容。谢灵运是以写实的态度写诗的,他天才极高,"内无乏思,外无遗物",能将内思和外物恰如其分地表达出来。同时,又讲究写作技巧,雕刻骈俪,因此"丽典新声,络绎奔会",把诗写得十分精工,形成一种富艳难踪的风格。而陶渊明呢？就跟灵运不一样。农村永恒地在自然的摇篮里，而山水又那么不感厌倦地陪对着恬静的农村，渊明既长期地生活于田园和山水间，那丰富多彩的田园生活，就成为他诗的新鲜真实的题材。又因为田园和山水，还有一间之隔。因此，陶诗的内容稍偏重于社会生活，自然、山水仅居次要的地位。田园生活本身是朴素的、平淡自然的，倘若用富丽雕琢的笔调来写，浓妆艳抹的结果，便会失去田园的真和美。渊明了解这一层道理，就运用田家语，恰如其分地表达田园生活，而他的诗就造成一种平淡自然的风格。

总的说来，晋宋之际，是山水诗的时代，田园诗是山水诗的另一种形式。山水诗是中国诗的一个优良传统，谢灵运是当时的山水诗大师，祖国锦绣河山的可爱，一旦被他尽情地歌唱出来，便无往而不属于全民的喜悦，发扬了无比的现实主义精神！

五

内容决定形式，从诗的内容的更换到诗的形式的改变是一致的。谢灵运的诗，既具有山水这一崭新的内容，自然要形成一种簇新的形式，出现一种与众不同的面貌。

东晋以前的诗，没有把山水作为主要的题材，因而在诗里也就缺少写景的传统，写景技巧是极不发达的、幼稚的。到了灵运手里，才自觉地意识到，要把美妙的山光水色恰如原样地搬到诗里，把诗写得如画，写得逼真，使诗里的山水和自然界的山水相似，就得大大地革新和提高诗的写作技术。《文心雕龙·物色》篇说：

> 自近代以来，文贵形似，窥情风景以上，钻貌草木之中。吟咏所发，志惟深远；体物为妙，功在密附。故巧言切状，如印之印泥，不加雕削，而曲写毫芥。故能瞻言而见貌，即字而知时也。

在"文贵形似"的口号下，必然地要发生"情必极貌以写物"的要求；而要达到这个目标，就得做到"辞必穷力而追新"。钟嵘《诗品》评谢灵运诗说："其源出于陈思，杂有景阳之体，故尚巧似，而逸荡过之。"是就谢灵运的诗继承了曹植、郭璞的骈辞传统而加以发扬光大方面立论的。说得很对，诗的写作修辞技术，到谢灵运时代才得到热烈的提倡和高度的发展。灵运不但把诗写得更像诗，就是一向不为人注意的诗的题目，也被他写得富有诗意，如"于南山往北山，经湖中瞻眺"等，它本身简直就是诗。灵运这一手绝活，只有唐柳宗元能得其仿佛。山水诗的兴起，促进了诗的写作技术的长足进步。

山水这一类诗的题材既是新的，就必须创造数以千百计的

"写物"新词汇,诗人不能用"玄言"等诗的词语写山水,正如画家不能以画人物的线条去画风景。写繁复的山水景色,要做到"貌其形而得其似"(《文镜秘府论》语),自然需要很多的说明样子的形容词、描绘动态的疏状词和借以表达形态的比喻,才能"巧言切状"。谢灵运的诗,如"密林含余清,远峰隐半规","初篁苞绿箨,新蒲含紫茸",正因为没有夹杂着陈言烂语,全用新的语言表达新的意象,才使人觉得清新之气扑面而来。山水诗的兴起,丰富了诗的语言。

山水,就它的内容说,是很单纯的,不外是山,不外是水;而就它在大地上所呈现的形态说,又是极端复杂和变化莫测的,山和水到处构成佳境,而这些胜地既处处相似又处处不同,那么辽阔无际地铺陈排列着。把山水写入诗中,就是花过一番煞费苦心的剪裁和组织,也不过是山外山、水外水,山山水水地加以排列,像画面上的山水铺陈一样。因此,在山水诗兴起的时候,诗中的偶句也就跟着增多了,如谢灵运《登池上楼》一诗,自始至终几乎全是清一色的偶句。本来么,偶句是在自然的条件下产生的,它本身并不带有退步的不自然的因素,如《文心雕龙·丽辞》篇所说的:"心生文辞,运裁百虑,高下相须,自然成对。"但是,极意于诗中编排罗列偶句的结果,不免阻滞诗的气韵的流行,既产生呆板臃肿的流弊,又破坏了魏晋诗的浑然一气的好处。也就是说,从谢灵运时代开始,诗人已渐次放弃了以散文写诗的法则,而以写赋的原理用来写诗,"体物浏亮",铺叙的方法一般地被采用。(整整隔了五个多世纪,到宋代的诗人才重新用散文的法则写诗。)

山水,是富有声色的自然景物;以山水入诗,要写得"极貌",便不能不注意声色的描绘,追求图画音乐式的美。谢灵运的诗,对于声色的运用是十分成功的,如"白云抱幽石,绿筱媚清涟",笔触鲜明,是诗里图画;如"鸟鸣识夜栖,木落知风发",又完全诉之听觉,是诗里的音乐(天籁)。正如焦竑所说的:"弃淳白之用,而竞丹臒之奇;离质木之音,而任宫商之巧。"(《谢康乐集题辞》)就对后来诗的影响说,由于谢灵运的导夫先路,注意诗中的音乐成分,句子间的韵律谐美,便造成了永明诗的声律的新变。谢灵运的诗,因为讲求渲染,有清丽欲飞的形象,也有回荡流动的韵律,至被钟嵘誉为"富艳难踪",很合当时"清华风靡"的诗的标准。

上面所说的,是谢灵运诗的风貌的几个特点。这些也可以作为优点看待的特点,它本身就包含着缺点。佳山秀水,遍布天下,所谓"山川自相映发,使人应接不暇",却又碰上谢灵运是个"兴会标举"的诗人,能够把树影山光、云容花色尽量地写入诗里。"博喻酿采",看来便觉繁缛,而诗篇的结构也就显得"疏慢",使人有"作体不辨首尾"的印象。又由于诗中排偶用得过多,"上句写山,下句写水","上句写闻,下句写见",词句也就变成拖沓冗长,难免要得到"颇以繁芜为累"的评语。

山水诗人谢灵运,在当时是一代巨子,于后世为千古宗匠,在刘宋时代的诗坛上,风尚所趋,山水诗自然盛极一时。就是到齐梁时,也还有人模仿学习,相沿不衰,如《南史·王籍传》说:"籍好学,有才气,为诗慕谢灵运,至其合也殆无愧色。时人咸谓康乐之有王籍,如仲尼之有丘明,老聃之有严周。"《伏挺传》说:"为五言诗,善效谢康乐体。父友乐安任昉深相叹异,常曰:'此子日下无双!'"又《武陵昭王晔传》说:"性刚颖俊出,与诸王共作短句诗,学谢灵运体。"都是很典型的例子。但是,一般都认为谢诗纵横俊发,"吐言天拔,出于自然",好处不容易学到,而往往带来"繁芜"的拖累,所谓"学谢则不届其精华,但得其冗长"。其间经过齐梁的王籍、谢朓,直到盛唐王维、孟浩然诸人,在长期地不断努力下,山水诗的词句结构才达到省净严密的地步。

## 六

最后,应该谈谈本诗选所根据的本子、选的标准和注的体例等。

关于谢灵运的集子,最早见于《隋书·经籍志》四著录,说:"宋临川内史《谢灵运集》十九卷。"注又说:"梁二十卷,录一卷。"《旧唐书·经籍志》下、《新唐书·艺文志》四也著录,均作十五卷。郑樵《通志·艺文略》载临川内史《谢灵运集》二十卷。马贵与《经籍考》不见著录。晁公武《郡斋读书记》、陈振孙《直斋书录解题》均未收载。又宋嘉泰年间宣城刻的《三谢诗》，是唐庚（子西）从《文选》中录出的，他在《文录》中说："三谢诗，灵运为胜。当就《文选》中写出熟读，自见其优劣也。"（见《顾氏文房小说》）可见《谢灵运集》在宋代就散佚了。到了明万历时，李献吉、黄勉之、沈道初诸人，先后将散于《文选》、《乐府诗集》、《宋书》列传及诸类书中的谢灵运诗文辑出，编排成书，由焦竑（弱侯）刊刻行世。明人张溥《汉魏六朝百三名家集》有《谢康乐集》二卷，汪士贤《汉魏六朝诸家文集》有《谢康乐集》四卷，搜辑疏略，都不够完备。以张本《谢康乐集》中的《游名山志》来说，《太平御览》所引十四条，概未录入，可见多有遗漏。灵运的诗文，以严可均《全上古三代秦汉三国六朝文》、丁福保《全汉三国晋南北朝诗》中所载较多，但跟十九卷本原集相比，散亡实多。如《赠王琇》一诗，除《宋书·谢灵运传》所载的"邦君难地崄，旅客易山行"二句，其余的部分世间已不易找到了。在现在的辑本中，有些诗是残缺不全的，如《登庐山绝顶望诸峤》："积峡忽复启，平涂俄已闭。峦陇有合沓，往来无踪辙。昼夜蔽日夕，冬夏共霜雪。"一看就知道不是一首完整的诗。《文选》卷三十一江文通《杂体诗·谢临川游山》李善注引谢灵运《登庐山诗》："山行非前期，弥远不能辍。但欲淹昏旦，遂复经盈缺。"从题目和韵脚看，极可能是一首诗，可还凑它不全。经过许多人的努力,灵运的诗文,能见的都已辑出,残缺的要补全也就不大可能了。谢灵运诗的注本,以黄晦闻《谢康乐诗注》最称详备。作为一个诗的选集来说,它的要求应该是"精",而不必求"备"。因此,本诗选就不旁求,从黄氏注本中选录。原诗以《四部丛刊》本《文选》、影宋刻本《三谢诗》和《乐府诗集》相对勘,择善而从。如《登池上楼》的"徇禄及穷海"的"及"字,《文选》作"反",别的本子也作"反",于义未妥,兹改从《三谢诗》。注则用《文选》李善注、黄氏《谢康乐诗注》为蓝本。

  选的标准怎样?山水诗既为中国诗的优良传统,谢灵运又是山水诗的开创和发展者,因此本选集主要是以"山水诗"为标准的。不过,为了使读者对灵运的诗有全面的了解,也不局限于山水诗的范围里。如《拟魏太子邺中集》八首,它和山水诗虽无关系,但既被萧统采入《文选》,我们自然不忍弃而不录。从这些拟古的作品中,可以证实钟嵘说灵运诗"源出陈思"的论点;也可以看到像灵运这样历史上负有盛名的诗人,他为了继承汉魏诗的传统是多么勤苦地向建安诗人学习啊!又如乐府诗,原不是灵运的特长,因之在乐府诗创作上的成就,自然不及鲍照的丰彩多姿。现存的灵运的乐府诗数目不多,有些又带有很浓重的颓废思想,而我们所选录的这几首,是晋宋间乐府诗的代表性的作品。至如《三月三日侍宴西池》、《命学士讲书》一类的诗,刻板滞重,本身就不是好诗,也就不入选。而《石壁立招提精舍》、《过瞿溪山饭僧》诸诗，其中虽有"绝溜飞庭前，高林映窗里"，"清霄扬浮烟，空林响法鼓"的佳句，但以运用佛典过多，一般的读者要感到厌倦，也不去选它。

  关于如何注，也有讲几句话的必要。本诗选每首诗的注解工作，分作两个步骤进行。第一步，将诗里不常见的生僻字的"音"和"义"注出；意义隐晦不明的词语，也加以浅显的解说；一般的典故，都用口语译注。不过，谢灵运的诗里，还有相当多的玄言，有好些《庄》《老》《周易》中的话头。处理这些话头，实在是件十分棘手的事情，用口语译注，很容易把原样儿说走了，弄得画虎不成像只狗，自己看了也有啼笑皆非的感觉。只好采取不得已的办法，在必要时酌抄原文，在原文后头附上注者的看法和体会。这种类似中俄对照的做法，也许比"天马行空"的单行注解要客观些，即使注解把原意曲解了，不用翻书查对也可以发现错处。就字句注解这方面说，本书和别的选本没有什么不同的地方。现在，有好些诗文集的选注本，字句的注解工作做得很到家，确实给读者解决了许多疑难。但是，大家似乎都以此为满足，很少进一步去诠释诗（或文）意的。由于看到这个注解工作中的缺陷，而妄想加以弥补。所以，第二步就是将全诗略加诠释，除了几首明白易晓的，差不多每一诗的后面都有一段评述。这是一个大着胆子试做的工作，它的成绩总是不会使人满意的。注者对谢诗本非素习，做这个选注工作，可以说是边学边唱的

"钻锅",加以学识浅陋,对诗的修养又差;再,今年夏天特别炎热,在注释的过程中,又为别的事情缠住,心境十分不安,工作是在夜间神思昏倦的情形下进行的。因此,书中一定有若干不应该弄错的错误,敬请读者不吝指教!

徐森玉先生以影宋刻本《三谢诗》相赠,沈宗威先生惠借黄节《谢康乐诗注》,并蒙潘伯鹰先生题耑,沈维岳先生和出版社编辑部同志的帮助,谨此致谢!

叶笑雪

一九五六年九月一日于上海

# 日出东南隅行〔一〕

柏梁冠南山〔二〕,桂宫耀北泉〔三〕。晨风拂幨幌〔四〕,朝日照闺轩〔五〕。美人卧屏席〔六〕,怀兰秀瑶瑶〔七〕。皎洁秋松气,淑德春景暄〔八〕。

〔一〕《日出东南隅行》,乐府相和曲名。晋陆机有篇《陌上桑》的拟作,即以它的首句"日出东南隅"为篇名。不过,陆机拟作内容,叙写美人歌舞行乐的事情,与古辞的题材并不相同。灵运这篇诗,又是摹拟陆机的作品。 〔二〕柏梁,台名。汉武帝元鼎二年春筑。南山,即终南山,一名秦岭。 〔三〕桂宫,汉武帝太初四年造。在未央宫北,与柏梁台相通(见《三辅黄图》)。故址在今陕西西安长安区西北。北泉,疑即甘泉山。 〔四〕幨(chān)幌(huǎng),帘幕。 〔五〕闺,旧时女子住的内室。轩,长廊上的门窗。 〔六〕美人,指宫中嫔妃。屏,屏风,室内的障蔽物。 〔七〕怀兰,是佩带鲜花香草,以喻芳洁。陶潜《感士不遇赋》说:"虽怀琼而握兰,徒芳洁而谁亮。"也正是这个意思。瑶(yáo)、瑶(fán),都是美玉。 〔八〕淑,善良的。景,即日。暄(xuān),温暖。

此诗前面两句,写柏梁、桂宫诸宫苑逶迤相接的情景。"晨风"以下四句,想象沉浸在晓雾里的宫院,帘卷晓风,窗映晨熹;

而嫔妃犹睡眸惺忪,显出一派清晨的如水恬静,与高烧红烛的狂欢之夜相对照。后头两句,以秋松比拟高洁的德行,以春阳形容温和的性情,对宫妃的丽质着意赞美一番!

## 燕歌行〔一〕

孟冬初寒节气成〔二〕,悲风入闺霜依庭〔三〕,秋蝉噪柳燕栖楹〔四〕。念君行役怨边城,君何崎岖久徂征〔五〕,岂无膏沐感鹳鸣〔六〕?对君不乐泪沾缨〔七〕,辟窗开幌弄秦筝〔八〕,调弦促柱多哀声〔九〕。遥夜明月鉴帷屏〔一〇〕,谁知河汉浅且清〔一一〕,展转思服悲明星〔一二〕!

〔一〕《燕歌行》,乐府相和歌平调曲歌辞。乐府诗题目上冠以地名,如本篇和《会吟行》《吴趋行》等,原以各地声音为主,到后代声音失传,作者便用来咏各地的风土。燕是北方边地,征戍不绝,所以《燕歌行》多半写离别。正如《乐府解题》说的,"言时序迁换,行役不归,妇人怨旷无所诉也"。本篇写女子怀念征戍燕地的丈夫,是言情的作品。 〔二〕孟冬,初冬。 〔三〕闺,旧时女子住的内室。 〔四〕噪柳,知了在柳树上发出刺耳而烦扰的声音。楹(yíng),柱子。 〔五〕崎岖,路途高低不平的样子,喻世道艰苦。徂(cú)征,前往从军守边。 〔六〕膏沐,古时女子美容用品,如发油面脂等物。此用《毛诗·卫风·伯兮》"自伯之东,首如飞蓬,岂无膏沐,谁适为容"的意思。鹳(guàn),鹳雀,是水鸟,形状像鹤又像鹭,羽毛灰白,嘴长而直,栖于湖泊边的高树上。此用《毛诗·豳风·东山》"鹳鸣于垤,妇叹于室"的意思。 〔七〕"对君"的"对"字,应当是"思"。因为从诗意看来,她的丈夫既远处边城,今夕如何能够会晤?又灵运此诗是拟作,而曹丕的《燕歌行》有"郁陶思君未敢言"的句子。沾(zhān),湿润。缨(yīng),彩带。 〔八〕辟,打开。幌,帷幔。弄,抚拨。秦筝,是弦乐器。古筝五弦,形如筑。秦人蒙恬改为十二弦,变形如瑟。 〔九〕柱,是乐器上系弦的小木。调弦促柱,是扭动柱子调正弦音的高低,是弦乐家演奏前的一种准备工作。 〔一○〕遥夜,漫长的夜间。鉴,照入,含有窥看的意思。帷屏,帐幕和屏风。 〔一一〕河汉,银河。古诗说:"河汉清且浅,相去复几许!" 〔一二〕展转,"展"同"辗",辗也就是转,是说睡不着时不住地翻身。思服,思之更切的意思。此二句袭用《毛诗·周南·关雎》"求之不得,寤寐思服。悠哉悠哉,辗转反侧"和《郑风·女曰鸡鸣》"子兴视夜,明星有烂"的意思。

此诗开头四句,以一庭寒霜,显示出深闺的清冷;又以双栖归燕,映照了少妇的孤眠。外界的凄戚气氛,加深了内心的悲凉情绪,点出伊人的思念戍边的丈夫,已由思而至于怨了。"君何"以下四句,从一向懒得打扮的这一生活细节上,说明她无日不在思念着多年不归的丈夫;而今宵的寂寞遥思,又到了泪湿罗衣的地步。这时,她又清楚地意识到,想究竟不能把丈夫想回来的,何苦这般作茧自缚呢？于是力求解脱，且奏个曲子解闷吧！后面四句，写她本应借音乐排遣愁苦，而泄于指间的又是一腔幽怨，那凄切如语的声调，反而增加了别离的痛恨。那不解事的清辉照入闺里，又平添了一个孤零零的影儿；天际的脉脉含情的牛郎和织女，也一样隔着银河不能相会。思念得更切了，如何能够入睡呀，眼看着河汉慢慢地西斜，不觉已是只剩疏疏落落的几颗明星的清晓时分了。全诗意境的开展，层次分明。而写景抒情，亦极细腻入微。

## 折杨柳行二首〔一〕（选一）

郁郁河边柳〔二〕，青青野田草。合我故乡客〔三〕，将适万里道〔四〕。妻妾牵衣袂〔五〕，抆泪沾怀抱〔六〕。还拊幼童子〔七〕，顾托兄与嫂。辞诀未及终，严驾一何早〔八〕。负笮引文舟〔九〕，饥渴常不饱。谁令尔贫贱，咨嗟何所道！

〔一〕《折杨柳行》，古乐府相和歌曲名。 〔二〕郁郁，茂盛而有生意的样子。"柳"，宋本《乐府诗集》、《诗纪》均作"树"。 〔三〕合，结伴。"合"，《诗纪》作"舍"，此据《乐府诗集》。这句是说和同乡客商结伴出门。 〔四〕适，到，或往。 〔五〕袂（mèi），袖子。 〔六〕抆（wěn），揩擦。 〔七〕拊（fǔ），同"抚"，以手抚慰。 〔八〕严驾，备好马匹车辆，此处借为准备开船。 〔九〕笮（zuó），竹索。负篙,船夫肩背上背着竹索(船牵)引船前进。文舟,装饰很华美的船。

此诗开头两句,一边点明分别的地方是河边,又以绿柳青草暗示分别的时间是春日;一边从眼前的茫茫田野,想象着别后将与亲友隔着万水千山。古诗"青青河畔草,郁郁园中柳",是由远而近,思妇先看远处别时的河畔,再凝视园中绿柳;此则由近而远,先见河边的绿柳,再注目青葱的田野,有着层次的不同。"合我"二句,说明将有万里远行,马上就要离开故乡。接着,写大小老婆牵衣拉袖的,自己也揩擦着泪水,用手抚慰着幼小的孩子,回头委托兄嫂照应。"辞诀"二句,正面说明辞别未完,已催着开船了;反面则表现出依恋不忍即别的情况,一刻又一刻地熬着挨着,终于分别了。最后四句,写于船中看船夫在岸上拉牵,从他们的辛勤劳动想到他们的"饥渴常不饱"的生活,发出一种同情的慨感;借船夫的苦况,冲淡了黯然魂销的离情。

## 君子有所思行〔一〕

总驾越钟陵〔二〕,还顾望京畿〔三〕。踯躅周名都〔四〕,游目倦忘归。市鄽无陁室〔五〕,世族有高闱〔六〕。密亲丽华苑〔七〕,轩甍饰通逵〔八〕。孰是金张乐〔九〕,谅由燕赵诗〔一〇〕。长夜恣酣饮〔一一〕,穷年弄音徽〔一二〕。盛往速露坠,衰来疾风飞。余生不欢娱,何以竟暮归。寂寥曲肱子〔一三〕,瓢饮疗朝饥〔一四〕。所秉自天性〔一五〕,贫富岂相讥!

〔一〕《君子有所思行》,乐府杂曲歌辞。它的内容,大抵写豪华易歇的事实,和生命不常的感叹,与《君子行》的辞旨不同。晋陆机有"命驾登北山"一首,灵运此诗是拟作。 〔二〕总驾,准备车马出发。钟陵,即钟山,在南京中山门外。 〔三〕京畿(jī),都城附近地区。 〔四〕踟(chí)躅(zhú),停步不前的样子。这里说的周都,是指刘宋的首都建邺(南京)。 〔五〕鄽(chán),与"廛"通,商店密集的市区。陋(è)室,矮小狭隘的住宅。 〔六〕世族,世袭的贵族地主。高闱(wéi),高墙门的府第。 〔七〕密亲,皇室的亲族,如侯王外戚等。 〔八〕轩甍(méng),高耸半空的屋脊。通逵(kuí),四通八达的街路。 〔九〕金,金日䃅。张,张安世。都是汉宣帝时的权贵,氏族甚盛。后世遂以金张二氏称贵族。这里引用汉代的金张二氏,比拟当时的宠贵之家。 〔一〇〕战国秦汉间,燕赵地区有不少的女人充当歌伎。这里是以出歌伎的燕赵作为歌伎的代词。"诗"本应是"歌",为了趁韵脚,才改用与"歌"同义的"诗"字。〔一一〕恣(zì),任性放纵。 〔一二〕穷年,一年到头。徽,琴轸系弦的绳子(后人又把琴面的识点叫作徽)。弄音徽,是抚琴奏乐的意思。 〔一三〕曲肱(gōng),弯着手臂。子,男子的美称。《论语·述而》篇说:"子曰:'饭疏食饮水,曲肱而枕之,乐亦在其中矣;

不义而富且贵,于我如浮云。'"这句诗隐含着这段话的意思。
〔一四〕瓢(piáo),用葫芦做的舀水用具。瓢饮,形容贫人的生活。《论语·雍也》篇说:"子曰:'贤哉回也,一箪食,一瓢饮,在陋巷,人不堪其忧,回也不改其乐。'"这句诗概括着这段话,表示一种安贫乐道的精神。 〔一五〕天性,天生的本性(其实人的性格是在一定环境条件下形成和发展的),指颜回等的安于贫贱生活。

此诗开头四句,叙驱车出游首都郊区,于高处回望豪华的皇都,不觉发出了一番感慨!"市廛"以下四句,从望中写出京城的轮廓:街道宽敞,楼阁高耸,显出一派雄壮伟丽的景象。"孰是"以下八句,指出居住其间的富家子,过的明明是荒淫无耻的生活,却偏要美其名曰"及时行乐"。最后四句,想借古人蔑视富贵的美事,和安贫出于天性的说法,把贫富相讥(责)的事实掩盖起来。

## 悲哉行〔一〕

萋萋春草生〔二〕,王孙游有情〔三〕。差池燕始飞〔四〕,夭袅桃始荣〔五〕。灼灼桃悦色〔六〕,飞飞燕弄声〔七〕。檐上云结阴,涧下风吹清。幽树虽改观〔八〕,终始在初生。松茑欢蔓延〔九〕,樛葛欣蒙萦〔一〇〕。眇然游宦子〔一一〕,晤言时未并。鼻感改朔气〔一二〕,眼伤变节荣〔一三〕。侘傺岂徒然〔一四〕,澶漫绝音形〔一五〕。风来不可托,鸟去岂为听〔一六〕!

〔一〕《悲哉行》,乐府杂曲歌辞。《歌录》说:"《悲哉行》,魏明帝造。"说明它产生于三国魏时。《乐府解题》说:"陆机云'游客芳春林',谢惠连云'羁人感淑节',皆言客游感物,忧思而作也。"(均见《乐府诗集》卷六十二引)可见自魏及刘宋,代有作者,而这些拟作的内容,又不外是游思。 〔二〕萋萋,草茂盛的样子。 〔三〕王孙,贵家子弟。此二句袭用《楚辞·招隐士》"王孙游兮不归,春草生兮萋萋"的意思。 〔四〕差(cī)池,不齐。此句袭用《毛诗·邶风·燕燕》"燕燕于飞,差池其羽"的意思。 〔五〕夭袅,桃枝舒徐摇动的样子。 〔六〕灼灼,花色鲜明的样子。此句袭用《毛诗·周南·桃夭》"桃之夭夭,灼灼其华"的意思。 〔七〕弄声,燕语呢喃的意思。 〔八〕幽树,冬日枯落的树木。改观,改变了原来的模样。〔九〕松茑(niǎo),缠绕在松树上的茑萝。《毛诗·小雅·頍弁》有"茑与女萝,施于松柏"的话。 〔一〇〕樛(jiū),樛木,弯曲的树。葛,俗名葛藤,野生蔓草。纍(léi)萦,缠来绕去地连结着。此句袭用《毛诗·周南·樛木》"南有樛木,葛藟累之"的意思。 〔一一〕眇(miǎo)然,微弱的样子。游宦子,在外做官的人。 〔一二〕朔气,节气。这句用现代话说,就是我已嗅到春的气息了。 〔一三〕眼,一作"心"。是说对着眼前的阳春美景反觉伤心起来。 〔一四〕侘(chà)傺(chì),失意。此句袭用《离骚》"忳郁邑余侘傺兮,吾独穷困

8

乎此时也"的意思。 〔一五〕澶(chán)漫,纵逸的意思。《庄子·马蹄》说:"澶漫为乐,摘僻为礼。" 〔一六〕"风来"句是说形绝,"鸟去"句是说音绝。这两句是为上句"绝音形"所加的注脚。

此诗前段,着意描写春日的景色,绘出了一幅"莺飞草长,杂花生树"的画面,作为即景伤怀的张本。"眇然"句以下,写仕途蹭蹬的人,由于眼前节序的变易,而引起了身世荣悴和年华盛衰的感触!

## 会吟行〔一〕

六引缓清唱〔二〕,三调伫繁音〔三〕。列筵皆静寂,咸共聆《会吟》〔四〕。《会吟》自有初,请从文命敷〔五〕。敷绩壶冀始〔六〕,刊木至江沱〔七〕。列宿炳天文〔八〕,负海横地理〔九〕。连峰竞千仞〔一〇〕,背流各百里。滮池溉粳稻〔一一〕,轻云暧松杞〔一二〕。两京愧佳丽〔一三〕,三都岂能似〔一四〕?层台指中天〔一五〕,高墉积崇雉〔一六〕。飞燕跃广途〔一七〕,鹢首戏清沚〔一八〕。肆呈窈窕容〔一九〕,路曜婵娟子〔二〇〕。自来弥年代〔二一〕,贤达不可纪〔二二〕。句践善废兴〔二三〕,越叟识行止〔二四〕。范蠡出江湖〔二五〕,梅福入城市〔二六〕。东方就旅逸〔二七〕,梁鸿去桑梓〔二八〕。牵缀书土风〔二九〕,辞殚意未已〔三〇〕!

〔一〕《会吟行》,乐府杂曲歌辞,《乐府解题》说:"《会吟行》,其致与《吴趋》同。"(参看《燕歌行》注〔一〕)会,指会稽郡(今江苏东部和浙江西部地方)。(东汉顺帝永建四年,始分会稽为吴郡,诗中梅福、梁鸿事皆在吴地,则此为会稽、吴郡未分时的会稽。)陆机的《吴趋行》说:"楚妃且勿叹,齐娥且莫讴。四坐并清听,听我歌《吴趋》。《吴趋》自有始,请从阊门起。"以下接述吴中风土人物。此诗篇章句法与陆诗相似,可知是仿作。 〔二〕六引,即相和六引,乐府相和歌的一种。此句的"缓"与下句的"伫",均有暂且休止的意思。〔三〕三调,为平调、清调、瑟调,皆周《房中》遗声。 〔四〕聆(líng),听。 〔五〕文命,夏禹名。敷,陈述,等于现代语的"说起"。〔六〕敷绩,功业的分布,指夏禹治水。壶冀,壶,指壶口,山名,在山西吉县西南,《书·禹贡》说:"既载壶口,治梁及岐。"冀,指冀州,古九州之一,今河北、山西、辽宁辽河以西及河南黄河以北地区。〔七〕刊木,砍伐树木,以通道路。汜(sì),一条水的别流复入本水。江汜,意即长江和它的支流及附近各水的泛称。 〔八〕列宿(xiù),众星。炳,著明。 〔九〕负海,背靠着海。横,有横直相错的意思。 〔一〇〕仞(rèn),古时七尺或八尺叫仞。千仞,形容诸山的高拔。竞,有诸峰比高的意思。 〔一一〕滮(biāo)池,原水名,在陕西长安西北,《诗·小雅·白华》说:"滮池北流,浸彼稻田。"此处应作流水活活的池沼讲。 〔一二〕暧(ài),阴暗掩映。

杞(qǐ),木名。 〔一三〕两京,指汉代的东京(洛阳)和西京(长安)。 〔一四〕三都,是晋左思《三都赋》所指三国时的魏都(河南洛阳)、蜀都(四川成都)和吴都(江苏南京)。 〔一五〕层台,一重重往上筑起来的高台。中天,半天,说台有半天高。 〔一六〕墉(yōng),城垣。古以城长三丈,高一丈为雉。崇雉(zhì),是城上的高墙。 〔一七〕飞燕,根据下句的诗意,是马名。汉文帝有良马九匹,一名飞燕骝(见《西京杂记》)。跃,奔驰。 〔一八〕鹢(yì)首,船头上刻画着鹢鸟的船只。沚(zhǐ),小渚。 〔一九〕肆,街市。窈(yǎo)窕(tiǎo),体态美好而妖冶的样子。 〔二〇〕嫿(pián)娟,美好的样子。 〔二一〕弥(mí),长远。年,五臣本《文选》作"世"。 〔二二〕贤达,以才德闻名的人。 〔二三〕句(gōu)践,春秋越王。曾为吴王夫差所败,困于会稽。用文种、范蠡的计谋,十年生聚,十年教训,终于灭了吴国,渡淮与中原诸侯争霸。 〔二四〕越叟,越国老人。当越国败守会稽的时候,句践打算亲自到吴国去求和,有一个老人劝阻,不许他去,所以说"识行止"(见《文选》本诗刘良注)。 〔二五〕范蠡,春秋楚人,事越王句践二十余年,苦身勠力,兴复越国。灭吴之后,便变名易姓,浮游江湖,历齐至陶,以买卖致富。 〔二六〕梅福,汉寿春(安徽寿县)人,字子真,明《尚书》、《穀梁春秋》,曾上书请削外戚王氏的威柄。及王莽专政,即弃家出游,隐于会稽,为吴市门卒。 〔二七〕东方朔,汉厌次(山东惠民)人,长于文辞,诙谐滑稽。宣帝初去官,后有人见他在会稽卖药(《文选》李善注引《列仙传》)。旅逸,旅居的放逸生活。 〔二八〕梁鸿,字伯鸾,东汉扶风(陕西兴平)人,曾居吴,为人舂米过日。桑梓,乡里。 〔二九〕土风,乡土的历史风俗。 〔三〇〕殚(dān),尽。未已,没有完。

此诗开头四句,说在一个盛大的宴会上,琴韵歌声俱停,四座屏息听唱《会吟》。"《会吟》"以下二十六句,说明《会吟》的具体内容:先从夏禹治水,说到会稽的天文、地理;次叙山川风景、水利物产;接着描绘壮丽的城垣、方便的交通、繁荣的市面和妖冶的美女;再述与此土发生过关系的历史人物,如句践、梁鸿等。最后两句,指出写《会吟》的目的,在于表扬会稽的乡土文物,并带有辞穷意长的感慨!

## 缓歌行〔一〕

飞客结灵友〔二〕,凌空萃丹丘〔三〕。习习和风起〔四〕,采采彤云浮〔五〕。娥皇发湘浦〔六〕,霄明出河洲〔七〕。宛宛连螭辔〔八〕,裔裔振龙輈〔九〕。

〔一〕《缓歌行》,乐府杂曲歌辞,晋陆机有《前缓声歌》,宋谢惠连有《后缓声歌》。所谓缓声,就是缓徐的歌声。郭茂倩说:"又有《缓歌行》,亦出于此。"(见《乐府诗集》卷六十五)可见灵运的《缓歌行》,是拟《前缓声歌》的作品。 〔二〕飞客、灵友,都是指神仙说的。 〔三〕萃(cuì),聚集。丹丘,日夜常明的仙山。《楚辞·远游》有"仍羽人于丹丘兮,留不死之旧乡"的话。 〔四〕习习,和舒的状态。 〔五〕采采,众多的状态。彤(tóng)云,红色云。〔六〕娥皇,即湘君,湘江水神。湘浦,湘江之滨。 〔七〕霄明,(霄,一作"宵"。)草名。这种草白天无光,夜明如烛(见《拾遗记》)。〔八〕宛宛,亦作"婉婉",龙行屈伸的状态。螭,黄龙。连螭辔,把一字儿排列着的八条龙用缰绳控御起来驾车。 〔九〕裔裔(yì),旌旗迎风飘动的状态。龙斿(liú),绣着或画着龙形的旗子和飘带。此二句袭用《离骚》"驾八龙之婉婉兮,载云旗之委蛇"的意思。

此诗前头四句,总叙众仙结伴招侣,往集灵山。后面四句,分述娥皇由湘江边出发赴会,和途次车驾的排场。全诗以流荡的语意和清扬的音调,构成一派空灵飘逸的境界,令人想象诗中仙人神态飞越,行动安徐,性情闲适,因有超然尘表之感!

## 述祖德诗二首〔一〕

序曰:太元中〔二〕,王父龛定淮南〔三〕。负荷世业,尊主隆人。逮贤相徂谢〔四〕,君子道消〔五〕,拂衣蕃岳〔六〕,考卜东山〔七〕。事同乐生之时〔八〕,志期范蠡之举〔九〕。

中原昔丧乱〔一〇〕,丧乱岂解已〔一一〕!崩腾永嘉末〔一二〕,逼迫太元始〔一三〕。河外无反正〔一四〕,江介有蠢尥〔一五〕。万邦咸震慑〔一六〕,横流赖君子〔一七〕。拯溺由道情〔一八〕,龛暴资神理〔一九〕。秦赵欣来苏〔二〇〕,燕魏迟文轨〔二一〕。贤相谢世运〔二二〕,远图因事止〔二三〕。高揖七州外〔二四〕,拂衣五湖里〔二五〕。随山疏浚潭〔二六〕,傍岩艺枌梓〔二七〕。遗情舍尘物,贞观丘壑美〔二八〕!

〔一〕灵运叙述他祖父谢玄功德的诗。 〔二〕太元(三七六——三九六),晋孝武帝年号。 〔三〕王父,即祖父,指谢玄。龛(kān)定,"龛"通"戡",平定。淮南,泛指淮水以南地区。太元八年(三八三),前秦苻坚大举南侵,谢玄破之于淝水。 〔四〕贤相,指谢安。徂(cú)谢,死亡。 〔五〕君子道消,《周易·否卦》语,说正派人的势力被压倒了。 〔六〕拂衣,振衣,古人动身时的一种姿态。蕃岳,"蕃"通"藩",意即藩国;岳谓岳牧,地方长官。 〔七〕东山,在始宁(上虞)县,谢安的故居。 〔八〕乐生,指乐毅。乐毅,战国燕人,率赵、楚、韩、魏、燕五国兵伐齐,下七十余城。后来中了齐国田单的反间计,投奔赵国。此以乐毅功大不安的情况,说明淝水胜利后谢玄处境的狼狈。 〔九〕范蠡,见《会吟行》注〔二五〕。 〔一〇〕中原,指洛阳一带沦陷地区。 〔一一〕解已,止息的意思。 〔一二〕崩腾,以山岳崩毁的体势,比喻国家遭受破坏的情况。永嘉(三〇七——三一二),晋怀帝年号。此指刘聪、石勒之乱。 〔一三〕逼迫,在异族势力的威胁下。太元,见本篇注〔二〕。此指氐族苻坚南侵事。 〔一四〕河外,指淮河以外地区,即洛阳、长安等地。反正,拨乱归正的意思。 〔一五〕江介,江间。蹙(cù)圮(pǐ),国土局促日削。此指偏安江南的东晋皇朝说的。 〔一六〕万邦,万国。咸震慑(shè),都为前秦的国势所震动、所慑服。 〔一七〕横流,以水的四处乱流(不由正道),喻国家社会的败乱。君子,指谢玄。〔一八〕拯(zhěng)溺,救出没于水里(祸乱中)的人民。此句用《孟子》"天下溺则援之以道"的意思,含有救世救民的精神。 〔一九〕戡暴,"戡"通"戡",平定暴乱。神理,应付事变的卓绝的识见。此句有指挥若定的意味。 〔二〇〕秦赵,指氐族苻坚所统治的今河南、陕西地区。来苏,是由《书·仲虺之诰》"后来其苏"一语缩成的,来指晋军的北来,苏是说人民挣脱被压迫的苦难日子而得到苏息的机会。〔二一〕燕魏,指鲜卑族慕容氏所统治的今河北、山东地区。迟,等待。文轨,是《中庸》"车同轨,书同文"的意思,表示祖国统一的愿望。 〔二二〕贤相,指谢安。 〔二三〕远图,指收复失地、统一祖国的远大计划。 〔二四〕高揖,拱手让位。七州,指徐、兖、青、司、冀、幽、并,因谢玄做过这七州的都督。 〔二五〕五湖,即太湖,此借指始宁太康湖。 〔二六〕疏,开凿。潭,深的水渊。 〔二七〕艺,种植。枌(fén),白榆。梓(zǐ),木名。 〔二八〕贞观,意即一意游览。丘壑(hè),山水。

此诗开头四句,说自永嘉末年,刘聪、石勒祸作,中原地区即陷于异族统治,战争祸乱没有停过。到太元初,前秦统一了北方,国势强盛,不但黄河流域没有高揭义旗的壮举,在氐族的侵逼下,连东晋的国土也日渐削小了。"万邦"以下四句,说正当举国惶惧的时候,谢玄以卓绝的才识,击败苻坚近百万南侵部队,保全了江南这半壁河山。"秦赵"以下四句,说在异族统治下的北中国人民,指望着晋军的北伐和祖国的统一;但是,自谢安死后,克复中原的远图大计,便因晋皇室内部存在着严重的矛盾而中止。最后四句,写谢玄让位归隐后的生活,或依山疏潭,或傍岩植树;他完全摆脱了一切俗务,专心致志地游览山水。

　　达人贵自我〔一〕,高情属天云〔二〕。兼抱济物性〔三〕,而不缨垢氛〔四〕。段生藩魏国〔五〕,展季救鲁人〔六〕。弦高犒晋师〔七〕,仲连却秦军〔八〕。临组乍不緤〔九〕,对珪宁肯分〔一〇〕?惠物辞所赏〔一一〕,励志故绝人〔一二〕。苕苕历千载〔一三〕,遥遥播清尘〔一四〕。清尘竟谁嗣〔一五〕?明哲垂经纶〔一六〕。委讲辍道论〔一七〕,改服康世屯〔一八〕。屯难既云康,尊主隆斯民〔一九〕!

　　〔一〕达人,见识高超的人。　〔二〕这句是以空旷的天和飘逸的云比拟隐士的清高情致。　〔三〕物是生物,谓人类。济物性,挽救人类于危难的思想。　〔四〕缨,绕,意即沾染。垢氛,尘秽。〔五〕段生,段干木。段干木,战国晋人,是当时一个声望极高的学者,流寓魏国,为魏文侯所敬重。因魏文侯能礼贤下士,秦国竟按兵不敢攻魏(见《吕氏春秋·开春论·期贤》篇)。藩,篱笆,有保卫的意思。 〔六〕展季,即展获,字禽,亦即柳下惠。(因他家住在大柳树下,死后其妻私谥曰"惠",故称。)春秋鲁僖公二十六年的夏天,齐孝公出兵伐鲁。当齐国军队还没有攻入鲁国国境时,僖公马上派展喜去慰劳。这时鲁国处于"室如悬罄,野无青草"的经济危机时期,但由于展喜禀承了展禽的指示,说服齐国自动退兵(见《春秋左氏传》僖公二十六年)。 〔七〕弦高,春秋时郑国的大商人。秦穆公使孟明视等统率秦军,潜师远袭郑国。到滑,和往周做生意的弦高相遇,弦高即一面掏自己的腰包,以牛酒慰劳秦军;一面派人告知郑国政府,赶快做御敌的准备。秦军以为郑国已经到处设防,便放弃了暗袭郑国的军事计划。滑是晋的附庸国,因而滑地也可以说是晋的国土的一部分。犒晋师,是慰劳驻扎在晋国国境中的秦国远征部队的意思。 〔八〕仲连,即鲁仲连,齐国人。赵孝成王时,秦将白起在长平地方,破赵军四十万,乘胜进围邯郸。魏安釐王派晋鄙带领十万大军救赵。晋鄙怕跟秦兵作战,到荡阴就不敢前进。反派将军新垣衍间道入邯郸,劝赵王推尊秦昭王为帝,向秦求和。这时鲁仲连也在围城中,他通过平原君的介绍当面驳斥了新垣衍的投降主义。同时,竭力主张救赵的魏公子无忌(信陵君),设法窃取了魏王的"虎符",夺得晋鄙的统帅,指挥魏军进攻,秦军乃撤退。却,退。 〔九〕组,是丝带的阔的一种,古人用来佩玉挂印的。(狭的一种叫绦,古人用之做冠缨。)乍(zhà),止。绁(xiè),打结。 〔一〇〕珪,瑞玉。古时天子分封侯爵,皆赐珪璧以为符信。这二句说明不受封爵。左太冲《咏史诗》说:"吾希段干木,偃息藩魏君。吾慕鲁仲连,谈笑却秦军。当世贵不羁,遭难能解纷。功成不受赏,高节卓不群。临组不肯绁,对珪不肯分。连玺耀前庭,比之犹浮云!"此诗自"段生"句以下一节,即袭用它的意思。〔一一〕惠物,有恩德于人类(广义的物是指万物)。用现代语说,就是做了符合人民利益的事情。辞,谢绝。〔一二〕绝人,不同于一般流俗的人。〔一三〕苕苕(tiáo),与"迢迢"通,绵远的意思。千载,千年。〔一四〕播,发扬。清尘,清高的遗风。〔一五〕嗣,继承。〔一六〕明哲,深明事理的人,谓谢玄。经纶,是以治丝的事情,比喻一个人对政治、军事的规划和组织的才能。〔一七〕委讲,是放弃清谈的意思。辍道论,停止了道学的讨论。〔一八〕改服,改换服装,是说脱下隐士的衣服而穿上战士的戎装。康,平定。世屯,世难,指苻坚的南侵。〔一九〕尊主,即尊重王室,指匡辅司马氏。隆斯民,使全国人民走向繁荣的道路。

此诗开头四句,认为超然的生活态度,和爱国救民的事业不相抵触,说明了"自我"与"济物"的对立和统一。"段生"以下八句,列举历史上段干木等人的事迹,并加以具体的分析,说明他们一面是爱国救民的人物,一面又是视富贵如浮云的隐士,从而论证了"自我"和"济物"的矛盾和一致。"苕苕"二句,阐明这个优良的传统,贯穿着中国的全部历史。"清尘"以下六句,指出谢玄是继承和发扬这个传统的人,当汉民族面临危难的时候,他毅然放弃了山林隐逸的生活,出而击溃了苻坚的百万侵略军,既维持了东晋皇室的统治地位,又使人民获得安居乐业的日子,结出了题目所说的"祖德"。

## 九日从宋公戏马台集送孔令〔一〕

季秋边朔苦〔二〕,旅雁违霜雪〔三〕。凄凄阳卉腓〔四〕,皎皎寒潭絜〔五〕。良辰感圣心〔六〕,云旗兴暮节〔七〕。鸣葭戾朱宫〔八〕,兰卮献时哲〔九〕。饯宴光有孚〔一〇〕,和乐隆所缺〔一一〕。在宥天下理〔一二〕,吹万群方悦〔一三〕。归客遂海隅〔一四〕,脱冠谢朝列〔一五〕。弭节薄柱渚〔一六〕,指景待乐阕〔一七〕。河流有急澜〔一八〕,浮骖无缓辙〔一九〕。岂伊川途念〔二〇〕,宿心愧将别〔二一〕。彼美丘园道〔二二〕,喟焉伤薄劣〔二三〕!

〔一〕九日,东晋安帝义熙十四年(四一八)九月九日,重阳节。宋公,谓刘裕。戏马台,即项羽掠马台,在彭城(今江苏徐州)城南。孔令,谓孔靖。孔靖,字季恭,山阴(今浙江绍兴)人,刘裕的老朋友。义熙十四年六月,刘裕受九锡,以季恭为宋国尚书令,让不受。至此辞职东归,刘裕于戏马台设宴饯行,参与这一盛会的百官,都赋诗赞美其事。 〔二〕季秋,晚秋,即农历的九月。

边朔,北方边界,指彭城。因为当时淮河以北地区为异族占据,所以称位于边界线上的彭城为边朔。 〔三〕违,避开。 〔四〕凄凄,寒凉的意思。卉(huì),百草总名。阳卉,秋阳下的百草。腓(féi),病的样子。此句袭用《诗·小雅·四月》"秋日凄凄,百卉俱腓"的意思。 〔五〕皎皎,明净。絜,同"洁"。 〔六〕良辰,美好的时日。圣心,圣指圣人,即圣人(天子)的心。古称天子为圣人,这时宋虽未代晋,而实际上刘裕已被看作天子,谢宣远的诗也有"圣心眷佳节"的话,所以这"圣心"是指刘裕的心意。 〔七〕云旗,画着熊虎云物的旗子。暮节,即季秋的意思。 〔八〕葭(jiā),与"笳"通,就是笛子,古时皇帝仪仗队所用的乐器。戾(lì),至。朱宫,指戏马台的楼观。 〔九〕卮(zhī),酒杯。兰卮,酒杯中满盛芬芳如兰的美酒。献,主人盛酒敬客。时哲,当代的哲人,指孔靖。 〔一〇〕饯宴,送行的宴会。光有孚,发扬诚信。此用《易·未济》"有孚于饮酒,无咎"之义,有逸乐而不废政事的意思。 〔一一〕此句用《诗·小雅·鹿鸣》的诗意,说古时群臣嘉宾的宴会,有美妙的音乐、芬芳的旨酒,宾主都陶醉在和乐中。隆,兴起。所缺,是长时期废弃了的典礼,指此番宾主饮酒赋诗,正如《鹿鸣》中所描写的那样。 〔一二〕在宥(yòu),意为任物自在,宽仁处事。此句用《庄子·在宥》"闻在宥天下,不闻治天下"的意思,说治天下(国家)应该依照着自然和社会的发展规律(理)。 〔一三〕吹万,大地自发地吹出千万种各不相同的音调,即《庄子·齐物论》篇所说的"万窍怒号"。群方,是万国的意思。此句用《庄子·齐物论》篇南郭子綦说的"夫吹万不同而使其自己也"的意义,说明只有给人民以充分的自由,才能使人民欣悦爱戴。〔一四〕归客,指孔靖。遂,往。海隅,海边的一角,指会稽郡山阴(绍兴)。〔一五〕脱冠,就是俗语掼纱帽。古人出仕,随官位大小而穿着一定的冕服,辞职则须脱去,因此脱冠有免官的意思。谢朝列,离开朝臣的行列。〔一六〕弭(mǐ),停。节,马鞭子。弭节,是停鞭驻马的意思。薄,到。枉渚,弯曲的洲岸。而《楚辞·九章·涉江》的"朝发枉陼(陼即渚字)兮,夕宿辰阳"的枉陼,是地名,在今湖南。〔一七〕指景,即指日。乐阕,送别音乐的终了。〔一八〕急澜,疾驶的波澜。〔一九〕浮骖(cān),马拉着车子不停地过去。辙(zhé),车轮碾过的痕迹。〔二〇〕伊,与"维"通,语助词。川途,犹现代语水陆。〔二一〕宿心,素昔的心愿。〔二二〕彼,指孔靖。此句用《易·贲卦》"贲于丘园,束帛戋戋"的意思,以见归隐丘园是一条"终吉"的道路。〔二三〕喟(kuì),叹息。薄劣,才质低下。

此诗开头四句,写彭城晚秋风物,以旅雁避寒南飞,暗喻孔靖的洁身东归。"良辰"以下四句,说刘裕于此重九佳节,驾临戏马台为孔靖饯行,在彭城的百官都来参加,是个盛大的宴会,点出题目。"饯宴"二句,一面说这个宴会是和《易》义相符合的,一面说自《诗·小雅·鹿鸣》废缺以来,至此才重得群臣嘉宾的和乐之欢。"在宥"二句,颂扬刘裕由于为政宽恕,因而得到万国的拥护。"归客"以下四句,说孔靖已脱身朝列,将往海隅,现在已徐徐走近码头,只待奏完送行乐曲,便要趁早开船了。"河流"以下四句,是诗人想象着:别后,孔靖的轻舟逐江流而去,自己一班人也马不停蹄、车无缓辙地回城。由于水陆的判然两途,行者和送行者去向的相背,将自己和孔靖一比,愧负宿心的感觉便油然而生!最后两句,一边赞美孔靖息影丘园的履道贞吉,一边伤叹自己薄劣不如。

## 彭城宫中直感岁暮〔一〕

草草眷物徂〔二〕,契契矜岁殚〔三〕。《楚艳》起行戚〔四〕,《吴趋》绝归懽〔五〕。修带缓旧裳,素鬓改朱颜。晚暮悲独坐,鸣鹈歇春兰〔六〕!

〔一〕彭城,今江苏徐州。　〔二〕草草,劳心的样子,《毛诗·小雅·巷伯》有"劳人草草"的话。草是"慅"的借字,心动为慅。眷,回顾。物谓物候,徂为往逝。　〔三〕契契,勤苦。《毛诗·小雅·大东》有"契契寤叹,哀我惮人"的话。矜(jīn),惜。岁殚(dān),意即岁暮,一年将尽的时候。　〔四〕《楚艳》,楚地的歌曲。秦末,楚怀王和项羽皆都彭城。这里说的《楚艳》,是指彭城地区的歌曲。　〔五〕《吴趋》,即《吴趋曲》,歌名。崔豹《古今注》说:"《吴趋曲》,吴人以歌其地也。"懽,同"欢"。　〔六〕鹈(tí),同"鹈",即鹈鸠,一名伯劳,秋天鸣。此袭用《离骚》"及年岁之未晏兮,时亦犹其未央,恐鹈鴂之先鸣兮,使夫百草为之不芳"的意思。

此诗把畏怖谗言的隐忧,寄寓在岁暮怀归之感中。"独坐"与题目中的"直"字相照顾。

## 永初三年七月十六日之郡初发都〔一〕

述职期阑暑〔二〕,理棹变金素〔三〕。秋岸澄夕阴〔四〕,火旻团朝露〔五〕。辛苦谁为情〔六〕,游子值颓暮〔七〕。爱似庄念昔〔八〕,久敬曾存故〔九〕。如何怀土心,持此谢远度〔一〇〕。李牧愧长袖〔一一〕,郤克惭躃步〔一二〕。良时不见遗〔一三〕,丑状不成恶〔一四〕。曰余亦支离〔一五〕,依方早有慕〔一六〕。生幸休明世〔一七〕,亲蒙英达顾〔一八〕。空班赵氏璧〔一九〕,徒乖魏王瓠〔二〇〕。从来渐二纪〔二一〕,始得傍归路〔二二〕。将穷山海迹,永绝赏心悟〔二三〕!

〔一〕永初,宋武帝(刘裕)年号,共三年(四二〇至四二二)。永初三年五月,刘裕死。少帝立,出谢灵运为永嘉郡守,当时少帝尚未改元,故仍称永初。郡,永嘉郡(治今浙江温州)。都,刘宋首都建康(南京)。 〔二〕述职,原意为地方官向中央政府汇报施政情况,此处当作官吏到任治事讲。阑暑,溽暑已尽,指夏末。 〔三〕棹(zhào),同"櫂",拨船的桨。理棹,准备船只出发。金素,是秋天,因为秋于五行属金而色尚白(素),所以说金素。〔四〕此句是说:秋晚,江上的景物,如树林、崖岸等,都清楚而阴沉地映入澄静的江潭中。〔五〕火,指大火星,即二十八宿中的心宿,属南天天蝎星座,夏秋夜晚可见,光度很强,色带橙红,十分美观。古时人常以它的出没定节候,如《毛诗·豳风·七月》说:"七月流火。"旻(mín),秋天。朝露,清晨的露水。团,圆转欲流的样子。团朝露,形容那无数的晶莹洁白的露珠,在草间叶上滴溜溜转动的光景。如《毛诗·郑风·野有蔓草》说的:"野有蔓草,零露漙兮。"〔六〕此句是说:在旅途中,一面饱受风霜,一面想念亲友,心情极苦,谁都挨不了。〔七〕游子,远离乡国的人,诗人自谓。值,碰到。颓暮,以外在的日暮气氛,衬托着内心的颓废情绪。〔八〕《庄子·徐无鬼》说:"不闻夫越之流人乎?去国数日,见其所知而喜;去国旬月,见所尝见于国中者喜;及期年也,见似人者而喜矣。"诗人即借用其中"爱似"的意念,说明自己离开"皇邑"愈久,思念亲友愈切,正和庄子所说的一样。〔九〕久敬,是说朋友相交愈久,了解愈深,彼此更加敬重。曾存故,曾,指曾子;存故,存问故人(老友)。〔一〇〕"持此"的此,指上句怀念乡土的心情。远度,指庄、曾的远大风度。〔一一〕李牧,战国时赵国的良将。他是个身大臂短的人,看到长袖便觉惭愧。〔一二〕郤克,春秋时晋国大夫。躧(xǐ)步,美妙的舞步。郤克是个跛子,走路一拐一拐地,瞧着别人的美好步伐,心里总得难过一番。〔一三〕遗,弃。〔一四〕丑状,指短臂和跛脚。〔一五〕曰,同"粤",发语词。余,诗人自谓。支离,见《庄子·人间世》所载支离疏的寓言。庄子笔下所描述的支离疏,是个肢体畸形发育的怪人,国家有事,轮不上他去服役;发放救济款项时,他却可以领到粟米。因此,他虽形体不全,"犹足以养其身,终其天年"。借喻坐食俸禄。 〔一六〕依方,是依于方内而游于方外的意思。《庄子·大宗师》郭象注说:"以方内为桎梏,明所贵在方外;夫游外者依内。" 〔一七〕休明世,生活美好、政治清明的时代,是歌颂的词语。 〔一八〕英达,有识见、有作为的英雄人物,指庐陵王刘义真。 〔一九〕赵氏璧,即和氏璧。因为它是楚人和氏所发现的,所以叫和氏璧。赵惠文王时,为赵国所得,又名赵氏璧。秦国曾企图以诈谋夺取此璧,因而出现了历史上有名的蔺相如完璧归赵的壮举。 〔二〇〕徒乖,但与期望相反。魏王瓠(hù),是一种无用的大瓠,《庄子·逍遥游》说:"树之成,而实五石。以盛水浆,其坚不能自举也;剖之以为瓢,则瓠落无所容。"因为这种瓠的种子,是魏王送给惠子的,所以叫魏王瓠。 〔二一〕从来,从入仕以来,即自元兴到永初(四〇二至四二二)。参看《初去郡》诗注〔一七〕。二纪,十二年曰一纪,二纪即二十四年。 〔二二〕灵运在始宁(上虞)有庄园,又是他的生长地。此次赴永嘉郡任,和回乡的路线相同,所以说傍归路。 〔二三〕悟,五臣本《文选》作"晤"。赏心悟,最欢乐的聚会。刘义真曾经对人说过:"未能忘言于悟赏,故与之游耳!"(《宋书·刘义真传》)灵运对这句话的印象甚深,屡次在诗中提到,如《游南亭》的"赏心惟良知",《酬从弟惠连》的"永绝赏心望"。

此诗开头两句,点明之郡的时间。从定期到"理棹",已是自夏徂秋;"变金素"的"变"字,有两重意义,一指节候的变换,一说行期的变更,即此一"变"字,包含着多少留恋之情。"秋岸"以下四句,写途中早晚所见的景物,及游子的回荡情怀。"爱似"以下四句,写出惜别首都和怀念故乡的两种矛盾情绪。一片风帆,江上疾驶,就首都的亲友说,是愈行愈远;而就故园的山水说,则渐接渐近。因此,思乡之心渐消,而念旧之情愈炽。"李牧"以下四句是比兴,说李牧短臂,邰克跛脚,还能及时建立功业,不以形体有缺陷而灰心。"曰余"二句,则进而说明自己虽是一个堂堂男子,但为了"终其天年",不能不游于方外,和支离疏作同样的打算了。"生幸"以下四句,说生当清平的时代,又为庐陵王刘义真所重视,不惜以珍宝赏赠;而自己却等于魏王瓠,非不枵然大也,可派不了用场,致使刘义真在政治上遭到失败,是一种自愧表现。"从来"二句,说明自入仕途,不觉二十余载,今日因赴永嘉郡,才得便道一回故里。最后两句,表示了以后的态度,说将要浪迹江湖,恣情山水,和政界的知己朋友,就此永绝了。"将穷"句与"依方"句相呼应,以明早有归隐思想。

## 邻里相送至方山[一]

祗役出皇邑[二],相期憩瓯越[三]。解缆及流潮[四],怀

邻里相送至方山

旧不能发〔五〕。析析就衰林〔六〕，皎皎明秋月〔七〕。含情易为盈，遇物难可歇〔八〕。积疴谢生虑〔九〕，寡欲罕所阙〔一〇〕。资此永幽栖〔一一〕，岂伊年岁别〔一二〕！各勉日新志〔一三〕，音尘慰寂蔑〔一四〕。

〔一〕方山，在南京附近。晋宋时，南京沿江一带有四个水码头，方山在东，石头在西，是行旅聚集的地方。　〔二〕祗役，奉命往就地方官职。皇邑，指刘宋首都建康，即今南京。　〔三〕憩，同"息"。瓯越，即永嘉郡。刘宋时的永嘉郡，为汉时的东瓯，越族东海王摇都此，故称瓯越。　〔四〕解缆，解去系船的绳索，意即开船。〔五〕怀旧，恋念着旧日的朋友。　〔六〕析析(xī)，风吹林木的声响。就，迎面而来。岸边的树林是静止的，江上的船则顺风随流急驶，在船中看岸上的树林，不觉船动而只看到树林向自己走近。　〔七〕皎皎(jiǎo)，光明洁净的样子。　〔八〕"遇物"的物，指衰林、秋月。这二句是说：一路上的萧疏秋景，更使人离情盈溢，并结合着《老子》"神无以灵，将恐歇；谷无以盈，将恐竭"（三十九章）的意思。〔九〕积疴(kē)，经常病着。谢，摆脱。　〔一〇〕寡欲，少欲，用《老子》"少私寡欲"的意思。罕，少。阙，过失。　〔一一〕资此，资，借；此，指出守永嘉。　〔一二〕岂伊，与"岂惟"同。　〔一三〕日新志，和亲友以争取进步相勉励的话，它包含着《大学》"苟日新，日日新，又日新"和《周易》"日新之谓盛德"的语意。　〔一四〕音尘，音信，消息。寂蔑(miè)，意即寂寞。因趁韵脚，"寞"改用"蔑"。

此诗开头两句,说明出都的原因和就任的地区。接着,写开船时,和亲友依依惜别的情境。"析析"二句,写江行所见,时节虽属初秋,而在离人眼中看来,已有景物萧散之感。"含情"二句,说明这次"出皇邑",感情本已极度地波动;由于途次秋景的刺激,更不可抑止了。"积疴"以下四句,诗人觉得应该摆脱世俗的一切牵累,好好地将养,这样对病体既有补益,也可免遭政治上的失足。因此,想借着这个机会,就永远地过隐居生活。这是诗人故作放达的话,是不甘心于仕途失意的另一种表现形式。最后两句,以别时和亲友们相勉的话,作为别后的慰解!

## 过始宁墅〔一〕

束发怀耿介〔二〕,逐物遂推迁〔三〕。违志似如昨〔四〕,二纪及兹年〔五〕。缁磷谢清旷〔六〕,疲薾惭贞坚〔七〕。拙疾相倚薄〔八〕,还得静者便〔九〕。剖竹守沧海〔一〇〕,枉帆过旧山〔一一〕。山行穷登顿〔一二〕,水涉尽洄沿〔一三〕。岩峭岭稠叠〔一四〕,洲萦渚连绵〔一五〕。白云抱幽石,绿篠媚清涟〔一六〕。葺宇临回江〔一七〕,筑观基曾巅〔一八〕。挥手告乡曲〔一九〕:"三载期归旋〔二〇〕。且为树枌槚〔二一〕,无令孤愿言〔二二〕!"

过始宁墅

〔一〕始宁墅,灵运的庄园,在始宁县(上虞)东山西,一名西庄。〔二〕束发,古人童时结发为饰,意即童年。耿介,光明伟大,即有志节而不与人苟合的意思。 〔三〕逐物的"物",指世事;竞逐世事,谓政治活动。推迁,说时间的过去。此句有壮志消磨的意思。〔四〕违,背;志,指隐居之志。 〔五〕二纪,见《初发都》注〔二一〕。兹年,今年。 〔六〕缁(zī),黑色的;磷(lín),磨薄的,喻未能贞坚不渝。 〔七〕疲薾(ěr),困倦得很的样子,也含有对仕途厌倦的意味。 〔八〕拙,谓拙宦,即不会做官。疾,多疾。相倚薄,指"拙"与"疾"相互依附。 〔九〕静者,用《老子》"归根曰静,是谓复命"的意思,说明得便归故园。 〔一〇〕剖竹,汉制,太守赴郡,剖竹为二,一留中央,一给郡守,以为符节。沧海,是东海的通称(见《初学记·海部》)。此指刘宋时的永嘉郡。 〔一一〕枉帆,弯一下帆船的航线。旧山,谓故乡,指始宁墅。 〔一二〕穷,尽。登顿,上山叫登,下山曰顿。 〔一三〕洄沿,逆流而上曰洄,顺流而下曰沿。〔一四〕峭(qiào),险峻。稠叠,密密层层。 〔一五〕水中陆地,大的叫洲,小的叫渚。连绵,连接不断。 〔一六〕筱(xiǎo),细竹。清涟,细粼粼的清水微波。唐元康《肇论疏》引此二句,"绿筱"作"碧筱"。 〔一七〕葺(qì)宇,编次茅草,修盖房子。回江,江流的转弯处。 〔一八〕曾巅,高山之顶。 〔一九〕挥手,举手。乡曲,谓故乡的亲友,犹现代语的老乡。 〔二〇〕古时地方官大都以三年为一任,所以相约三载而归。 〔二一〕树,种植。枌(fén),白榆。檟(jiǎ),即楸,都是上好的木材。 〔二二〕孤,背负。愿言,所说的志愿和所交待的话。

此诗开头四句,说成年时即怀素志,只因宦海浮沉,事与愿违,倏已二十余年。接着说,于今对仕途已感厌倦,深惭持志不坚;由于"仕"与"隐"一向在思想上斗争的结果,又落到《老子》"归根曰静"的窠臼中。"剖竹"二句,点明题目,写过始宁墅。"山行"以下六句,描述故乡的山水,和恣情快意的游览情形。"葺宇"二句,以修建庄园的事实,表明了归隐的准备。最后四句,叙述赴永嘉郡任所,与乡邻告别,相约归期;并嘱家人种植枌槚,以示不久便要退休。

## 富春渚〔一〕

宵济渔浦潭〔二〕,且及富春郭〔三〕。定山缅云雾〔四〕,赤亭无淹薄〔五〕。溯流触惊急〔六〕,临圻阻参错〔七〕。亮乏伯昏分〔八〕,险过吕梁壑〔九〕。洊至宜便习〔一〇〕,兼山贵止托〔一一〕。平生协幽期〔一二〕,沦踬困微弱〔一三〕。久露干禄请〔一四〕,始果远游诺〔一五〕。宿心渐申写〔一六〕,万事俱零落〔一七〕。怀抱既昭旷〔一八〕,外物徒龙蠖〔一九〕。

〔一〕富春,江名,浙江在桐庐、富阳县境的一段,叫作富春江。渚,江中小洲。 〔二〕宵济,夜渡。渔浦,地名,在富阳县东。

〔三〕及,到。富春,县名,即今富阳。郭,同"廓",近城的地方。〔四〕定山,在富阳县境。缅,遥远。是说定山遥远地矗立于清晨的云雾中。 〔五〕赤亭,在定山东。淹,停留;薄,同"泊"。无淹薄,是不得停舟游览的意思。 〔六〕溯(sù)流,沿水逆流而上。触惊急,触目都是惊浪急流。 〔七〕圻(qí),同"碕",曲折的崖岸。参错,参差交错。 〔八〕亮,信。乏,缺少。伯昏,即伯昏无人,是个登高山危岩,神色不变的人(见《庄子·田子方》)。分,犹志。〔九〕吕梁,地名。《列子·黄帝》篇说:"孔子观于吕梁,悬水三十仞,流沫三十里,鼋鼍鱼鳖之所不能游也。"借此说明富春江流水湍急,崖岸险阻。 〔一〇〕洊(jiàn)至,再至。《易·习坎》:"象曰:'水洊至,习坎。'"此句借用它的意义,说明一个人经过无数次的艰危的锻炼,便可以做到习险如常。 〔一一〕兼山,《易·艮》:"象曰:'兼山,艮,君子以思不出其位。'"此句借用它的意义,说明个人的行动,完全要根据着客观的形势发展,所谓"时止则止,时行则行,动静不失其时,其道光明"。 〔一二〕协,合。幽期,即隐逸之志。 〔一三〕沦踬(zhì),困顿不能自拔。微弱,谓力量微薄,意志不强。 〔一四〕干禄,谋求俸禄。 〔一五〕始果,刚才得到。诺,允言。 〔一六〕宿心,向来的心愿。渐申写,慢慢地得到舒展和发散。 〔一七〕零落,衰谢。 〔一八〕昭旷,光明坦荡。 〔一九〕龙蠖,谓龙蛇和尺蠖(蛾类的幼虫),是说尺蠖的屈也好伸也好,龙蛇的蛰也好游也好,了然无存于心。

此诗开头四句,写夜渡渔浦潭,晨到富春城外,定山遥在望中,赤亭未作勾留,点明了时间和旅程。"溯流"以下四句,写富春江流奔浪涌,崖危岸削,沿途山水虽佳,可惜未得停舟临览。"泝至"二句,以山水险阻的具体形象,比拟人世的艰危;并结合易卦《习坎》和《艮》的意义,衬托出诗人自己的思想和感情。"平生"以下,抒写途中的感触:诗人觉得出守外郡,可以游山玩水,能够符合平日的心愿,是一件值得欣悦的事情;但是,不能在朝当权秉政,总有一股伊郁之情,难以排遣。末后两句,说明自己的胸怀光明坦荡,不为世事所累。这是思想感情在极度矛盾时,聊以《易》《庄》所说的玄理,作为自我宽解的话头,不可看作诗人的真情实感。

## 七里濑[一]

羁心积秋晨[二],晨积展游眺[三]。孤客伤逝湍[四],徒旅苦奔峭[五]。石浅水潺湲[六],日落山照曜。荒林纷沃若[七],哀禽相叫啸[八]。遭物悼迁斥[九],存期得要妙[一〇]。既秉上皇心[一一],岂屑末代诮[一二]。目睹严子濑[一三],想属任公钓[一四]。谁谓古今殊,异代可同调[一五]!

〔一〕七里濑,一名七里滩,在桐庐县严陵山西,两岸高山壁立,连亘七里,水驶如箭。谚云:"有风七里,无风七十里。"是说舟行难于牵挽,惟视风势为迟速。 〔二〕羁心,游客的心情。积,聚,是说羁心与秋俱深。 〔三〕展,放开,含有尽情的意思。游眺,纵目观赏。这二句的句法,和陆机《悲哉行》"游客芳春林,春芳伤客心"相似。 〔四〕逝湍(tuān),一息不停地流着的川流。 〔五〕奔,谓奔流;峭,谓崖岸,说奔流冲击着崖岸,和《入彭蠡湖口》"圻岸屡崩奔"意同。此二句中的"孤客"、"徒旅"是诗人自谓,也泛指一般的旅客。 〔六〕潺(chán)湲,江水缓流的状态。 〔七〕荒林,是指杳无人迹的荒山空林;在秋晨眺望,而看到冬日树林的荒凉景象,是不合情理的。纷沃若,树叶纷然茂盛的样子。 〔八〕啸(xiào),清亮而舒长的叫声。 〔九〕"遭物"的"物",是指流水、落日、荒林、哀禽说的。悼,伤念。迁斥,谓迁谪和斥逐,也含有节序推移、时不我与的意思。此句与"孤客伤逝湍"句相照应,写出伤逝的情绪。 〔一〇〕此句组合《老子》"湛兮似或存"(四章)和"是谓要妙"(二十七章)两个意念而成,是说能"湛然安静",就可以"长存不亡",也就可以得到"微妙要道"了。 〔一一〕秉,执持。上皇,上古的圣哲。 〔一二〕屑,顾。末代,指诗人所处的时代。消,讽刺、责备。 〔一三〕严子,指严光。严光,字子陵,一名遵,会稽余姚人。与后汉光武帝(刘秀)同学,不仕,耕于富春。后人名其钓处为严陵濑。严子濑,在七里濑东。 〔一四〕想属,联想到。任公钓,是《庄子·外物》篇的寓言。说任公子"蹲乎会稽,投竿东海",钓了一年,才钓到一条骇人听闻的大鱼,它的肉足供"制(淛)河以东,苍梧以北"地区人民的吃食。诗人借此说明自己有经世大才,对于"揭竿累趣灌渎守鲵鲋"和"饰小说以干县令"(《外物》篇语)的小手小脚的做法,采取鄙视的态度。 〔一五〕同调,本意为若干乐工以各种乐器同奏一个乐曲,它的声调却十分美妙和谐。此处借喻志趣相合,道义相同。

此诗开头两句,写旅途秋晨,意兴萧散,以观赏山光水色自娱。"孤客"以下六句,写晨眺所见:先是看到船前的奔流,一息不停地滚滚东去,由于流水的不断消逝,而感到时不我与,大有子在川上的情怀;眼界扩大了一个圈子,看到远处的崖岸,为浪头无情地冲击着,又由于旅途的险阻,而想到世路的艰危。于是,诗人的思想越出了"秋晨"这个特定时间的限制,而忆起整个旅程中所见的景物,水流石浅,日落山空,森林恬静,禽鸟翔集。触目无非秋景,"荒林"的"荒"字,"哀禽"的"哀"字,又平添了周遭的秋的气氛。"荒林沃若",是说林叶森茂,加一"纷"字,便觉千林稠叠;"哀禽叫啸",是说禽鸟悲鸣,加一"相"字,又见万族啁哳,把途次林野写得有声有色。"遭物"以下四句,诗人因为看到事物的"无常",不免以《庄》《老》"长存不亡"的"妙道"思想来慰解一番。"目睹"以下四句,写的是船行江上,诗人眼看着严子濑(与"晨积展游眺"句相照应),而想象严光山高水长的风格;又联想到任公子钓大鱼的豪举,便觉得自己栖栩然是严光、任公子一流人物了。

## 晚出西射堂[一]

步出西城门,遥望城西岑[二]。连障叠巘崿[三],青翠杳深沉[四]。晓霜枫叶丹,夕曛岚气阴[五]。节往戚不浅,感来念已深。羁雌恋旧侣[六],迷鸟怀故林[七]。含情尚劳爱,如何离赏心[八]!抚镜华缁鬓[九],揽带缓促衿[一〇]。安排徒空言[一一],幽独赖鸣琴!

〔一〕西射堂,据《太平寰宇记》说:"在州(温州)西南二里。今基址不存。今西山寺是也。" 〔二〕岑,小而高的山。此二句语法,与刘公幹《赠徐幹》诗"步出北寺门,遥望西苑园"相同。 〔三〕连障,"障"与"嶂"同,排接着的形如屏障的山岭。巘(yǎn)崿,山势纵横复沓。 〔四〕青翠,山色。杳深沉,沉浸于深广冥漠的黄昏气氛中。 〔五〕夕曛,太阳落山时的余光返照。岚气阴,是暮色与山气相蒙相蒸而成的一片依山浮动的阴暗。 〔六〕羁雌,谓失群无依的雌禽(或兽)。旧侣,旧时的伴侣。 〔七〕迷鸟,迷了归路的鸟儿。怀,思念。故林,昔日的林巢。 〔八〕赏心,心里乐趣盎然,此指知心之友。 〔九〕抚镜,摩挲着镜子而感叹。华缁鬓,乌黑的鬓际已平添星星白发。 〔一〇〕揽带,逗弄着衣带。衿,同"襟",衣服的胸前部分。缓促衿,是说本来紧贴着身子的十分合身的衣服,现在渐觉宽松了，暗示人的日就消瘦，和古诗"衣带日已缓"的意思相同。〔一一〕安排，谓达到人和天（自然）合一的境界的程序。徒，有空落落的意思。空言，空话。

此诗开头两句，说出城西门晚眺，点明题目的"晚出"。次二句，写晚步所见，峰峦连绵，暮色苍茫，与"晚"字十分贴切。"晓霜"二句，写冬日早晚景色，霜枫红叶，残照空山，自觉妩媚如画。"节往"以下六句，抒写羁旅的感触：节序推迁，季候变易，旅居的忧念，也与日俱深；羁雌尚知恋念旧侣，迷鸟犹解怀想故林，人与知己远别，情何以堪！"抚镜"二句，说生活在这样的岁月里，自己是很快地变得又老丑又消瘦了。最后两句，指出《庄子》所说的"安排而去化，乃入于寥天一"（《大宗师》）的话，是无补实际的空话；客边独居的幽寂，只有借音乐来排遣了。

## 登永嘉绿嶂山〔一〕

裹粮杖轻策〔二〕，怀迟上幽室〔三〕。行源径转远〔四〕，距陆情未毕〔五〕。澹潋结寒姿〔六〕，团栾润霜质〔七〕。涧委水屡迷〔八〕，林迥岩逾密〔九〕。眷西谓初月，顾东疑落日〔一〇〕。践夕奄昏曙〔一一〕，蔽翳皆周悉〔一二〕。《蛊》上贵不事〔一三〕，《履》二美贞吉〔一四〕。幽人常坦步〔一五〕，高尚邈难匹〔一六〕。

颐阿竟何端〔一七〕，寂寞寄抱一〔一八〕。恬如既已交〔一九〕，缮性自此出〔二○〕！

〔一〕绿嶂山，在永嘉城北。《读史方舆纪要》说："（永嘉）西北二十里有青嶂山，上有大湖，澄波浩渺，一名七峰山。"此青嶂山，似即绿嶂山。　〔二〕裹粮，准备好食物；游山而需要携带干粮，说明路程的远。杖，动词，义为拿起。轻策，轻便的手杖。　〔三〕怀迟，沿着倾斜的山路徐行而上，与威夷、逶随、逶迤等词通。幽室，风景清胜的地方，指绿嶂山。　〔四〕行源，溯流而上，向溪的源头前进。径，小路。　〔五〕距陆，到上岸处。情未毕，是说沿溪而游的兴致还十分浓厚。　〔六〕澹潋，水波微动的状态。结，凝合。　〔七〕团栾，亦作"檀栾"，本用来形容竹的形态，此句则直指竹而说的。润霜质，是说竹性耐寒，经霜愈见青翠光润。　〔八〕涧委，涧流弯曲。水屡迷，是说因为溪涧曲折，往往不辨（迷）流水的去向。　〔九〕林迥（jiǒng），丛林深远。　〔一○〕眷、顾，都是回看。《说文》段注说："凡顾、眷并言者，顾者，还视也；眷者，顾之深也。"可知这二字没有意义上的不同，而有程度上的差别。　〔一一〕践夕，义未详，践，《全宋诗》注："一作残。"奄昏曙，从早到晚，一忽儿就过去。　〔一二〕蔽翳，指山岩和树林的最幽深、最隐秘的地方。皆周悉，都完全熟悉了，即遍游的意思。　〔一三〕《蛊》上，谓《蛊卦》上九。《易·蛊》说："上九，不事王侯，高尚其事。"此句即用其义，说明虽滞世务（郡守）而不为其所累。　〔一四〕《履》二，谓《履卦》九二。《易·履》

说:"九二,履道坦坦,幽人贞吉。"此句即用其义,说明优游郡守的乐趣。 〔一五〕幽人,意即隐者,灵运自谓。坦步,安行无碍的意思。 〔一六〕难匹,意即举世无双。 〔一七〕颐阿,义未详。或说:颐阿为对话中没有意义的语词。《史记·陈涉世家》索隐说:"颐者,助声之辞也。"而颐为"伊"的借字,伊者,惟也。惟又与"唯"通。颐阿,即《老子》所说"唯之与阿"(二十章)的意思。何端,即何由,是说无由听到謦咳。 〔一八〕抱一,是《老》《庄》书中的词语,《老子》说"圣人抱一为天下式"(二十二章),又说:"载营魄,抱一能无离"(十章),这里所说的"一",是道或大全的意思,(佛家说的"一即一切,一切即一",即指大全。)抱一就是守道。寄抱一,是把思想感情寄托于玄理。 〔一九〕"恬如"的"如",是错字,当作"知","恬知"是《庄子》书中的词语,《缮性》篇说:"古之治道者以恬养知,知生而无以知为也,谓之以知养恬。知与恬交相养,而和理出其性。" 〔二〇〕缮性,即养形存生的意思。《庄子》书中有篇《缮性》,专讲它的道理。道家认为知识对于为道是有损害的,所谓"为学日益,为道日损";用向、郭注语说,是"思之愈精,失之愈远"。因此,欲得"和理之分","必离俗去欲",恬淡无为,使知识失去积极的意义。此二句即概括《庄子·缮性》篇的主要思想,说明自己已得性分的自然,"虽知周万物而恬然自得"(向、郭注语,道家所说的"物我同一"的境界,唯心主义哲学的一种观点)。

　　此诗开头两句,写出游前作了一些准备,和兴奋地想象着徐行上山的情景。次二句,写溯流寻源、舍舟山行的整个过程。"澹潋"以下六句,铺叙途次风景:寒潭澹潋,风竹团栾,溪涧弯曲,水流莫辨,是水路所见的情况;林密路迷,岩高天蔽,顾疑东西,错认方向,为山行所得感觉。"践夕"二句,说搜剔深远,尽览奇景,一日奄忽而过。"《蛊》上"以下四句,说悠然徜徉于山水之间,为郡而不为郡务所累,既显出高尚之风,又隐寓怀才之感!结尾四句,说自己的思想由于得到山水灵秀的启发,更进一步理解了《庄子》所讲的缮性之道。

## 游岭门山〔一〕

西京谁修政〔二〕?龚汲称良吏〔三〕。君子岂定所〔四〕,清尘虑不嗣〔五〕。早莅建德乡〔六〕,民怀虞芮意〔七〕。海岸常寥寥,空馆盈清思。协以上冬月〔八〕,晨游肆所喜〔九〕。千圻邈不同〔一〇〕,万岭状皆异。威摧三山峭〔一一〕,瀄汨两江驶〔一二〕。渔商且安流〔一三〕,樵拾谢西芘〔一四〕。人生谁云乐?贵不屈所志。

〔一〕岭门山,在平阳县治前,山分左右翼,中阙如门。(此据《读史方舆纪要》,而《温州府志》说在瑞安县治前。)〔二〕西京,西汉都长安,东汉都洛阳,因长安在洛阳的西面,东汉人便称长安为西京。此句则以京都代表朝代,意即西汉时代。 〔三〕龚汲,龚遂和汲黯。龚遂,字少卿,山阳南平阳人。汉宣帝时,勃海郡因年成不好,老百姓没法生活,多有被迫做盗贼的,而官吏则借捕捉盗贼的名义进行敲诈勒索,社会秩序陷于混乱状态。宣帝看了不对头,便命龚遂为渤海太守。他到郡后,第一步把盗贼和良民的界线划分清楚,不许属县乱捕乱捉。再把仓库里的官粮作为救济米,借给贫民,以资生活。接着便教导百姓致力农桑,买牛养猪,发展生产。不到几年,渤海地方就很富实了(见《汉书·龚遂传》)。汲黯,见《斋中读书》注〔六〕。良吏,能为百姓办事的好官吏。 〔四〕君子,一边是指龚汲说的,一边也是诗人自称。定所,一定的地区。 〔五〕清尘,尘谓走过时路上扬起的灰尘,清有尊敬之意,借喻前贤美德。虑不嗣,怕不能嗣接。 〔六〕莅(lì),到。建德乡,即《庄子·山木》篇所说的"南越有邑焉,名为建德之国"。此指永嘉郡。江淹《杂体诗·谢临川游山》诗"幸游建德乡",也是指永嘉说的。 〔七〕虞芮(ruì),西伯昌时,周的两个邻国,虞故城在今山西省平陆县东北,芮在芮城县。虞芮两国曾有土地纠纷,一直得不到解决,后经两国协商,同意去请西伯评断。当两国国王踏进周的境界时,就没有看到周人有争田的事情,都深深地感到惭愧。于是,彼此自动作了让步,不待西伯的评断,便自己把纠纷解决了(事见《史记·周本纪》)。此借喻永嘉郡民的容易接受教化。 〔八〕协,合。上冬,初冬。 〔九〕肆,尽情地。 〔一〇〕千圻(qí),千崖。 〔一一〕威摧,高峻的样子。三山,黄晦闻因《山居赋》自注有"便是海中三山之流"的话,便以《山居赋》所说的"天台、太平、方石"当之。但是,从这首诗前半段的内容推断,它应该是灵运在永嘉郡时的作品。诗中写的是眼前山水,当是永嘉的某些山;就全诗的意境发展看来,没有突然夹入记述天台等三山的必要。这句诗是说,所游的山比天台、太平、方石三山还要峻削。 〔一二〕濺(zhì)汨(gǔ),水流有声的样子。两江,黄晦闻以《山居赋》自注有"双流谓剡江及小江"的话,认为是剡江和小江。驶,谓流水奔腾而去。这句诗是说,眼前的江流如剡江、小江一般地流着。 〔一三〕渔商,指渔人和客商的船只。"商",《全宋诗》作"舟"。"且",《诗纪》作"岂"。 〔一四〕樵拾,指山间砍柴采野菜的人。芘(pí),荫。西芘,残照中的林荫山影。

此诗开头四句,说西汉时的龚遂和汲黯,因治边郡而得"好官"的美誉;今日的永嘉与汉代的渤海、东海,虽同为边远小郡,但由于材力的不同,政绩怕就赶不上前贤了。"早苾"以下四句,说自到永嘉郡任,因为百姓跟周时虞、芮二国人民一样易于接受教化,目前已自政清刑平,为肆意游览提供了客观条件。妙的是明明性好游览,却从政事上说起,拉着你兜个弯儿,便觉意曲旨远。"协以"二句,一面指出此游的时间,是一个初冬的日子;一面暗示所游的地方,带便点明题目。"千圻"以下六句,写千岩竞秀,万壑争异。渔商安流,是渔翁、客商在江上行船的图画;樵拾西芘,是樵夫、村妇在山间劳动的素描。末尾二句,表明人生最快乐的事情,就是自由意志的不受羁束。暗地点出:大才治郡,固自郁抑;而得伸游志,亦是一乐。

## 郡东山望溟海〔一〕

开春献初岁〔二〕,白日出悠悠〔三〕。荡志将愉乐〔四〕,瞰海庶忘忧〔五〕。策马步兰皋〔六〕,绁控息椒丘〔七〕。采蕙遵大薄〔八〕,搴若履长洲〔九〕。白花皓阳林〔一〇〕,紫蘴晔春流〔一一〕。非徒不弭忘〔一二〕,览物情弥遒〔一三〕。萱苏始无慰〔一四〕,寂寞终可求〔一五〕。

〔一〕郡,指永嘉郡。东山,一名华盖山,在永嘉县东,山周九里。(此据《读史方舆纪要》,或谓东山即海坛山。)〔二〕开春,春的开始。初岁,即年初。〔三〕悠悠,闲暇舒展的样子,含有光辉无穷的意思。〔四〕荡志,排遣心情。愉乐,愉有乐义,是同义复词。〔五〕瞰(kàn)海,从山上观海,可以得到全面的景象。以上四句袭用《楚辞·九章·思美人》"开春发岁兮,白日出之悠悠。吾将荡志而愉乐兮,遵江夏以娱忧"的意思,甚至连句式一起保留下来。〔六〕策,马鞭子。策马,策为动作,以马鞭子打马。步,徐行。兰皋,生有兰蕙等香草的泽边。〔七〕绁(xiè),与"绁"同,马的缰绳。绁控,拿着马缰,控制着马的行动的快或慢。椒丘,山丘的顶上。以上二句袭用《离骚》"步余马于兰皋兮,驰椒丘且焉止息"的意思。 〔八〕蕙,蕙兰,叶同草兰而稍瘦长,暮春开花,一茎着八九朵,香逊于兰,色亦略淡。遵,沿着。大薄,草木丛生的辽阔低地。 〔九〕搴,采取。若,指杜若,香草。履,慢步。以上二句袭用《楚辞·九章·思美人》"擥大薄之芳茝兮,搴长洲之宿莽"和《九歌·湘君》"采芳洲兮杜若"等句的意思。 〔一○〕皓(hào),洁白耀目。阳林,向南的树林。 〔一一〕藃(xiāo),《全宋诗》注:"一作翘。"即白芷。白芷,楚人叫作蓠,齐人叫作茝,而晋人则称为藃,见《说文》。晔(yè),光明照眼。 〔一二〕非徒,非但。弭(mǐ),停息。不弭忘,即不遗忘。《毛诗·小雅·沔水》有"心之忧矣,不可弭忘"的话。 〔一三〕"览物"的物,指上面的蕙兰杜若等。弥遒,愈加迫切。 〔一四〕萱苏,萱草,古人时常佩戴,以为可以忘忧。《毛诗·卫风·伯兮》说:"焉得谖草,言树之背。"可见是一种很古的风俗。 〔一五〕寂寞,意谓拱默山林。此句含有宋玉《九辩》"君弃远而不察兮,虽愿忠其焉得？欲寂漠而绝端兮,窃不敢忘初之厚德"的意思。

此诗开头四句,说年初出游,风日晴朗;欲借登临的欢乐,排遣羁旅的忧思。接着,说骑着马沿沼泽旁边前进,到达椒丘而息,写登东山的过程。"采蕙"以下四句,铺叙游览的具体情况:采蕙兰,摘杜若,都是"不忘芳香以自清洁"(朱熹语)的举动;而白花明耀阳林,紫藃红映春流,则为眼前的艳色。此诗题目虽说是"望溟海",但篇中所写的全是海边地区的情况,对于望中的大海景象,却未加一笔描述。"非徒"二句,写望海所得的感触:说此番春游本为消忧,而在览物之余,忧情是愈加迫切了。与前头"瞰海庶忘忧"句相照应。末尾两句,说明萱草既不发生安慰作用,彻底地解忧办法是拱默山林,于是归隐思想又再度炽烈起来。

## 登上戍石鼓山〔一〕

旅人心长久,忧忧自相接〔二〕。故乡路遥远,川陆不可涉〔三〕。汩汩莫与娱〔四〕,发春托登蹑〔五〕。欢愿既无并〔六〕,戚虑庶有协〔七〕。极目睐左阔〔八〕,回顾眺右狭〔九〕。日没涧增波〔一〇〕,云生岭逾叠。白芷竞新苕〔一一〕,绿𬞟齐初叶〔一二〕。摘芳芳靡谖〔一三〕,愉乐乐不燮〔一四〕。佳期缅无像〔一五〕,骋望谁云惬〔一六〕!

〔一〕上戍,即上戍浦,在永嘉江中。石鼓山,在永嘉县西四十里,石峙其上,扣之则响。 〔二〕此二句袭用《楚辞·九章·哀郢》"心不怡之长久兮,忧与愁其相接"的意思。 〔三〕涉,过水。这个"涉"字,是单就"川陆"的"川"说的。 〔四〕汩汩(gǔ),原为水流快的状态,这里是用来形容时光过去得快。 〔五〕发春,即开春,春的开头。登蹑(niè),轻步上山。此句袭用《楚辞·招魂》"献岁发春兮,泪吾南征"的意思。 〔六〕这句是说,山水的欢乐与栖隐的愿望不可同时并得,与"汩汩莫与娱"句相照顾。 〔七〕戚虑,忧思。"协",《全宋诗》注:一作"怯"。此句与"忧忧自相接"句遥相呼应。〔八〕睐(lài),斜看。左阔,左面是广阔的川原。 〔九〕回顾,回过头来。右狭,右面山岭耸峙,形成狭隘地带。 〔一〇〕"日没",《全宋诗》作"日末"。 〔一一〕白芷,香草名。苕(tiáo),《全宋诗》及各本作"苔"。苇花。 〔一二〕绿,与"菉"同,草名。蘋(pín),水草名,萍类。齐初叶,初生的嫩叶十分整齐可爱。此句袭用《楚辞·招魂》"绿蘋齐叶兮白芷生"的意思。 〔一三〕摘芳,采取鲜花香草。芳靡谖,花草没有发生忘忧作用。 〔一四〕乐不燮,音乐不和谐。 〔一五〕缅,望远而思念的样子。缅无像,是说"佳期"还是那样遥远无准。 〔一六〕骋望,纵目远眺。惬(qiè),心里舒适。此二句袭用《楚辞·九歌·湘夫人》"白蘋兮骋望,与佳人期兮夕张"的意思。

此诗开头四句,说由于长期的作客,乡思在心头渐积渐深;而故园却在遥远的天外,被山外山、水外水重重隔着。"汩汩"以下四句,说索性寄情山水,趁此春光明媚的日子,借登山临水之欢,以抒胸中一腔愁闷。"极目"二句,叙山川奇秀,目不暇接,在左睐右顾中,见出上戍和石鼓山的雄姿,点明了题意。"日没"以下四句,描写眼前景物,风情旖旎,一派清新之气,直扑人眉目。结尾四句,说本想借春日快游,排遣忧思;又因美景独赏,而怀念着久别的朋友,以致对花鸟心情不舒,抚琴曲乐调不和,在乡愁中又加添了离思,具体地说明了"忧忧自相接"。

## 种 桑

诗人陈条柯〔一〕,亦有美攘剔〔二〕。前修为谁故〔三〕,后事资纺绩〔四〕。常佩知方诫〔五〕,愧微富教益〔六〕!浮阳骛嘉月〔七〕,艺桑迨闲隙〔八〕。疏栏发近郛〔九〕,长行达广埸〔一〇〕。旷流始毖泉〔一一〕,涸涂犹跬迹〔一二〕。俾此将长成〔一三〕,慰我海外役〔一四〕!

〔一〕条柯,枝条。指《诗·豳风·七月》"蚕月条桑"一节诗。〔二〕攘剔,修剪繁冗的枝柯,使树木长得更好。〔三〕前修,意同前贤,前代的贤人。〔四〕纺绩,缫丝叫纺,织麻叫绩。〔五〕佩,默识于心。知方,熟知礼法。〔六〕微,意与无同。〔七〕浮阳,不稍停的阳春。骛,快速。〔八〕艺(yì),种植。迨(dài),趁着。闲隙(xì),农事空闲的时候。〔九〕郛(fú),外城。〔一〇〕广埸(yì),广大场地的尽处。〔一一〕旷流,长流。毖(bì)泉,初出的汨汨而流的泉水。〔一二〕涸涂,涸或"缅"之误,涂同"途",遥远的路途。跬(kuǐ),走路时抬起一只脚跨前半步。〔一三〕俾,使。此,指所种的桑树。〔一四〕海外,或指永嘉。

此诗开头四句,说前贤种植桑树,剪治枝条,为发展纺织事业而努力,是得到诗人的赞美的。接着说自己常以礼法自诫,也想做些对人民有益的事情。现在,正好趁着阳春佳日,农事还不甚忙时,发动百姓栽种桑苗。"疏栏"二句,写出一长行一长行的桑树,自外城向远郊伸展,森蔚有数千万株。最后四句,说长流是由涓细小流汇合而成的,远路必须一步一步地走才能到达;预计这些桑树长成时,于农民的蚕业生产是有利的,也是我供职海滨所做的一件值得欣慰的事情。

## 登池上楼〔一〕

潜虬媚幽姿〔二〕,飞鸿响远音〔三〕。薄霄愧云浮〔四〕,栖川怍渊沉〔五〕。进德智所拙〔六〕,退耕力不任〔七〕。徇禄及穷海〔八〕,卧疴对空林〔九〕。衾枕昧节候〔一〇〕,褰开暂窥临〔一一〕。倾耳聆波澜〔一二〕,举目眺岖嵚〔一三〕。初景革绪风〔一四〕,新阳改故阴〔一五〕。池塘生春草,园柳变鸣禽〔一六〕。祁祁伤豳歌〔一七〕,萋萋感楚吟〔一八〕。索居易永久〔一九〕,离群难处心〔二〇〕。持操岂独古〔二一〕,无闷征在今〔二二〕!

〔一〕池,指谢公池。据《太平寰宇记》说:"谢公池,在(温)州

(永嘉)西北三里,积谷山东,'池塘生春草'即此处。"〔二〕虬(qiú),传说中有两角的龙子。潜虬,即潜龙。《易·乾卦》有"潜龙勿用"的话。媚,有自我怜惜的意思。幽姿,是刚健婀娜的美妙姿态。 〔三〕鸿,水鸟。远音,是飞鸿带鸣而过,长空留下一缕缕袅袅不绝的声音。《易·渐卦》有"鸿渐于陆"的话。这二句说明灵运自惭已婴世俗网罗,不如潜龙之深藏而葆真美,飞鸿之高飞而远祸害:是托物起兴。 〔四〕薄,与"泊"通,有止义。薄霄,停留云间,指仰看霄际飞鸿说。 〔五〕怍(zuò),惭愧。渊沉,深沉不可测的海渊,是指俯视川中潜龙说的。 〔六〕进德,增进德(品德)业。此用《易·乾卦》"君子进德修业,欲及时也"的意思,相反地指出以智拙力竭,不能做出一番济世的事业。 〔七〕力不任,有吃不消做体力劳动工作的意思。 〔八〕徇禄,为了猎取俸禄。及,到。("及",《全宋诗》及《文选》作"反",此从宋本《三谢诗》。)穷海,穷乡僻壤的海滨地区,指永嘉郡。 〔九〕卧疴,病在床上。 〔一〇〕昧,不明。〔一一〕褰(qiān),揭开。褰开,是开开的意思。窥临,临窗眺望。〔一二〕倾耳,聚精凝神的样儿。聆,会心地听着。 〔一三〕举目,抬起眼睛,远望时的小动作。岖嵚,青山高峻的样子。 〔一四〕初景,春晨初日。革,清除。绪风,冬日寒冽北风的余威。《楚辞·九章·涉江》有"乘鄂渚而反顾兮,欸秋冬之绪风"的话。 〔一五〕阴和阳是冬和春的象征概念。 〔一六〕"变"字这个动词,在本句里是个重点字,它表达了好些微妙的动态,于此可以看出灵运诗炼字构句的讲究。不过,句中的"鸣禽",不能当作"园柳"的宾语看。否则,它的意思就成为"园子里的杨柳变成了会歌唱的鸟儿",这是跟我们的常识不合的。在这里,"园柳"和"鸣禽"是两个并列的词儿,它们之间没有从属的关系,意思是说:"园子里的杨柳也变了样儿了,已换上一身鹅黄的新衣。由于园柳的换装,鸣禽的心境也显得很酣畅,那在枝头歌唱的黄莺,现在更唱得分外悦耳了。"〔一七〕祁祁,众多的样子。豳(bīn),古国名,在今陕西、甘肃省境。豳歌,是豳人的诗歌。此句袭用《诗·豳风·七月》"春日迟迟,采蘩祁祁,女心伤悲,殆及公子同归"的意思。 〔一八〕萋萋,草色茂盛的样子。楚吟,是楚地(湖南、湖北两省)诗人的吟咏,此指《楚辞》中的篇什。此句袭用《楚辞·招隐士》"王孙游兮不归,春草生兮萋萋"的意思。〔一九〕索居,和朋友离散后的独居生活。永久,长久。 〔二〇〕离群,本是小鸟失群的意思,此借喻人们和朋友的分散。 〔二一〕持操,执持雅操。岂独古,难道只有古人才具有特立的志行吗?此句与"豳歌"、"楚吟"相照顾。 〔二二〕无闷,有不为世务所移,确乎不可拔的意思。语源见《易·乾卦》,《文言传》说:"龙德而隐者,不易乎世,不成乎名,遁世无闷。"征在今,现在还有风华清靡的高士。此句与"潜虬"句遥相呼应。

此诗开头六句,是托物起兴和感怀喻志。诗人运用《周易》中时"潜龙勿用"、"鸿渐奋飞"、"进德"及《尸子》中"退耕"等矛盾的意念,写出自己官场失意的颓丧情绪,和一种进退失据的思想感情。"卧疴"一句,叙述诗人卧病之初,正是叶落林空的冬天,以与莺飞草长的今日相对照,给人以明确的时间观念。同时,它在诗的意境的发展上起着桥梁作用,把心里的志和外界的景紧密而有机地结合起来。"衾枕"以下八句,写久病初起,点明题目"登池上楼"。窗子一开,远海涛声便隐隐入耳;抬头看去,近郊山色又历历赴目。而风日清丽,阳光和煦,春色满园,生意盎然。由远海而近郊而园内,层次何等分明;由听觉而视界而肤触,感受多么新鲜。"祁祁"以下四句,由独自登临,而想念阔别的亲友,逼出即景怀人的情绪。又因歌诵《毛诗》、《楚辞》,自己的一股归思便与古人的归思相激相荡,如水波潋滟,容与一片。结尾两句,是诗人对他当时的精神状态所作的结论式的写照。就全诗说,诗人一面能够把他的丰富而生动的感情,融注于《易》、《庄》的简括而落寞的概念中,做到以情入理;另一面又能够以洗练的语言,白描眼前景物,做到以画入诗。把此诗写得既典雅浑成,又清新豁目。

## 过白岸亭[一]

拂衣遵沙垣[二],缓步入蓬屋[三]。近涧涓密石[四],远山映疏木。空翠难强名[五],渔钓易为曲[六]。援萝聆青崖[七],春心自相属[八]。交交止栩黄[九],呦呦食苹鹿[一〇]。伤彼人百哀[一一],嘉尔承筐乐[一二]!荣悴迭去来〔一三〕,穷通成休戚〔一四〕。未若长疏散〔一五〕,万事恒抱朴〔一六〕。

〔一〕白岸亭,在楠溪西南,以溪岸有白沙而得名,离永嘉约八十七里。灵运《归涂赋》说:"发青田之枉渚,逗白岸之空亭。" 〔二〕拂衣,意即振衣,古人动身时的一种惯有动作,借喻起行。遵沙垣,沿着一条蜿蜒如垣的沙岸前进。 〔三〕缓步,慢慢地走着。蓬屋,以蓬草盖的房屋,指白岸亭。 〔四〕涓,细小的流水。 〔五〕空翠,耀空的青翠山色。难强名,它的妙处不是语言所能言说的。这里写的虽是山色,却暗将《老子》"吾不知其名,字之曰道,强为之名曰大"(二十五章)的意思,巧妙无间地与山色相结合,使《老》《庄》的玄理通过自然景物而得到体现。 〔六〕曲,与"屈"通。易为曲,是说渔者最容易理会全身的道理,也是结合着《老子》"曲则全"(二十二章)的思想的。 〔七〕援萝,手把松萝。聆(líng),一边倾听,一边心里领会。 〔八〕春心,春日的心情。相属,说思绪络绎奔会。此句袭用《楚辞·招魂》"目极千里兮伤春心"的语意。 〔九〕交交,小鸟往来飞翔的样子。栩(xǔ),栎树的别名。止栩黄,是飞集于栎树上的黄鸟。此句用《诗·小雅·黄鸟》"黄鸟黄鸟,无集于栩"的诗意。黄晦闻认为《诗·小雅·黄鸟》和《秦风·黄鸟》的内容不同,从此诗下句"伤彼人百哀"看来,它用的是"如可赎兮,人百其身"的哀三良的《秦风·黄鸟》,故"止栩"当作"止棘"。但就诗的音调说,仍以作"栩"较为和谐,正不必拘泥于义,也不烦改字。

"止棲黄"的"黄"字,是黄鸟的省称。在古人诗赋中,多有此种句法,如《诗·郑风·大叔于田》"叔于田,乘乘黄"的"黄",是黄马之省;《小雅·车攻》"四黄既驾"的"四黄",也指四黄马说的;而张衡《东京赋》的"雎鸠丽黄",则为"黄鹂"一词的倒用。他们所以这样做的原因似乎很简单,大都为了迁就韵脚和几字一句的规定。〔一〇〕呦呦,鹿鸣的声音。食,吃。苹(píng),藾蒿,叶青白色,梗像筷子而轻脆,初生的很嫩。此句含有《诗·小雅·鹿鸣》篇的意思;据《毛传》说,《鹿鸣》是燕赏群臣嘉宾的诗。〔一一〕"伤彼"的"彼",指殉秦穆公葬的秦三良奄息、仲行、鍼虎及其他从死的百七十七人(见《史记·秦本纪》及《诗·秦风·黄鸟》传笺)。〔一二〕"嘉尔"的"尔",指刘宋时代的权贵。筐,用竹或柳条编成的盛东西的器具。承筐乐,接受天子赐予的满筐物品(如币帛)的欢乐。〔一三〕荣,谓富贵荣华,即下句所说的"通"。悴,是沦踬忧困,即下句所说的"穷"。迭(dié),轮流。〔一四〕休戚,意即喜忧。〔一五〕长疏散,是摆脱世事,长期地隐居山林,过着自由散淡的生活。〔一六〕朴,与"樸"通,它是《老子》书中的一个术语,"器"的相对词。《老子》说:"朴散则为器",朴是无名,是道,是不可言说不可思议的大全;器是有名,是宇宙间的事物。抱朴,是保守本真的意思。

此诗开头两句,说过白岸亭,开门见山地点明题目。次四句,写沿途风物:近处是小涧密石,溪水潺湲而流;远方是高山疏木,青翠明映空际。"援萝"以下八句,说走得累了,便于崖前休息,手把青萝,凝目远眺:由眼前的景物黄鸟和鹿,想起《诗·秦风·黄鸟》和《小雅·鹿鸣》两篇诗;又由《黄鸟》的"哀三良"和《鹿鸣》的"燕群臣"的诗意,联想自己的仕途坎坷和另一些人的"捧日承恩",因而产生了荣与悴、穷与通等矛盾的思想情感,极其形象地写出"春心相属"。最后两句,表示不如归去,且以《老子》"见素抱朴"的思想作为自己的观点。此诗寓玄理于山水之间,诗情玄思交相融会,空明朗澈,相映成趣。就写作的技巧说,本诗虽说全是偶句的组合,但诗意却此起彼伏,流行无滞,而相互穿插有如缝纫机踏出的针脚。如"空翠"句是紧接着"远山"句而补足其意的,"渔钓"句则越过两句诗的空间排列地位而和"近涧"句相照应,"交交"两句点明"援萝"句的"聆"字,"伤彼"四句则说明诗人的思想感情已和《黄鸟》、《鹿鸣》的诗意相结合,为"春心"句下个注脚。因此,它的排偶形式并不妨碍它的形象生动。

## 游南亭[一]

时竟夕澄霁[二],云归日西驰。密林含余清,远峰隐半规[三]。久痗昏垫苦[四],旅馆眺郊歧[五]。泽兰渐被径[六],芙蓉始发池[七]。未厌青春好[八],已睹朱明移[九]。戚戚感物叹[一〇],星星白发垂[一一]。乐饵情所止[一二],衰疾忽在斯〔一三〕!逝将候秋水〔一四〕,息景偃旧崖〔一五〕。我志谁与亮〔一六〕?赏心唯良知〔一七〕!

〔一〕南亭,据《太平寰宇记》说,去温州(永嘉)一里。 〔二〕时竟,时是四时的时,竟有终义,是说春季的最后一月。时竟的词式,跟《史记·高祖纪》中的"岁竟"是同样的。夕澄霁,傍晚雨后,天宇澄碧如洗。 〔三〕隐,没。物形圆的叫规。半规,就是半圆,指没有落入山后的半个太阳。此句带有唐人诗"夕阳无限好,只是近黄昏"的意味。 〔四〕痗(mèi),病。此处作动词用,有厌恶的意思。昏垫(diàn),是说海滨地区既潮湿又多瘴疠。《书·益稷》有"下民昏垫"的话。 〔五〕旅馆,客舍。郊歧,野外的岔路。 〔六〕泽兰,即皋兰,有兰的水边。被径,掩盖着路。此句袭用《楚辞·招魂》"皋兰被径兮斯路渐"的意思。 〔七〕芙蓉,莲花。此句袭用《楚辞·招魂》"芙蓉始发,杂芰荷些"的意思。 〔八〕春叫青春,少年也叫青春。此句中的青春,是个双关词语。 〔九〕睹(dǔ),《全宋诗》及五臣本《文选》均作"观",看见。朱明,指太阳,太阳光明,初升时红色,所以称为朱明。这里的"朱明"与上句的"青春"对举,当依《尔雅》释为夏天。此句袭用《楚辞·大招》"青春受谢,白日昭只"的意思。 〔一〇〕戚戚,忧思的样子。"感物"的物,指夏初的景物,如泽兰、芙蓉等。 〔一一〕星星,白发丝丝点点生于黑发中的样子。垂,通"陲",意即生于鬓边。 〔一二〕乐饵,是美音甘食的意思。《文选》《三谢诗》均作"药饵",兹依姚姬传说改。《老子》

说："乐与饵,过客止。"(音乐与美食,能使行路的人停住脚步。)(三十五章)〔一三〕衰疾,年老而多病。斯,这里,指永嘉郡。〔一四〕逝,语词。〔一五〕息景,即息影。偃,有高卧意。旧崖,意即故山。此二句以《庄子·齐物论》《秋水》两篇中的意思组成。〔一六〕亮,信。〔一七〕良知,最知己的朋友。

此诗开头四句,写初夏傍晚,雨过天晴,景色澄净,密林中留着一派清凉余意,而半边落日已没于远峰的背后了。"久痗"以下六句,写客边苦闷,散步郊外,见兰草掩盖路上,莲花开满池中。由于景物的更换,不觉意识到时间已由春而夏。点明题目"游南亭"。"戚戚"以下四句,说忧思催人老,鬓际已白发丝丝,于是深深地体会到《老子》书里的话,自己确是在吃喝玩乐的满足中衰老了。"逝将"二句,说等秋水至时,决计买舟北归,回到自己庄园去,表明归思的殷切。末尾两句,说自己所以抱着栖逸之志,不过想跟旧日知交再过上一些快心快意的日子。

## 游赤石进帆海〔一〕

首夏犹清和〔二〕,芳草亦未歇〔三〕。水宿淹晨暮〔四〕,阴霞屡兴没。周览倦瀛壖〔五〕,况乃陵穷发〔六〕!川后时安流,天吴静不发〔七〕。扬帆采石华,挂席拾海月〔八〕。溟涨无端倪〔九〕,虚舟有超越〔一〇〕。仲连轻齐组〔一一〕,子牟眷魏阙〔一二〕。矜名道不足〔一三〕，适己物可忽〔一四〕。请附任公言〔一五〕，终然谢夭伐〔一六〕。

〔一〕赤石，地名。灵运《游名山志》说："永宁、安固二县中路东南便是赤石，又枕海。"永宁即今浙江温州，安固即今浙江瑞安，知赤石当在温州、瑞安之间。帆海，即今帆游山，在瑞安县北五十里，东接大罗山，与永嘉县分界。宋郑缉之《永嘉郡记》说："帆游山，地昔为海，多过舟，故山以帆名。"可知帆游山在晋宋之际，或犹是海。〔二〕首夏，即初夏。清和，清凉和暖。南方初夏的天气，本是很热的，用一"犹"字，说明该热而不热。 〔三〕未歇，未尽，有欣欣向荣的意思。王融《别王丞僧孺》诗"首夏实清和，余春满郊甸"（《古文苑》），诗意和这两句相似。 〔四〕水宿，过着水上生活，谓日夜住在舟中。淹，久留。 〔五〕周览，周有"遍"义，是说统统游览过了。瀛壖(ruán)，大海岸边。 〔六〕陵，有横渡的意思。穷发，原义为极北的不毛之地，《庄子·逍遥游》说："穷发之北，有冥海者，天池也。"此处借喻遥远的海洋。 〔七〕川后，波神。天吴，水伯，《山海经》说："朝阳之谷，神曰天吴，是为水伯。其为兽也，八首人面，八足八尾，背黄青。"此二句以《楚辞·九歌·湘君》"沛吾乘兮桂舟。令沅湘兮无波，使江水兮安流"和曹植《洛神赋》"川后静波"的意思组成，形容远海的波平浪静和诗人的轻舟往游。 〔八〕扬帆、挂席，都是高挂布帆，借风力行舟的意思，词虽不同，义则无异。石华，海味，生于海岩石上，肉可啖。现在瑞安人叫龟足，俗名观音足。海月,也是可吃的。《临海水土物志》说:"海月大如镜,白色正圆。"(《太平御览》卷九四三引) 〔九〕溟涨,谓溟海波涨兼天。无端倪,浩渺无涯际。 〔一〇〕虚舟,不载物的轻舟。有超越,是舟行海上的一种超然自得的意境。 〔一一〕仲连,谓鲁仲连。仲连是战国时齐人,助田单反攻聊城,以计杀燕军守将,有功。他辞去齐国的封爵,逃隐于海上(见《史记・鲁仲连传》)。组是冠缨或印绶;齐组是指齐国的封爵说的。此句含有"吾与富贵而诎于人,宁贫贱而轻世肆志"(仲连语)的意思。 〔一二〕子牟,即中山(国名)公子牟。眷,恋念不忘。魏阙,宫门外悬法之所。《庄子》杂篇《让王》说:"公子牟谓瞻子曰:'身在江海之上,心居乎魏阙之下,奈何?'"此句用这段话的意思,讽刺有些隐士的盗名欺世的行为。 〔一三〕矜名,崇尚空名。 〔一四〕适己,恰合自己的性分。忽,忘。 〔一五〕附,是附和。任公言,是任公教导孔子的一番话。它的具体内容见《庄子・山木》篇,大抵说"直木先伐,甘井先竭","饰知以惊愚"者,将不免于陈蔡之困。一个人要"削迹捐势,不为功名",才能无累。 〔一六〕谢,有避去的意思。夭伐,与天年对称,是事物(包括生命)受外力的侵害而损毁的意思。

此诗开头两句,以初夏的风物气候,点明赤石之游的时间。"水宿"以下四句,一边说连日水宿,颇睹海滨云霞兴没的奇景,指出"游赤石";一边说已没有兴头再游瀛壖,于是豪情勃发地往游远海,又指出"进帆海"。"川后"以下六句,写扬帆游海的情境,大有乘槎仙去的意味。"仲连"以下四句,由游海而想起隐于海上的两种人:仲连是真的"轻世肆志",故外物(如仕宦)可忘;而子牟则不能名迹皆去,故于道有亏。结尾两句,表示自己将实践任公所说的话,以全吾生。

## 登江中孤屿〔一〕

江南倦历览〔二〕,江北旷周旋〔三〕。怀新道转迥〔四〕,寻异景不延〔五〕。乱流趋正绝〔六〕,孤屿媚中川〔七〕。云日相辉映,空水共澄鲜。表灵物莫赏〔八〕,蕴真谁为传〔九〕?想像昆山姿〔一○〕,缅邈区中缘〔一一〕。始信安期术〔一二〕,得尽养生年〔一三〕!

〔一〕江,永嘉江。孤屿,即孤屿山。在温州瓯江中流,不仅景色秀丽,还有名胜古迹,它的东西两端有东峰和西峰两座小山,东峰有唐塔,西峰有宋塔,中间有宋时建的江心亭。 〔二〕江南,永嘉江南。历览,游览已遍。倦,是历览后身体上感到的疲倦,是纯属生理的,不能理解为游兴阑珊。 〔三〕江北,永嘉江北。旷周旋,久缺应酬,意即多时没有游江北了。 〔四〕怀新,怀着发现新的胜景的心情。道转迥,是因怀新心切,转觉路程遥远的意思。〔五〕景不延,是因忙于寻异,愈觉日子不长,日子又不能因自己的寻异而稍微延长一些,心中有事往往要恨时间太短的。 〔六〕乱流,船横截江流而直渡。趋正绝,有物挡住前进的路线,指孤屿山出现眼前。 〔七〕中川,江中间。 〔八〕表灵,谓呈现在人们眼前的孤屿山的一派灵秀。物莫赏,大好风物没人欣赏。 〔九〕蕴真,隐遁于孤屿山上的仙人。谁为传,谁为他(仙人)传说其事于世间呢。 〔一〇〕昆山,昆仑山的简称,西王母所居。姿,想象中的仙人的风神姿容。 〔一一〕缅邈,仿佛。区中,谓繁华的人世间。缘,尘缘。 〔一二〕安期,即安期生,是个活到千岁的仙人。安期术,是安期生长生不老的道术。 〔一三〕此句引用《庄子·养生主》向、郭注所说的"养生非求过分,盖全理尽年而已",作为长生之术的积极内容。

此诗开头六句,写游永嘉江南北。诗人不是先游江南,后游江北;而是早游过了江北,才游江南的。这番在江南又游得腻了累了,重游江北的兴致勃然而兴;那江北的佳山胜水,就像暌离已久的老友,在亲热地向自己招手,于是返棹往游江北。当横舟渡江时,不意于中流发现了孤屿山。用徜徉江南,忽之江北,逗引出江中孤屿;中间夹叙道路转远,白日不停,以见游情的迫切,便觉诗境纡回曲折,诗意清新奇妙。"云日"二句,是"孤屿媚中川"的"媚"字的注脚,一种画也画不出的形象描写。"表灵"以下四句,说孤屿由于一向没有被人发现和欣赏,所以能葆其真美;而昆仑山上仙人也由于遥离尘世,所以能养形存生。结尾两句,说诗人得了这个启发,憬然有悟,也想闲散于山林之间,求神仙家的养生尽年的道术。此时诗人在孤屿山头,眼前平铺一片秀媚的山川,胸中却缥缈着游仙奇趣,便有飘然遗世之情!

## 白石岩下径行田〔一〕

小邑居易贫〔二〕,灾年民无生。知浅惧不周,爱深忧在民〔三〕。莓蓊横海外,芜秽积颓龄〔四〕。饥馑不可久〔五〕,甘心务经营〔六〕。千顷带远堤,万里泻长汀〔七〕。州流涓浍合〔八〕,连统塍埒并〔九〕。虽非楚宫化〔一〇〕,荒阙亦黎萌〔一一〕。虽非郑白渠〔一二〕,每岁望东京〔一三〕。天鉴倘不孤〔一四〕,来兹验微诚〔一五〕。

〔一〕白石岩,一名白石山,高千丈,周二百三十里,在乐清县西三十里。山下有白石径,相传为灵运行田处。行田,巡视农田。这是晋宋间的习语,王羲之给谢万的信里也说:"比当与安石东游山海,并行田视地利。"(《晋书·王羲之传》)它的意义,不同于史起所说的"魏氏之行田也以百亩"(《汉书·沟洫志》)的行田。 〔二〕小邑,小县,指永嘉郡。 〔三〕"民",《诗纪》作"情"。 〔四〕莓蓊,小草。横,纵横蔓生。海外,指永嘉地区。芜秽,田地荒废的景象。颓龄,"颓"与"颓"同,谓衰老之年。莓蓊,一作"旧业"。旧业是祖上传下来或原有的产业,该是指琅玡、始宁等地。那末,这二句就是说:诗人的旧业隔绝于海外,一年年地下去,田地日就荒废,自己也接近衰年了。但是,此诗的内容是救灾劝农,中间突然插入诗人的自叙,有碍于全诗的情调的统一,以从"莓蕾"为优。 〔五〕饥馑,饥荒的年头;两种谷物没有收成叫作"饥",三种谷物没有收成叫作"馑"。(这是根据《穀梁传》襄公二十四年及《韩诗外传》的说法,《墨子·七患》所说与此不同。) 〔六〕务经营,是指合力兴修水利和耕种作物。 〔七〕汀,水边平地。"千顷""万里"是形容田野的辽阔,著一"带"字,便见远堤如带萦回,用一"泻"字,又见流水潺湲。 〔八〕州,是古代乡村组织的名称,《周礼·地官》有"五党为州"的话。涓浍(kuài),小河流。 〔九〕连,是古代乡村组织的名称,《国语·齐语》有"四里为连"的话。塍(chéng)埒(liè),小堤。 〔一〇〕楚宫,楚指楚丘,是齐桓公为卫人所筑的城市;宫为宫室宗庙的所在。卫为狄人灭后,极少数的渡河遗民,就住居楚丘,在卫文公的生聚教训下,慢慢地得到富强(事见《春秋左氏传》闵公二年)。《毛诗·鄘风》有篇《定之方中》,据《诗序》说是称美卫文公的诗;诗中所说的"定之方中,作于楚宫",即本词的语源。此句借卫文公完国的史实,表明富民的意志。 〔一一〕黎萌,人民。 〔一二〕郑白渠,郑国渠和白渠。郑国渠,战国时韩人欲消耗秦国的国力,使无暇东侵,因使郑国说秦国开凿的。今已湮废,故道自今陕西省泾阳县西北仲山下,分泾水东流,历三原、富平、蒲城诸县,入洛水。参看《汉书·沟洫志》。白渠,在陕西省境,汉白公所开,故名。渠自泾阳县仲山龙洞迤东,再自北而南,分太白(亦曰北白)、中白、下白(亦曰南白)三渠,故亦称三白渠。渠引泾河之水,分注泾阳、三原、醴泉、高陵、临潼诸县。参看《汉书·沟洫志》〔一三〕东京,根据诗意应作"西京",其理由有三:(1)此句所望的每岁丰稔,是紧接着修渠说的,白渠开于西汉,指的应是西京;(2)西汉国家富强,可以作为比拟的对象,而东汉的政局动乱相仍,似乎够不上;(3)诗人在思想上有重视西汉政治的表现,如《游岭门山》的"西京谁修政,龚汲称良吏",可资证明。〔一四〕天鉴,把天看作有意志的神,居高临下地监视着人间的善恶。不孤,不负。〔一五〕来兹,来年。验微诚,谓丰收的愿望,一定会得到实现的。

此诗开头四句,说小郡县的居民,本来就很贫苦,遇上灾荒年头,更无法生活了。又说由于智谋短浅,深怕救济不周,一种对灾民的爱和一种对灾民生活的忧,交织胸间,显出民胞物与的精神。"莓蓊"以下四句,一面认为由于自己的衰老无能,不能及时做出适当的措施,以致加重了灾歉的情况;一面强调指出,兴修水利是克服灾旱的根本办法。"千顷"以下四句,描绘了计划中的规模宏大的灌溉系统,写出了来日农村的远景,以坚定农民于役的信心。陈胤倩评道:"千顷四语,画不能及。《诗》'畇畇原隰',简固佳,此四语繁亦不厌。千古咏田间景,逊此为妙。若良苗怀新,漠漠飞鹭,一畦一陇耳。"很能说出它的境界。"虽非"以下四句,说自己的政绩,虽比不上前贤,亦可使民小康。末尾两句,以为倘天不负人愿,来年必大丰熟,与"甘心务经营"句相照应。

## 行田登海口盘屿山〔一〕

羁苦孰云慰〔二〕？观海借朝风。莫辨洪波极〔三〕,谁知大壑东〔四〕？依稀采菱歌〔五〕,髣髴含嚬容〔六〕。遨游碧沙渚〔七〕,游衍丹山峰〔八〕。

〔一〕行田,见《白石岩下径行田》注〔一〕。盘屿山,在乐清县西南五十里,滨海,其下即盘石卫,旁有五小山、正屿山。 〔二〕羁苦,客边苦况。孰云慰,有"谁能给以安慰"和"如何才能得到安慰"两重含义。 〔三〕洪波,大波。极,边际。 〔四〕大壑,海洋。《庄子·天地》篇说:"谆芒将东之大壑,适遇苑风于东海之滨。苑风曰:'子将奚之?'曰:'将之大壑。'曰:'奚为焉?'曰:'夫大壑之为物也,注焉而不满,酌焉而不竭,吾将游焉。'"此借《庄子》寓言,形容东海的渺无涯际。 〔五〕依稀,隐约不明的样子,此处是指听不清切的歌声说的。采菱歌,参看下《道路忆山中》注〔二〕。 〔六〕髣髴,与"仿佛"同,看不真切的样子。嚬,与"矉""颦"通,因身体不舒服而皱着眉头。含嚬容,在愁苦的情态中,带有一种美态。此句借《庄子·天运》"西施病心而矉"的故事,说明强颜为欢,与"羁苦孰云慰"句相照应。 〔七〕遨,与"游"同义,常连着"游"字用,《毛诗》即有"以遨以游"(《邶风·柏舟》)的话。 〔八〕游衍,语源见《毛诗》,《大雅·板》有"及尔游衍"的话,疏释为自恣。但六朝人多用为游行快乐的意思,如谢朓《和伏武昌》诗说:"于役倘有期,鄂渚同游衍。"丹山,与碧沙对举,丹系形容山色,正如《水经注》所说的"赪壁霞举,红云秀天"。故丹山不是某山的专名,乃泛指山容。

## 斋中读书[一]

昔余游京华[二],未尝废丘壑[三]。矧乃归山川[四],心迹双寂寞[五]。虚馆绝诤讼[六],空庭来鸟雀[七]。卧疾丰暇豫[八],翰墨时间作[九]。怀抱观古今[一〇],寝食展戏谑[一一]。既笑沮溺苦[一二],又哂子云阁[一三]。执戟亦以疲[一四],耕稼岂云乐。万事难并欢,达生幸可托[一五]!

〔一〕斋,永嘉郡斋。 〔二〕京华,京都,指建康(南京),是晋宋时代政治经济中心。 〔三〕丘壑(hè),丘是高地,壑为聚水深谷,意即山水。 〔四〕矧(shěn),何况。归山川,谓到以山水闻名的永嘉郡做太守。 〔五〕心迹,不是一个独立词语,而是两个矛盾对立的意念,心指爱山水、好隐逸的心志;迹谓政治活动,即仕宦经历。寂寞,清虚淡泊。 〔六〕虚馆,空闲的衙署。绝诤讼,没有(或极少)诉讼案件。此句暗用汲黯治郡的故事,说明自己治永嘉的态度。西汉汲黯,是个黄老派学者。他做东海太守时,以清静治民;因身弱多病,常卧阁内不出,把政事交给几个强干的丞吏,只要求大体上不办错事。一年多点,东海就大治了。 〔七〕《鬻子》说:"禹治天下,朝廷之间可以罗雀也。"(《文选》李善注引)诗人即引用其事,说明自己以"无为"治永嘉所获得的美政。 〔八〕丰暇豫,多有闲暇安乐的日子。 〔九〕翰墨,笔墨,普通用作文辞的代词。时间作,是说时常作文写诗。 〔一〇〕怀抱,怀中的抱负。观古今,是说从博览古今典籍入手,以考见古人的思想行动。 〔一一〕寝食,是废寝忘食地做学问的简缩。《论语·卫灵公》说:"子曰:'吾尝终日不食,终食不寝以思,无益,不如学也。'"此处即以孔子为学的精神,比拟自己的刻苦读书。展戏谑(xuè),展有舒适的意思,是说读书的适意有胜于游戏说笑之乐。 〔一二〕沮、溺,谓长沮和桀溺。他俩是春秋时的高等知识分子,不肯游仕,亲自下田耕种,一辈子过着辛勤劳动的农民生活。 〔一三〕哂(shěn),讥笑。子云,是扬雄字。扬雄,为西汉末年的大学者。刘歆的儿子刘棻曾经向他学作奇字。王莽篡位后,甄寻、刘棻以献符命得罪,凡口供中牵连到的人,统统被逮捕法办。当使者来捉扬雄时,他正在天禄阁校书,怕不免一死,心里急了,便从阁上跳下,企图自杀,但没有死成。于是京师就有了这样的歌谣:"惟寂寞,自投阁。"(见《汉书·扬雄传》)这句诗为五字一句的形式所限制,在"子云"下省去一"投"字,若不知扬雄这段历史,可就有些费解。 〔一四〕执戟,汉时的一种官职,地位和侍郎相等,扬子云曾做过"执戟之臣"(见曹植《与杨修书》)。这句诗是从潘安仁《夏侯湛诔》"执戟疲扬"一语翻出,意即做执戟之官做得厌倦了。"以",五臣本《文选》作"已"。

〔一五〕达生,是彻底明晓保身全生的道理;它是道家的思想,《庄子》书中有篇《达生》,专讲达生之理。托,寄托。

此诗开头四句,说昔在京都时,整日价和朝贵厮混,还不能忘情山水;心虽清虚淡泊,而人却在富贵场中。于今到了这山川秀丽的永嘉,心固闲如前日,迹亦因不问政事而闲,指出具备了游览和读书的条件。"虚馆"二句,说衙署是清闲闲的,一件案子都没有,只见鸟雀飞集空庭,写出"无为"而治的效果。"卧疾"以下八句,说因为卧疾,所以多有暇日,有时写作诗文,有时披阅经史,以古圣贤的行事来印证自己所怀的抱负,觉得沮、溺不仕有耕稼之苦,子云热衷又有投阁之祸,于是得到"万事难并欢"的结论。"执戟"句是"又哂子云阁"的补充,"耕稼"句是"既笑沮溺苦"的说明,很具体地写出"斋中读书"的情况,点明题意。结尾两句,诗人以《庄子》所讲的达生之理,作为解决"万事难并欢"的矛盾的钥匙。

## 初去郡〔一〕

彭薛裁知耻〔二〕,贡公未遗荣〔三〕。或可优贪竞〔四〕,岂足称达生〔五〕。伊余秉微尚〔六〕,拙讷谢浮名〔七〕。庐园当栖岩〔八〕,卑位代躬耕〔九〕。顾己虽自许,心迹犹未并〔一〇〕。无庸妨周任〔一一〕,有病像长卿〔一二〕。毕娶类尚子〔一三〕,薄游似邴生〔一四〕。恭承古人意〔一五〕,促装返柴荆〔一六〕。牵丝及元兴〔一七〕,解龟在景平〔一八〕。负心二十载〔一九〕,于今废将迎〔二〇〕。理棹遄还期〔二一〕,遵渚骛修坰〔二二〕。溯溪终水涉〔二三〕,登岭始山行。野旷沙岸净,天高秋月明。憩石挹飞泉〔二四〕,攀林搴落英〔二五〕。战胜臞者肥〔二六〕,鉴止流归停〔二七〕。即是羲唐化〔二八〕,获我击壤情〔二九〕!

〔一〕郡,指永嘉郡。 〔二〕彭薛,彭宣和薛广德。彭宣,字子佩,汉淮阳阳夏(河南太康)人。他是研究《周易》的学者,官做到大司空。王莽秉政时,上书请归乡里。薛广德,字长卿,汉沛郡相(安徽省宿县)人。他是《鲁诗》专家,官做到御史大夫。辞官归沛时,太守到边界上迎接。他到家后,就将所赐的安车悬起,以示不再出仕,当时人以为荣幸(均见《汉书》本传)。裁,与"纔"通,即"才"字。 〔三〕贡公,谓贡禹。贡禹,字少翁,汉琅玡(治山东诸城)人。他和王阳友善,见阳登用而喜,所以说"未遗荣"(见《六臣注文选》李周翰注)。未遗荣,丢不下富贵。 〔四〕优贪竞,比贪名逐利的人稍微好些。 〔五〕达生,是道家对于生命的认识论,《庄子》有篇《养生主》,专讲保身全生的道理。 〔六〕伊,与"惟"通。秉,执持。微尚,谓栖遁的志趣。 〔七〕拙讷,谓才性疏拙,既不善钻营,又不会应付。浮名,空名儿。 〔八〕栖岩,栖止于岩穴间。灵运把隐居生活分为四种,《山居赋》说:"古巢居穴处曰岩栖,栋宇居山曰山居,在林野曰丘园,在郊郭曰城傍,四者不同。"而岩栖则是其

67

中最高级的。〔九〕卑位,卑是谦辞,位指康乐侯。躬耕,亲自下田耕种。〔一〇〕心迹,不是一个独立词语,而是两个矛盾对立的意念,心谓心愿,即下头"负心二十载"的"心";迹是仕的过程,即所谓事迹。这句诗正如吕延济说的"情虽在栖隐,身尚居官,是迹未与心合也"(见《六臣注文选》)。〔一一〕无庸,没有功绩。妨,妨害。(但从下面各句"像""类""似"诸字的词性看,"妨"当作"方",比的意思。而无庸则可解为"无须"。意即无须跟贤人相比。)周任,周大夫,他的言行,曾为孔子称引,《论语·季氏》说:"子曰:'周任有言曰:陈力就列,不能者止。'"〔一二〕长卿,司马相如字。相如,汉蜀郡成都人。他是个有名的辞赋家,因为有消渴病,长期在家养疴(见《汉书·司马相如传》)。〔一三〕尚子,即尚长。长,字子平,后汉河内(河南省黄河以北地区)人。他是个隐士,为儿女办完婚嫁事,便不管家务(见《文选》李善注引嵇康《高士传》)。〔一四〕邴生,即邴曼容,他是邴汉的侄子,琅玡人。他老做六百石以下的小官,养志自修,颇得知足之乐,名气比邴汉还大(事见《汉书·龚胜传》)。〔一五〕古人,指上面说的周任、司马相如等。〔一六〕促装,收拾行李。柴荆,谓以柴荆为门墙的村舍。〔一七〕牵丝,初仕的意思。元兴,东晋安帝年号,共三年(四〇二——四〇四)。〔一八〕解龟,龟是龟纽(官印印鼻上刻着龟形,而下有穿丝绦的孔眼的,叫龟纽)的省称,解龟就是解印,意即去官。景平,宋废帝(刘义符)年号,共两年(四二三——四二四)。〔一九〕负心,背弃了心愿。〔二〇〕废将迎,省去官场迎官送客的麻烦。〔二一〕理棹,见前《之郡初发都》注〔三〕。遄(chuán),急速。〔二二〕遵渚,沿着江间小洲,骛(wù),奔驰而过。修坰(jiōng),绵长的远野。〔二三〕溯溪,沿着溪流逆水而上。〔二四〕憩,同"息"。挹,合手汲水。〔二五〕搴(qiān)落英,是说随手拉动枝条,花片便缤纷而落。〔二六〕战胜,指隐的思想战胜了仕的思想。臞(qú)者,精瘦的人。《韩子》说:"子夏曰:'吾入见先王之义则荣之,出见富贵又荣之,二者战于胸臆,故臞。今见先王之义战胜,故肥也。'"(《文选》本诗李善注引)本句即用这个故事。〔二七〕"鉴止",《文选》作"止监"。鉴,原义为镜子,是名词;此处作动词用,意为临照。止是止水的省称,止水,静止的水。流归停,流水终归到静止的状态。《文子》说:"莫监于流潦而监于止水,以其保心而不外荡也。"(《文选》本诗李善注引)即本句的出典。〔二八〕羲唐化,谓获得伏羲和唐尧时代的社会生活。〔二九〕击壤,是古代的一种游戏。壤是木头做的戏具,前广后锐,样子像鞋。做这种游戏时,先于地上放一壤,人则站在离它三四十步的地方,用手里拿着的另一壤远远地打去,中者为上(见《文选》本诗李善注引周处《风土记》)。情,《文选》一作"声"。击壤情,指《击壤歌》所说的:"吾日出而作,日入而息;凿井而饮,耕田而食,帝力于我何有哉!"(见《帝王世纪》及《文选》本诗李善注引《论衡》)

此诗开头四句,诗人对彭宣、薛广德、贡禹的出处加以批评,认为彭宣的见危而止和薛广德的保悬车之荣,是一种极其明智的行动,已能做到"知耻近乎勇"的地步。他们的仕途勇退,虽说有值得称许的地方,但是他们还不懂得"达生"的道理,算不了"悟道"之士。"伊余"以下六句,说明就自己所具备的社会条件而论,早就应该归隐山林,但为仕宦(迹)所累,这个心愿一直高高地挂起。"无庸"以下六句,说明自己在"无庸""有病""毕娶""薄游"各方面,都跟周任这班古人相似,而他们没有一个不归隐的;不能再作犹豫了,得赶紧卷铺盖回老家。"牵丝"以下四句,补述自元兴到景平这二十余年的宦海生涯,根本是与素志相违的;今日结束了迎官送客的生活,是一件值得欣喜的事情。"理棹"以下八句,写去郡时的具体情况:"遄还期"是忙着动身,形容归心似箭;"骛修坰"是舟行江上,看原野接原野地往后倒退。(在船上看两岸原野时,所得到的属于错觉的一种动态。)"终水涉"是到了水路的终点,"始山行"是翻山越岭的陆路的开始,指出舍舟步行。"野旷"二句,概括地描绘了江畔秋日景色,岸野是何等的开旷干净,夜空又是多么的高朗明澈。"憩石"二句,说临流戏水,搴枝落花,写出途次所做的种种消遣。"战胜"二句,诗人引用子夏的话,说自己在以往的日子里,"隐"与"仕"的思想一直在不断地激烈斗争着,人也累得消瘦不堪;于今毅然辞官而归,是隐的思想得到了胜利,精神一爽快,人也肥胖了。又引用《文子》的话,表明自己的遁世之志,将不致再为"富贵"而动摇了。最后两句,用《击壤歌》的内容,一面说,今后自己的生活已同于上古时代人民的生活,将不受帝王力量的约束;一面又说,只有获得上古时代那样的社会生活基础,才真正能够认识和实践庄生所说的"达生"的道理,指明自己比彭薛等高明的所在。

## 东阳溪中赠答二首[一]

可怜谁家妇[二],缘流洗素足[三]。明月在云间,迢迢不可得[四]。

可怜谁家郎,缘流乘素舸[五]。但问情若为,月就云中堕。

〔一〕东阳,郡名,治今浙江金华。溪在城南,即婺江,又名双溪。 〔二〕可怜,怜有爱义,即可爱。 〔三〕缘流,顺着溪流。素足,雪白粉嫩的脚。 〔四〕迢迢(tiáo),遥远难接。 〔五〕素舸,不加雕饰的大船。

## 田南树园激流植援[一]

樵隐俱在山,由来事不同[二]。不同非一事,养疴亦园中〔三〕。中园屏氛杂〔四〕,清旷招远风〔五〕。卜室倚北阜〔六〕,启扉面南江〔七〕。激涧代汲井〔八〕,插槿当列墉〔九〕。群木既罗户〔一〇〕,众山亦对窗。靡迤趋下田〔一一〕,迢递瞰高峰〔一二〕。寡欲不期劳〔一三〕,即事罕人功。唯开蒋生径〔一四〕,永怀求羊踪〔一五〕。赏心不可忘,妙善冀能同〔一六〕!

〔一〕田南,始宁墅的一个组成部分,参看后附《谢灵运传》。植援,援有卫义,是种植树木以当垣墙、篱笆。《晋书·桑虞传》说:"以园援多棘刺",《幽明录》也有"散钱飞至其家,钱来触篱援"(《太平御览》卷四七二引)的话,可知这是晋宋时代民间的习俗。〔二〕臧荣绪《晋书》说:"何琦曰:'胡孔明有言:"隐者在山,樵者亦在山,在山则同,所以在山则异。"岂不信之乎!'"(《文选》李善注引)此句暗用胡孔明的话,以表示隐士在山的高人一等。〔三〕养疴(kē),养病。〔四〕中园,即园中。《毛诗》中多有这样的语法,如《小雅·信南山》说"中田有庐"。屏氛杂,屏是排除,意即没有尘氛和喧杂。〔五〕清旷,清幽空阔。招,引致。〔六〕卜室,卜谓卜筮,古人在动工造屋时,往往要卜问吉凶,意即开工筑室。倚北阜,靠着北面的山阜。〔七〕启扉,开门。面南江,南向对着江。〔八〕激涧,是把整根的毛竹竹节打通,一根根地接连起来,从远处或低处引取涧水。现在住居深山间的人民,还是用这个法子取水的。〔九〕插槿,栽种木槿。当列墉,当作一排竖立的围墙。

〔一〇〕罗户,排列户前。 〔一一〕靡迤,山路随坡势斜曲向下伸展的样子。趋,走向。下田,低处(平原)的田畴。 〔一二〕迢递,绵邈高远的样子。瞰(kàn),从上往下看。 〔一三〕寡欲,降低欲望,《老子》有"少私寡欲"(十九章)的话。不期劳,不想做劳工动众的大举。 〔一四〕蒋生,谓蒋诩。蒋诩,字元卿,汉时人,隐居杜陵。他在舍前竹林下开三径,表示愿意接待高士。跟他交游的羊仲、求仲,都是所谓"挫廉逃名"的人(见《文选》李善注引《三辅决录》)。 〔一五〕求、羊,谓求仲、羊仲。 〔一六〕妙善,是《庄子》向、郭注的一个词语,《庄子·寓言》篇说:"颜成子游谓东郭子綦言:'自吾闻子之言,……八年而不知死,不知生,九年而大妙。'"向、郭注说:"妙善同,故无往而不冥也。"(见《文选》李善注)道家认为人的精神(意识)可以渗透到客观世界的万事万物中而得到无间的妙合,因而获得一种"物我合一"的超死生的境界。

此诗开头两句,借胡孔明的话,说樵夫和隐士虽然同样住在山中,但樵夫是砍柴,为生活而劳动;而隐士的逍遥山林,却是高尚其志,指出两者有着本质上的区别。接着说,这种表象相似而实质不同的事情很多,如佃农在庄园,是为人耕田种地;而我的居别墅,是怡情养性。在这四句诗中,潜流着一股封建地主的阶级意识。"中园"二句,写庄园里的清幽绝俗的环境,和逍遥其间者的希世高标的志趣。"卜室"以下四句,洒出一幅"田南树园"的蓝图,"激涧"句则紧紧和题目"激流植援"相扣合。"群木"以下四句，铺叙田南的山林田野，风物如画。"寡欲"二句，说这回开拓庄园，不过因陋就简地略加修营，在"寡欲"思想的制约下，不愿大兴土木。"唯开"以下四句，表明自己是跟蒋生一样地在开径待贤，希望能得羊求辈的高士同游，就园居而补出嘤鸣求友之意。

## 石门新营所住，四面高山，<br>回溪石濑，茂林修竹

　　跻险筑幽居〔一〕，披云卧石门〔二〕。苔滑谁能步〔三〕，葛弱岂可扪〔四〕。嫋嫋秋风过〔五〕，萋萋春草繁〔六〕。美人游不还〔七〕，佳期何繇敦〔八〕。芳尘凝瑶席〔九〕，清醑满金尊〔一〇〕。洞庭空波澜〔一一〕，桂枝徒攀翻〔一二〕。结念属霄汉〔一三〕，孤景莫与谖〔一四〕！俯濯石下潭〔一五〕，仰看条上猿。早闻夕飙急〔一六〕，晚见朝日暾〔一七〕。崖倾光难留，林深响易奔。感往虑有复，理来情无存。庶持乘日车〔一八〕，得以慰营魂〔一九〕。匪为众人说，冀与智者论〔二〇〕。

　　〔一〕跻险，攀登险峻的山岭。　〔二〕披云，分云，即人在云层中的意思，形容石门地方高入云际。石门，在今浙江嵊州。　〔三〕步，

行走。〔四〕扪,持。 〔五〕嫋嫋(niǎo),风力不强的状态。此句结合着《楚辞·九歌·湘夫人》"嫋嫋兮秋风"的语意。 〔六〕萋萋,草色茂盛的样子。此句结合着《楚辞·招隐士》"王孙游兮不归,春草生兮萋萋"的意思。 〔七〕美人,指朋友。 〔八〕繇,同"由"。敦,音团,意即聚会。 〔九〕芳尘,即轻尘,在尘上加一"芳"字,可以使人对尘生发美的感觉。凝,落满了。瑶席,莹净如瑶的坐椅。 〔一〇〕清醑,美酒。金尊,既漂亮又名贵的酒器。 〔一一〕洞庭,湖名,在湖南省境。此句袭用《楚辞·九歌·湘夫人》"洞庭波兮木叶下"的语意。 〔一二〕攀翻,手儿攀玩翻弄着眼前的桂枝,而心里却想念着遥远的朋友。此句袭用《楚辞·九歌·大司命》"结桂枝兮延伫,羌愈思兮愁人"和《招隐士》"攀援桂枝兮聊淹留"的意思。 〔一三〕结念,思念不置的意思。属,音烛,犹属目。 〔一四〕孤景,即孤影。谖(xuān),忘;莫与谖,即无人可与我消忧解愁。 〔一五〕濯(zhuó),洗。此二句所写,或即《水经注》"渐江水"条记的:"(麻)溪之下,孤潭周数亩,甚清深。有孤石临潭,乘崖俯视,猿狖惊心,寒木被潭,森沈骇观。上有一栎树,谢灵运与从弟惠连常游之,作连句,题刻树侧。" 〔一六〕夕飙(biāo),晚间的暴风。此句"早闻"的"早",是时间早迟的早,不是一日早晚的早。 〔一七〕暾(tūn),太阳初出时的样子。此句"晚见"的"晚",义与"迟"同,不是一日早晚的晚。 〔一八〕"庶持"的"持",《文选》作"恃",因下文"日用"依《庄子》义改为"日车",《史记·范雎传》又有"须贾待门下持车良久"的句例,当作"持"。"日车",《文选》《三谢诗》均作"日用",但此句是用《庄子》书中的寓言的,《徐无鬼》说:"(牧马)小童曰:'……有长者教予曰:若乘日之车,而游于襄城之野。'"故改为"日车"。据郭象注,是"日出而游,日入而息"的意思。〔一九〕营魂,即心府,精神所寄托的地方。〔二〇〕此二句袭用司马迁《报任安书》"可为智者道,难为俗人言"(《汉书·司马迁传》)的意思。

  此诗开头两句,一面说于石门建筑新居,点明题目的头一部分;一面又说石门高入霄际,身居其间,如卧云中,显示出一种"与世无争"的高蹈之情。"苔滑"二句,是"跻险"的注脚,给它以生动的形象说明:石路长满藓苔,想见人迹罕到;必须持葛而行,可知攀登不易。"嫋嫋"以下四句,说秋去春来,节序有准;而好友一去,归期无凭。"芳尘"以下四句,抒写盼归的情况:"尘凝瑶席",说的是友人淹留不来;"醑满金尊",指的是自己备酒相待;波涨洞庭,借喻友人的游踪不定,著一"空"字,便画出归舟渺茫的情景;徒攀桂枝,以见自己的延伫殷勤,用一"徒"字,既说明延伫的空劳,又带着失望的凄苦。"结念"二句,以天地的悬绝,比拟自己与友人的阻隔,有谁能慰藉目前这形单影只的景况呢?这一反问又把想念之情往前推进一步。"俯濯"以下六句,点明题目的后一部分,对"四面高山"加以描绘:"俯濯"二句,写潭水清深,倒影历历,因"俯濯"而见潭中倒影,乃仰看崖树间猿猴往来跳跃的奇捷姿态;晚风早起,朝日迟见,说明石门地方,自非亭午时分不见太阳;因为"崖倾",日光照谷的时间极为短暂,又因

"林深",野风振木的声势更觉浩大,又从听觉和视觉上写出山高。"感往"以下四句,一边用《老子》"观其复"的观点看世事,并企图以理化情,进而达到无情的境界;一边又以郭象《庄子注》"玄同彼(物)我"而"游变化之涂"的思想,使烦惑的精神得到一种安定的状态。结尾两句,说上面所说的玄理,不是一般人所能了解的,只有找哲学家谈论去,有目空世人的神情。

## 石壁精舍还湖中作〔一〕

昏旦变气候,山水含清晖。清晖能娱人〔二〕,游子憺忘归〔三〕。出谷日尚早,入舟阳已微。林壑敛暝色,云霞收夕霏〔四〕。芰荷迭映蔚〔五〕,蒲稗相因依〔六〕。披拂趋南径〔七〕,愉悦偃东扉〔八〕。虑澹物自轻〔九〕,意惬理无违〔一〇〕。寄言摄生客〔一一〕,试用此道推。

〔一〕石壁精舍,在始宁墅附近石壁地方,灵运《游名山志》说:"湖三面悉高山,枕水渚,山溪涧凡有五处,南第一谷今在,所谓石壁精舍。"(《文选》李善注引)湖,指巫湖。 〔二〕娱人,使人欣悦。 〔三〕憺,安。 〔四〕夕霏,晚氛。 〔五〕芰,四只角的菱。迭,更相。 〔六〕蒲,葛蒲。稗,和蒲同类的水草。 〔七〕披拂,以手分开障路的草木。迳,与"径"通,小路。 〔八〕偃(yǎn),歇息。扉,门扇;东扉,东轩的意思。 〔九〕虑澹,清思少欲。物,"我"的相对词,是存在于人们意识之外的客观事物。〔一〇〕意惬,心里满足。理,即《老》《庄》书中的所谓道,万物生生的总理。〔一一〕摄生,养生。

  此诗开头四句,说石壁地方的山水,往往因时间气候等条件的不同,而呈现种种清妍的情态,使你心情怡悦,以至憺然忘归。"出谷"二句,一边说明出谷和入舟的时间,一边写出从山行到泛舟的过程,点明题目"还湖中"。"林壑"以下四句,是泛舟湖中所见:那远处,林壑间渐渐聚敛着暮色,云霞已在晚氛的迷漫中消散;这近边,湖面上菱蔓荷叶交相掩盖,倒映水中成为一片蔚郁的深影;蒲稗因水流风摇而摆动着苗条的腰身,显出一种相依相欹的亲昵模样。"披拂"二句,叙写离湖上岸,沿着南向的小路而归;在东轩歇息时,心情欣悦自得。最后四句,指出只要思想和感情同时得到满足,则外物自轻,也就不背道家所讲的理了。于是诗人本着这个从生活中得到的体验,告诉一般讲求养生之道的朋友说,养生之术也可以试用这个道理去推求的。全诗以"还"字为意境的发展线索,自石壁动身,由山行而泛湖;又舍舟换步,由南径趋东扉,次序秩然不紊。字里行间充满着宁恬悦逸的气氛,情调十分谐和;虽写傍晚的情景,但不含颓唐的意绪,眼下心中自有一股生意回荡流转。邵子湘评这诗开头几句说:"大谢灵秀,至玄晖而风气轻媚矣。如此一起,宛似宣城。"说得很对,灵运此诗已开南朝诗的风格秀媚的一路。

# 南楼中望所迟客[一]

杳杳日西颓[二],漫漫长路迫[三]。登楼为谁思?临江迟来客。与我别所期,期在三五夕[四]。圆景早已满[五],佳人殊未适[六]。即事怨睽携[七],感物方凄戚[八]。孟夏非长夜[九],晦明如岁隔[一〇]!瑶华未堪折[一一],兰苕已屡摘[一二]。路阻莫赠问[一三],云何慰离析[一四]?搔首访行人[一五],引领冀良觌[一六]!

〔一〕南楼,始宁墅中的建筑。灵运《游名山志》说:"始宁又北转,一汀七里,直指舍下园南门楼。自南楼百许步,对横山。"(《文选》李善注引)所迟客,所等待的客人。题目《文选》卷二十二《从斤竹涧越岭溪行》诗李善注引作"南楼中望所知迟客"。 〔二〕杳杳(yǎo),深远溟漠的样子。颓,没落。 〔三〕漫漫,路长走不尽的样子。迫,是等候的人看到没尽头的道路而忧心窘迫,感情没法子舒散。 〔四〕三五夕,三和五相乘为十五,是农历月之十五日的晚上。 〔五〕圆景,即圆影。 〔六〕佳人,指朋友。未适,没有归来。 〔七〕睽携,隔离。 〔八〕方,常。凄戚,悲忧。 〔九〕孟夏,初夏。 〔一〇〕晦是夜晚,明是天亮;晦明代表一个整夜。此句袭用《楚辞·九章·抽思》"望孟夏之短夜兮,何晦明之若岁"的意思,说夏夜本来是很短的,可是在我呢?从夜晚到天亮,竟有一年那样长远！〔一一〕瑶华,疏麻的白色花朵。疏麻,南方植物,大二围,高数丈,花香。此句概括了《楚辞·九歌·大司命》"折疏麻兮瑶华,将以遗兮离居"的意思。 〔一二〕兰苕,兰蕙的花茎。此句概括了《楚辞·九歌·山鬼》"被石兰兮带杜衡,折芳馨兮遗所思"的意思。 〔一三〕赠问,赠遗。 〔一四〕离析,离分。 〔一五〕搔首,以手爬梳头发,表示一种又焦急又无奈的情绪。访行人,拉住过路的人探问消息。此句含有《毛诗·邶风·静女》"爱而不见,搔首踟蹰"的意思。 〔一六〕引领,伸长头颈远望。冀,希望。良觌(dí),欢娱的会见。

此诗开头四句,写诗人在南楼等待朋友的情况,也许是从早上就等起,直到日落西山,还不见朋友来临;凝视着朋友所从来的那条漫长的道路,更增添了想念之情。结合着《楚辞》"日杳杳以西颓兮,路长远而窘迫"的意思,点明题目"南楼中望所迟客"。"与我"以下四句,说朋友与我分别时,本来相约月之十五日再会的;而今月儿已圆,朋友则消息莫问。"即事"以下四句,写别后心情,以短夜如长年,形容思念之切。"瑶华"以下四句,说采摘了盈握的香草鲜花,欲以投赠,而两下又隔得远远的,怎样安慰这离别的情怀呢？最后两句,说有时用手爬梳头发,有时拉着行人打听,有时伸长头颈远望,迫切地希望着会见。灵运的诗,大都于山水中包含名理;像这样内容纯一,环绕着一个题意(望所迟客)抒写的,颇不多见。

## 还旧园作见颜、范二中书〔一〕

　　辞满岂多秩〔二〕,谢病不待年〔三〕。偶与张邴合〔四〕,久欲还东山〔五〕。圣灵昔回眷〔六〕,微尚不及宣〔七〕。何意冲飙激〔八〕,烈火纵炎烟。焚玉发昆峰〔九〕,余燎遂见迁〔一〇〕。投沙理既迫〔一一〕,如邛愿亦愆〔一二〕。长与欢爱别,永绝平生缘!浮舟千仞壑〔一三〕,总辔万寻巅〔一四〕。流沫不足险〔一五〕,石林岂为艰〔一六〕!闽中安可处〔一七〕,日夜念归旋〔一八〕。事踬两如直〔一九〕,心慊三避贤〔二〇〕。托身青云上〔二一〕,栖岩挹飞泉〔二二〕。盛明荡氛昏〔二三〕,贞休康屯邅〔二四〕。殊方感成贷〔二五〕,微物豫采甄〔二六〕。感深操不固〔二七〕,质弱易扳缠〔二八〕。曾是反昔园〔二九〕,语往实款然〔三〇〕。曩基即先筑〔三一〕,故池不更穿。果木有旧行,壤石无远延〔三二〕。虽非休憩地,聊取永日闲〔三三〕。卫生自有经〔三四〕,息阴谢所牵〔三五〕。夫子照情素〔三六〕,探怀授往篇〔三七〕。

　〔一〕旧园,指始宁墅。颜,颜延之;范,范泰。中书,官名,即中书侍郎。关于颜延之、范泰和灵运的关系,参看后附《谢灵运传》。
　〔二〕满,是《书·大禹谟》"满招损"的"满",有骄盈自足的意思。辞满,即戒除骄盈。多秩,重视禄位。 〔三〕谢病,因病辞官。不待年,不必等到年老的时候。吕向对这二句的解释是:"言我辞满不谓多禄,谢病不待年老,偶然与二贤合意,辄自免官归会稽山也。"(见《六臣注文选》) 〔四〕张,张良;(黄晦闻以为张长公,引陶渊明扇上画赞为证。但此为借事兴起,正不必拘泥。)邴,邴曼容。张良,字子房。祖开地、父平均相韩。韩为秦灭,张良使刺客狙击秦始皇于博浪沙。后助汉定天下,是刘邦智囊团中的主要人物。他曾经说过:"今以三寸舌为帝王师,封万户,位列侯,此布衣之极,于良足矣!愿弃人间事,欲从赤松子游耳。"(见《汉书·张良传》)邴曼容,见《初去郡》注〔一四〕。合,是说志趣相合。 〔五〕东山,在始宁(治今浙江上虞上浦镇),是谢安的故居。檀道鸾《晋阳秋》说:"谢安有返东山之志,每形之于言。"(《文选》李善注引) 〔六〕圣灵,指宋武帝刘裕。中古时代称天子为圣人,灵运写此诗时,刘裕已死,便以"灵"字换去"人"字写作"圣灵",表示其人过世。回眷,照顾。指刘裕受晋禅,起灵运为散骑常侍说的。 〔七〕微尚,微为谦辞,尚是志趣,谓归隐山林。宣,有说出的意思。 〔八〕何意,没料想到。冲飙(biāo),破坏力极大的暴风。 〔九〕昆峰,即昆冈,《书·胤征》说:"火炎昆冈,玉石俱焚;天吏逸德,烈于猛火。"此句是用玉石俱焚的典故,指出在刘义真事件中,徐、傅等是不分青红皂白瞎做的。 〔一〇〕余燎,余火。见迁,被贬谪。 〔一一〕投沙,投奔长沙,是指汉贾谊出为长沙王太傅说的。理,法,或执法官。〔一二〕如邛,如是前往,邛是临邛的省称。是指卓文君跟司马相如到了成都,生活不下去,又硬着头皮回到临邛,向兄弟们借了点本钱,两口子开小酒店谋生的事(见《汉书·司马相如传》)。此句即借其事,说连归隐的时机也失掉了。 〔一三〕仞(rèn),古时七尺或八尺。千仞壑,形容谷深。 〔一四〕总辔,手里拿着马缰,控制着马的行动。寻,古时八尺。巅,山顶。万寻巅,形容山高。 〔一五〕流沫,奔流中由大浪花迸散开来的水泡泡。《列子·黄帝》篇说:"孔子观于吕梁(今江苏徐州东南吕梁洪),悬水三十仞,流沫三十里,鼋鼍鱼鳖之所不能游也。"此句袭用其意,说明江流的险恶。〔一六〕石林,山名。一名万安山,大石山也。在今河南洛阳东南,接近登封县界的地方。马融《广成颂》有"金山、石林殷起乎其中"的话。这句诗是说,就是石林那样峻削的山,和目前这些山比起来,也不算稀奇。 〔一七〕闽中,郡名。秦时,永嘉属闽中郡,这是以古郡名称宋时的永嘉郡。 〔一八〕归旋,归还。 〔一九〕人行路倾跌叫蹎。事蹎,是行事不利的意思。两如直,是说不管世之治乱,都能直道而行。用的是《论语》里的故事,《卫灵公》说:"子曰:'直哉史鱼,邦有道如矢,邦无道如矢。'" 〔二〇〕三避贤,是说楚相孙叔敖曾经三次去位,从没有一点悔恨的表示(见《史记·循吏传》)。此句即用孙叔敖三黜三起的故事,和宋文帝(刘义隆)三征灵运事相对照。 〔二一〕托身,寄身。青云,青天白云间,借喻逍遥山林。 〔二二〕挹,合手舀水。 〔二三〕盛明,是以阳光普照形容宋文帝的德泽广被四海。荡氛昏,扫清了昏黑的气氛,有拨开云雾见青天的意思,指宋文帝诛徐、傅等措施说的。 〔二四〕贞休,形容宋文帝的政治清明。康屯邅,安定了艰危不安的局面。〔二五〕殊方,有殊于中原的经济文化较落后的边区地方。成贷,因受恩惠和栽培而有所成就。《老子》说:"夫唯道,善贷且成。"(四十一章)译成现代语是只有"道",善于帮助一切,并使它完成。〔二六〕微物,小小的东西。灵运自称。豫采甄,都得到提拔和表扬。〔二七〕操,是操守。此句袭用《楚辞·七谏·谬谏》"怨灵修之浩荡兮,夫何执操之不固"的意思。〔二八〕质弱,个性不强。易扳缠,扳是牵缠,是说质弱容易受外物的牵缠约束。〔二九〕曾是,《毛诗》里的习语,王引之释为乃是(参看《经传释词》卷八"曾是"条)。但细寻诗意,此一"曾"字有曾经的意思。反,同"返"。昔园,意即旧园,指始宁墅。〔三〇〕语往,谈起往日的事情。款然,恳切有味。〔三一〕曩(nǎng)基,从前打好的屋基。〔三二〕壤,泥土。延有致义,无远延是不到远地去采运,有就地取材的意思。〔三三〕永日,长日。〔三四〕卫生经,是《庄子》书中所讲的怎样护生全命的道理,《庚桑楚》说:"南荣趎曰:'……趎愿闻卫生之经而已矣。'老子曰:'卫生之经,能抱一乎?能勿失乎?能无卜筮而知吉凶乎?能止乎?能已乎?能舍诸人而求诸己乎?能翛然乎?能侗然乎?能儿子乎?儿子终日嗥而嗌不嗄,和之至也;终日握而手不掜,共其德也;终日视而目不瞚,偏不在外也。行不知所之,居不知所为,与物委蛇而同其波,是卫生之经已。'"这一大段话,也就是本句卫生经的具体内容。〔三五〕息阴,是息影于阴的意思。谢所牵,摆脱所有的牵累。〔三六〕夫子,尊称,指颜延之和范泰二人。照,有光明四被之义,意即洞晓底细。情素,即素情,向日的情趣。〔三七〕探怀的意义是双关的,一边说从怀中取出诗篇,一边又含着"披腹心,示情素"(《史记·蔡泽传》语)的意思。授,递给。往篇,往日的旧作,也有这诗的内容叙述往事的意思。

  此诗开头四句,说因为体弱多病,又有栖遁之志,早就打算归隐东山了。接着,来一个微波回荡之妙,说为刘裕(宋武帝)所挽留,以致"微尚"没有得到实现。"何意"以下四句,叙述自永初三年刘裕死后,刘宋王室内部和顾命大臣之间的斗争尖锐化,刘义真、义符(少帝)兄弟先后遇害,诗人也被株连而迁谪到永嘉外郡。"投沙"以下四句,说在徐、傅集团势力的威胁下,只有低下头抛弃了京里的亲友,怀着不安的心情仓皇上路。"如邛"句与"久欲还东山"句相照应,说在今日的情势下,想要归隐也做不到了。"浮舟"以下四句,写赴永嘉时,一路上水急山险,既尝尽行旅的苦辛,又意味着世路艰危。"闽中"两句,说在永嘉为官的日子里,连做梦也还是想着回家。"事踬"以下四句,一边说明对待逆境的态度,一边叙述回到始宁墅后的生活状况,点明了题目"还旧园"。"盛明"以下六句,一面歌颂刘义隆(文帝)拨乱反正后的一些措施的适当,一面又指出自己在感恩之下持操不固,又做出了贻笑山灵的举动(出仕),并显示刘义隆赐手书,使颜、范二人敦劝的事情。"曾是"以下十句,补叙由永嘉归来后,在前人原有的基础上,在不铺张浪费的原则下,着手修建了始宁墅。由于园居生活得到了更好的物质条件,在悠然怡养的岁月里,对庄子所讲的卫生之经更有了深入的体会。最后两句,说出颜、范二人奉命远来,和自己的投赠诗篇,点明了题目"见颜、范二中书"。此诗虽说是应酬的作品,而言来娓娓不倦,其事又与史书所载相合,是一篇灵运的自叙传。

## 庐陵王墓下作[一]

晓月发云阳[二],落日次朱方[三]。含凄泛广川[四],洒泪眺连冈[五]。眷言怀君子[六],沉痛切中肠。道消结愤懑[七],运开申悲凉[八]。神期恒若存,德音初不忘[九]。徂谢易永久[一〇],松柏森已行[一一]。延州协心许[一二],楚老惜兰芳[一三]。解剑竟何及,抚坟徒自伤[一四]!平生疑若人[一五],通蔽互相妨[一六]。理感心情恸,定非识所将[一七]。脆促良可哀,夭枉特兼常[一八]。一随往化灭,安用空名扬[一九]。举身泣已沥[二〇],长叹不成章[二一]!

〔一〕庐陵王,是庐陵孝献王的省称,宋武帝刘裕次子刘义真的爵号。义真,孙修华所生。永初元年,封庐陵王。景平二年正月,废为庶人,徙居新安郡(治今浙江淳安西北)。同年六月,被徐羡之等遣使杀于徙所。关于他和灵运的关系,请看后附《谢灵运传》。

〔二〕云阳,今江苏丹阳。 〔三〕次,止歇。朱方,是一个很古的地名,《春秋左氏传》有"吴伐楚,以报朱方之役"的话。三国吴时改名丹徒,即今江苏镇江。 〔四〕泛广川,船驶于广阔的江面上。 〔五〕连冈,不是山的专名,而是连绵不断的平矮小山的泛称。青乌子《相冢书》说:"天子葬高山,诸侯葬连冈。"(《文选》李善注引)此指宋时刘氏宗室的葬地,在今镇江市。 〔六〕言,语助词,如《诗·邶风·泉水》:"驾言出游,以写我忧。"君子,正派人,指庐陵王刘义真。 〔七〕道消,语源见《易·否卦》,《象》说:"内小人而外君子,小人道长,君子道消也。"是说正派人(君子)的道义被坏人的势力压倒。结愤懑,是悲愤闷积于心的意思。 〔八〕运开,有双重意义,一边是说刘义隆(宋文帝)拨乱反正,开太平之运;一边是指元嘉三年,刘义真被杀事得到了昭雪。悲凉,悲愁。 〔九〕德音,谓死者的生平行事和音容笑貌。 〔一〇〕徂谢,徂有往义,谢有去义,是死亡的美化说法。 〔一一〕行,一排排的。森已行,是说墓旁松柏已森然成行,上句"易永久"的形象说明。 〔一二〕延州,大概是指延陵。春秋时,吴国王子季札封于延陵(今江苏常州),此处以季札的封地代季札的名。协心许,是季札的一个故事。当季札出使晋国时,带着一口好剑。路过徐国,徐君看了,极为喜爱,心里头想跟季札要,可没说出口。季札看准了徐君的心意,本想以剑相赠,但因自己还没有完成使命,不便就拿宝剑送人。等季札从晋国回吴,再过徐国时,徐君已死,他便到徐君墓前致悼,解下那口佩剑,挂在徐君冢树上而去(事见《史记·吴太伯世家》及《新序》)。

〔一三〕楚老,是彭城(今江苏徐州)的隐士(据《文选》李善注引《徐州先贤传》)。惜兰芳,指楚老伤悼龚胜的故事。龚胜,字君宾,彭城人,因不肯做新莽朝的官,绝食自杀。有一同乡老头子来吊丧,哭得很悲哀,他说:"嗟乎!薰以香自烧,膏以明自销。龚生竟夭天年,非吾徒也。"吊罢就走了,大家都不晓得他是谁(见《汉书·龚胜传》)。 〔一四〕解剑、抚坟,均指季札事,见上注〔一二〕。 〔一五〕若人,这人。 〔一六〕这两句诗,因上句"若人"所指异人而有不同的解释:吕向、黄晦闻等认为"若人"指的是刘义真,而"通蔽"则就义真一生命运的否泰而论,"通"是说他身为王子,"蔽"是说他废为庶人,以至见杀。李善则以为"若人"指季札、楚老,"通蔽"是指他们的识见说的;他们虽被称为识见通达的人,但有些行事如解剑、抚坟等,却又那么看不穿(蔽)。两说都讲得通,但就上下文意义看,似以李善的说法较妥切。互相妨,即互相抵触(矛盾)。 〔一七〕识所将,见识所及。 〔一八〕脆促和夭柱,都是短命的意思。良,甚。特兼常,特别倍于一般人。 〔一九〕空名扬,是指元嘉三年,追赠义真侍中、大将军,封庐陵王如故说的。 〔二〇〕举身,是因泣而全身颤抖的意思。 〔二一〕章,文章的篇段。

此诗开头四句,说早从云阳起程,晚到朱方,点明题目过"庐陵王墓下"。"眷言"以下四句,说今日从庐陵王墓下过,心中如刀割一般的悲痛,当他被废杀时,固然敢怒而不敢言;就是冤枉得雪的此时,也不过生者略得舒泄悲愁而已!"神期"以下四句,说在自己的想象中,庐陵王的神明若存,音容如初;而无情的事实指出,他墓旁的松柏早已森然成行。由于这一强烈的对照,更增加了心情的沉痛。"神期"句与上面"洒泪眺连冈"的"眺"字相照应。"延州"以下四句,说季札于徐君墓树挂剑,楚老在龚胜灵前哀哭,都是一些无益于死者的近于愚的举动。"平生"以下四句,说平日很怀疑像季札这样具有高度理智的人,居然会做出"解剑"一类看不穿(蔽)的事;而现在已经深深地懂得当一个人在深情的感动下,他的行动的确不是识见(理智)所能完全控制的。"脆促"以下四句,说一个人短命是可悲的,而庐陵王夭枉的可悲,又特别倍于常人。人已死了,赠官封王有什么用处?诗人对猫哭老鼠的假慈悲行为,感到了无比的厌恶。结尾两句,说悲痛得身颤泪下时,诗也写不成篇了,点明题目"庐陵王墓下作"的"作"字。《文选》本诗李善注说:"(灵运)至曲阿,过丹阳。文帝问曰:'自南行来,何所制作?'对曰:'过庐陵王墓下作一篇。'"

## 从游京口北固应诏[一]

玉玺戒诚信[二],黄屋示崇高[三]。事为名教用[四],道以神理超[五]。昔闻汾水游[六],今见尘外镳[七]。鸣笳发春渚[八],税銮登山椒[九]。张组眺倒景[一〇],列筵瞩归潮〔一〕。远岩映兰薄〔一二〕,白日丽江皋〔一三〕。原隰荑绿柳〔一四〕,墟囿散红桃〔一五〕。皇心美阳泽〔一六〕,万象咸光昭〔一七〕!顾己枉维絷〔一八〕,抚志惭场苗〔一九〕。工拙各所宜〔二〇〕,终以反林巢〔二一〕。曾是萦旧想〔二二〕,览物奏长谣〔二三〕!

〔一〕京口,地名,今江苏镇江。北固,山名,在镇江县北一里,凸入长江,三面临水。宋文帝元嘉四年(四二七)二月间,刘义隆幸丹徒(镇江),登北固。这时灵运做侍中的官,随刘义隆游幸,此诗为应诏之作。 〔二〕玉玺(xǐ),皇帝的印信。(玺为印,玉指玺的质地。) 〔三〕黄屋,古时皇帝所乘的车,以黄缯做车盖的里子。 〔四〕名教,谓以名设教,系指社会组织、国家机构等说的。〔五〕神理,古代唯心主义哲学家认为有一种超乎事物而又控制着事物的神(宗教的)或理的存在。 〔六〕汾水游,是《庄子》的寓言,《逍遥游》说:"尧治天下之民,平海内之政,往见四子藐姑射之山,汾水之阳,窅然丧其天下焉!"这是说尧虽为一国的君主,但他在思想上并没有这个国家,常游心于冥外,不以为政的形迹而丧失他的逍遥。 〔七〕尘外,即世外。镳(biāo),马口衔的铁,这是以马具喻马。 〔八〕鸣笳,是吹笛,参看《戏马台集送孔令》注〔八〕。〔九〕税,通"脱"。銮(luán),马笼头两边的铃,此指天子的车驾。税銮,即解驾停车的意思。山椒,山顶。 〔一〇〕组,一种丝织品,阔的叫组,是做带绶用的;细的叫绦,是做冠缨用的。张组,是形容从游官员衣冠之盛。倒景,倒映在江中的山景人影。〔一一〕列筵,排下酒席。瞩(zhǔ),凝视。〔一二〕兰薄,兰林。〔一三〕江皋(gāo),江岸旁边。〔一四〕原隰(xí),是高平的原野和低湿的洼地。荑(tí),草木的初生嫩叶。〔一五〕墟,村落。囿(yòu),有围墙的园地。此二句与《入东道路诗》"陵隰繁绿杞,墟囿粲红桃",句式和内容几乎全同,只换了一两个字。〔一六〕皇心,指刘义隆(文帝)的心意。美,即美过(于)的意思。〔一七〕万象,宇宙间的一切现象(万事万物)。咸,皆。〔一八〕顾,回看。己,诗人自称。枉,空劳。维縶,见系,有挽留的意思。〔一九〕抚志,即持志。此二句,诗人用《诗·小雅·白驹》"皎皎白驹,食我场苗,縶之维之,以永今朝"的诗意,说明自己被文帝挽留未放,至今还在朝廷。〔二〇〕工,指善于仕进;拙,指不会做官。〔二一〕反,同"返"。林巢,山林之间,并结合着尧时巢父隐居深山,以树为巢的故事(见《文选》李善注引皇甫谧《逸士传》)。〔二二〕萦(yíng),旋绕。旧想,旧日的想法,指隐居的志趣。〔二三〕览物的"物",指上面的归潮、远岩、兰薄、绿柳、红桃等。长谣(yáo),长歌。

此诗开头两句,用天子的御物"玉玺"和"黄屋",表示刘义隆的权重位高,写出封建帝王的威风。"事为"以下四句,一面以尧帝游娱汾水的故事,比拟北固宴会,有庄老放逸的意味;一面又把"名教"和"神理"(即"事"与"道")对立起来,以"道"的超乎象(事)外,显示不屈服刘宋新皇朝的精神。"鸣笳"二句,写登北固,点明题目。"张组"以下六句,一边以江中倒影说明山景的壮丽和登山人物的众多,一边从诗人的视野中,写出江畔一派烂漫的烟景。"皇心"二句,以春阳的煦育草木,比喻帝王对臣民的"恩泽",带便给刘义隆作一番颂扬。"顾己"以下四句,诗人表明自己无意仕宦,目前虽被朝廷强留,终有一日归隐山林的。最后两句,借应诏的诗作,向刘义隆试露去志。

## 入东道路诗〔一〕

整驾辞金门〔二〕,命旅惟诘朝〔三〕。怀居顾归云〔四〕,指涂泝行飙〔五〕。属值清明节〔六〕,荣华感和韶〔七〕。陵隰繁绿杞〔八〕,墟囿粲红桃〔九〕。鷕鷕羣方雏〔一〇〕,纤纤麦垂苗〔一一〕。隐轸邑里密〔一二〕,缅邈江海辽〔一三〕。满目皆古事〔一四〕,心赏贵所高〔一五〕。鲁连谢千金〔一六〕,延州权去朝〔一七〕。行路既经见,愿言寄吟谣〔一八〕!

〔一〕此系元嘉五年,灵运以疾东归会稽,于路上写的诗。 〔二〕整驾,整治马匹车辆。金门,即汉宫金马门。此以汉宫金门喻宋首都。 〔三〕命旅,命仆夫准备车乘,以便起程。诘(jié)朝,明天早晨。 〔四〕怀居,思念故居。 〔五〕涂,同"途"。泝(sù),同"溯",沿着。行飙(biāo),人马走过,路上随风飞扬飙尘。 〔六〕属值,恰好碰着。 〔七〕荣华,指草木茂盛。和韶,和煦的春光。〔八〕陵,大的土山。隰(xí),低湿的地。繁,多而旺盛的意思。〔九〕墟,村落。囿(yòu),有围墙的园地。粲,艳丽夺目。 〔一〇〕鷕鷕(yǎo),雌的野鸡的鸣声。翚(huī),五彩的野鸡。雊(gòu),雄的野鸡的鸣声。此句是说,雌雄野鸡相对而鸣。 〔一一〕纤纤,麦苗美好的样子。垂,倒头挂着。 〔一二〕隐轸(zhěn),盛密。 〔一三〕缅邈(miǎo),遥远。辽,远。 〔一四〕古事,指鲁连、季札的事。〔一五〕心赏,心所喜悦的。 〔一六〕鲁连,即鲁仲连,战国齐人。秦军围赵邯郸,鲁连为平原君画策,说服主和的新垣衍,击退秦军,有功。平原君欲封鲁连,辞不肯受;送他千金为寿,又不取,辞而去。 〔一七〕延州,指季札,因他封于延陵(今江苏常州),号延陵季子的缘故。季札,春秋吴王寿梦少子,有贤名,寿梦欲立之,辞不受。权,暂且。去朝,是指诸樊立为吴王,季札弃其室而耕一事说的。 〔一八〕言,语助词。

此诗开头两句,说准备车辆马匹,次日清早就要辞别首都。"怀居"二句,说在飘尘仆仆的旅途上,因为思念故居,归心甚切,看着天边流动的浮云也觉似归。"属值"以下八句,一面指明起程的日子,恰值清明时节;一面写出路上的风光,绿杞遍野,红桃照眼,山间的野鸡鷕鷕而鸣,田里的麦苗油然挺秀,一个村庄接着一个村庄地过去,不觉产生一种入江海渐深而离"皇邑"愈远的感慨!"满目"以下,是说虽然烟景满目,而在心头萦回的却是古人的那些高尚的行为,如鲁连的谢金、季札的让位等。最后两句,结出这次东归,是和古人的操守合拍的,因而以诗歌寄意。

## 登石门最高顶〔一〕

晨策寻绝壁〔二〕,夕息在山栖。疏峰抗高馆〔三〕,对岭临回溪〔四〕。长林罗户庭〔五〕,积石拥基阶〔六〕。连岩觉路塞〔七〕,密竹使径迷〔八〕。来人忘新术,去子惑故蹊〔九〕。活活夕流驶〔一〇〕,噭噭夜猿啼〔一一〕。沈冥岂别理〔一二〕,守道自不携〔一三〕。心契九秋榦〔一四〕,目玩三春荑〔一五〕。居常以待终〔一六〕,处顺故安排〔一七〕。惜无同怀客〔一八〕,共登青云梯〔一九〕!

〔一〕石门,山名,在今嵊州嶀山(南山)的南面。谢灵运《游名山志》说:"石门涧六处,石门溯水,上入两山口,两边石壁,右边石岩,下临涧水。"(《文选》李善注引) 〔二〕策,是说拿着手杖而行。绝壁,陡峭如壁的悬崖,指石门。 〔三〕疏有远义,疏峰即远峰。抗,有遥遥相对、如举礼互揖的意思。 〔四〕回溪,弯曲的溪流。 〔五〕罗户庭,排列在门前庭外。 〔六〕基阶,墙脚和踏步。 〔七〕连岩,一个山岩接着一个山岩的。路塞,无路可通。 〔八〕径,小路。 〔九〕术和蹊,都是小路。去子,去人。 〔一〇〕活活,水流有声的状态。夕流,晚间的流水。驶,如奔而去。 〔一一〕噭噭(jiào),猿鸣声。 〔一二〕沈冥,是玄默无欲的意思。 〔一三〕不携,即不二。 〔一四〕契,相合。九秋,秋季九十天。榦,指经得起霜雪侵凌的松柏。 〔一五〕翫,同"玩"。三春,春季三月。荑,草木的初生嫩叶。 〔一六〕《新序》说:"荣启期曰:'贫者士之常,死者人之终,居常待终何忧哉!'"(《文选》李善注引)诗人即借用荣启期这段话的意思,说明自己对贫富、死生的看法。 〔一七〕处顺,是说人的行动要随顺着天(自然)时。《庄子·养生主》说:"老聃死,秦失吊之曰:'适来,夫子时也;适去,夫子顺也。安时而处顺,哀乐不能入也。'"安排,见《晚出西射堂》注〔一一〕。 〔一八〕同怀客,抱负相同的人。 〔一九〕青云梯,想象中的架于青天白云间的梯子,喻人乘云升天仙去之路,此借喻同走隐逸的道路。

此诗开头两句,一边说策杖"登石门",点出题旨;一边说山顶筑有精舍,可供游客住宿。次四句,铺叙高馆四面的形势,遥对远峰,下临回溪,长林一排排地罗列庭前,馆基和门阶旁则乱石纵横。"连岩"以下四句,写峰岩稠叠,竹木丛密,使人莫辨来路去径。"活活"二句,于寂静的深山中,显出一片万窍怒号(天籁)的响音。"沈冥"以下四句,表示为了守道不二,甘心过山居沈冥的生活,心与松柏相契,手拈花草以弄;写高人雅致,飘逸如画。"居常"二句,说在栖遁生活中,更深刻地体会了荣启期和庄子的话,进一步认识了荣悴、生死浑然一致的道理。末尾两句,说欲得志趣相同的朋友,同赏美景,共谈玄理,走隐逸这条道路。又轻轻以"惜无"两字,结出世无知音的怅惘!

## 石门岩上宿〔一〕

朝搴苑中兰〔二〕,畏彼霜下歇〔三〕。暝还云际宿〔四〕,弄此石上月〔五〕。鸟鸣识夜栖,木落知风发。异音同致听,殊响俱清越〔六〕。妙物莫为赏〔七〕,芳醑谁与伐〔八〕?美人竟不来〔九〕,阳阿徒晞发〔一〇〕!

〔一〕题目或作"夜宿石门"。石门,见《登石门最高顶》注〔一〕。〔二〕搴(qiān),拔取。兰,木兰。《本草》说:"木兰皮似桂而香,状如楠,树高数仞。"(王逸《离骚注》引)此句袭用《离骚》"朝搴阰之木兰兮"句的意思。 〔三〕"畏彼"的"彼",泛指花草。歇,尽。〔四〕暝(míng),夜。云际,云间,指石门。此句袭用《楚辞·九歌·少司命》"夕宿兮帝郊,君谁须兮云之际"的意思。 〔五〕弄,玩赏。石上月,婆娑石上的月下竹阴花影。 〔六〕清越,声音的清远悠扬。 〔七〕妙物,指上面所写的夜间清景。莫为赏,没有一同欣赏的人。 〔八〕芳醑,芳香的醇酒。谁与,即与谁。伐,美。谁与伐,是说和谁一道领略这酒的美味。一说,伐是自负酒量大,即善饮的意思。 〔九〕美人,指朋友。 〔一〇〕阳阿,即阳之阿,是古代神话中的山名,太阳出来所升的第一个山丘。晞(xī)发,是晒干初沐的头发。《楚辞·九歌·少司命》说:"与女沐兮咸池,晞女发兮阳之阿。望美人兮未来,临风怳兮浩歌。"此句即袭用这段歌辞的意思。

此诗开头两句,写及时而游,隐隐含有"乞借春荫"的心意。"暝还"二句,点明题目"石门岩上宿",并带出月下清游。"鸟鸣"以下四句,抒写山间月夜:因鸟喧而知树动,听叶落而觉风过,全以耳听代目视,显出深山夜晚的虚寂。更由异音同达耳际,而引出《庄子·齐物论》的思想来作解释。最后四句,深惜好友远隔,不能同赏美景,共饮醇酒,于是引起晞发阳阿的幻想!

## 于南山往北山经湖中瞻眺〔一〕

朝旦发阳崖〔二〕,景落憩阴峰〔三〕。舍舟眺迥渚〔四〕,停策倚茂松〔五〕。侧径既窈窕〔六〕,环洲亦玲珑〔七〕。俯视乔木杪〔八〕,仰聆大壑灇〔九〕。石横水分流,林密蹊绝踪〔一〇〕。解作竟何感〔一一〕?升长皆丰容〔一二〕。初篁苞绿箨〔一三〕,新蒲含紫茸〔一四〕。海鸥戏春岸〔一五〕,天鸡弄和风〔一六〕。抚化心无厌〔一七〕,览物眷弥重〔一八〕。不惜去人远〔一九〕,但恨莫与同!孤游非情叹,赏废理谁通。

〔一〕南山,或今嵊州崞山。北山,也叫院山,就是史籍里所说的东山。湖,指巫湖。〔二〕山南曰阳,阳崖,即指南山。〔三〕景落,日落。憩,息。山北曰阴,阴峰,即指北山。〔四〕舍,同"捨"。舍舟,离船上岸的意思。迥渚,远处小洲。〔五〕停策,拄着手杖。倚,靠着。灵运《山居赋》自注说:"大小巫湖,中隔一山。"诗中所经的湖是巫湖,所登的山就是大小巫湖之间的山。〔六〕侧径,傍山伸展的小路。窈窕,是山路苗条深长的样子。〔七〕环洲,圆形的洲。玲珑,在水天一色中所呈现的空明莹澈的状态。〔八〕俛,同"俯"。乔木,枝干高大的树木。杪(miǎo),树梢。〔九〕聆,听。大壑,聚水的深谷。灉,即《诗·大雅·凫鹥》"凫鹥在灉"的"灉"字,是小水和大水交流相会处。又"灉灉"与"淙淙"同,流水声。〔一〇〕蹊绝踪,山路被密林遮断了去向。〔一一〕解作,语源见《易·解卦》,《象》说:"天地解而雷雨作,雷雨作而百果草木皆甲坼。"是春雷一声响,草木因阳春雨露的滋润而得到复苏的意思。〔一二〕丰容,草木茂盛的样子。〔一三〕初篁,新竹。苞绿箨,已脱未落的笋壳还半包着绿色竹身。〔一四〕蒲,水草。紫茸,是细毛茸茸然的紫色蒲花。〔一五〕海鸥,一名江鸥,水鸟,常在江海间逐波浪上下而飞翔。〔一六〕天鸡,就是《尔雅·释鸟》中的鶾,现代叫野鸡或山鸡的。不过,《尔雅·释虫》中的螒,也叫天鸡,很容易缠错。曾经有过这样一个故事:唐李泌知举进士,诗题为《天鸡弄和风》,有个投考的就问:"在《尔雅》中,天鸡有二,不知哪一种才对呀?"(见《杨文公谈苑》)但在谢诗里,它跟海鸥对举,应该是鸟类,无可置疑的是野鸡。〔一七〕抚化,是说我的思想意识渗透到自然中而循着自然变化时,便可以得到一种万物的流行和我的意识活动相一致的感受。正如向、郭《庄子注》说的,"圣人游于变化之涂,万物万化,亦与之万化"。〔一八〕"览物"的"物",指上面的初篁、新蒲、海鸥、天鸡等。眷,顾念。弥重,更加深切。〔一九〕去人,过去的人,指古人。

此诗劈头两句,即点明题目"于南山往北山",且指出清晨动身,晚间到达。接着,叙述"往"的具体过程。轻轻以"舍舟"二字,逗出登山眺湖,停策倚松,很自然地点明题目"经湖中瞻眺"。"侧径"以下十二句,抒写了目前景物。倚松远眺,先见那条刚走过的羊肠小路,再望脚底下巫湖的千顷烟波;俯视乔木树梢,仰听大壑水声,俯仰之间,便有视听的不同;在听觉的指引下,又举目看去,只见石横流分,林密路绝,又是一幅奇景;由于草木的升长丰容,就试图从《周易》中找出万物滋生的谜底;初篁、新蒲的欣欣向荣,是草木的生意;海鸥、天鸡的翻翻翔舞,是禽鸟的喜悦。"抚化"二句,说明诗人在瞻眺景物时,由于他思想上早存在着《庄子注》的看法,便觉得已达到物我合一的境界。最后四句,说古人藐藐,不惜未得同游,而今人芸芸,却恨无可与游,于是有孤游无侣的感叹!但又觉得面对如此秀丽山川,若以孤游而减损了欣赏的心情,于理又是说不过去的。在不惜中,又翻出一个大惜来。

## 从斤竹涧越岭溪行〔一〕

猿鸣诚知曙〔二〕,谷幽光未显。岩下云方合,花上露犹泫〔三〕。逶迤傍隈隩〔四〕,迢递陟陉岘〔五〕。过涧既厉急〔六〕,登栈亦陵缅〔七〕。川渚屡径复〔八〕,乘流玩回转〔九〕。苹萍泛沈深〔一〇〕,菰蒲冒清浅〔一一〕。企石挹飞泉〔一二〕,攀林摘叶卷〔一三〕。想见山阿人〔一四〕,薜萝若在眼〔一五〕。握兰勤徒结〔一六〕,折麻心莫展〔一七〕。情用赏为美,事昧竟谁辨〔一八〕。观此遗物虑〔一九〕,一悟得所遣〔二〇〕。

〔一〕斤竹涧,涧名。灵运《游名山志》说:"神子溪南山,与七里山分流,去斤竹涧数里。"(《文选》李善注引)今绍兴东南有斤竹岭,去浦阳江约十里,斤竹涧或即在其附近。 〔二〕曙,天明。〔三〕泫(xuàn),露珠盈盈流转的样子。露犹泫,是说太阳上来不久。 〔四〕逶迤,山路斜曲的样子。傍,依着。隈(wēi)隩(yù),山边转角和水涯弯曲处。 〔五〕迢递,绵邈高远的样子。陟,登。陉(xíng)岘(xiàn),连接着的山脉忽而中断的地方叫陉,不太高的山岭叫岘。 〔六〕厉急,厉是拉起衣裳过水,急是急流,为五字句的形式所局限而省去"流"字。 〔七〕栈,是栈道的省称。在无法开辟道路的深山高谷间,依着巉岩绝壁而搭架木桥以通行人的叫栈道。登栈,是走上栈道,形容山路的高而险。陵缅,升得高高的。〔八〕径复,弯来曲去的。 〔九〕乘流,随着溪流。回转,绕着山弯转。 〔一〇〕蘋,大萍,浮生水面,俗名浮萍。泛沈深,漂浮在深水沉沉的潭上。 〔一一〕菰(gū),生于陂泽,叶细长而尖,春秋间中心生白芽,状如笋,叫菰菜,俗名茭白。蒲,香蒲,可以做席。冒清浅,覆盖在溪流清浅的地方。 〔一二〕企石,举起脚后跟以脚趾尖作为全身的力点而站在石上。挹,合手取水。 〔一三〕摘(zhāi),采。叶卷,还没有展开的初生叶子。 〔一四〕山阿,山的角落头。 〔一五〕薜是薜荔,香草名。萝谓女萝,女萝又名兔丝,是一种爬蔓寄生植物。此二句袭用《楚辞·九歌·山鬼》"若有人兮山之阿,被薜荔兮带女萝"的意思。在《九歌》中,薜萝原为山鬼的服装,说她以薜荔为衣,以女萝做带。到了后世,就以薜萝作为隐士服装的象征。 〔一六〕握兰,采了盈把的香兰。勤,是殷勤。〔一七〕折麻,采取疏麻的花。参看《南楼中望所迟客》注〔一一〕。〔一八〕"事昧"的"事",指《九歌》中所写的关于山鬼的传说。〔一九〕"观此"的"此",指沿途的秀丽山川。遗物虑,世间的思虑全消失了。 〔二〇〕李善注引郭象《庄子》注说:"将大不类,莫若无心。既遣是非,又遣其所遣,遣之以至于无遣,然后无所不遣,而是非去也。"此句包含着向、郭这段话的内容。

此诗开头两句,说深山不觉晓,听窗外一片猿啼声,才知道天色已亮;但为四周高峰所阻,阳光犹未遍照。"岩下"两句,写清早出游所见：云屯岩际，露泫花间，晨光山色，清丽欲流。"逶迤"以下四句，写转过山角，褰裳渡水，走着跟栈道一般的山路，点明题目"从斤竹涧越岭"。"川渚"以下六句，先写随着溪流前进，点明题目的"溪行"；而萍浮深潭，菰冒清流，是缘溪所见；企石酌泉，攀林摘叶，又是沿路所为。"想见"以下二句，写途次感触：由暗诵《楚辞·九歌·山鬼》这篇抒情诗，想到也许有高士在山岩那边吧？"想见"分明是指想象中的古人说的，而"若在眼"便有点夫子自道了。"握兰"二句，由独游而触发思友之情，采兰盈握，折麻满把，欲赠无由，空有一番殷勤！"情用"二句，说且收拾思古幽情，入神地欣赏眼前美景；《九歌》中所咏的山鬼事情，它本身就是一个谁也无法证实的传说！（有人说，这二句写的是诗人游览山水所得的一种体会。说只要你用情欣赏，即闲花小草，亦具真美，正不必选择欣赏的对象。但这个道理隐微不显，有几人能理解呢？）末尾两句，说在静观佳景时，可以排除物虑，只须在这个基础上提高一步，便可达到向、郭所说的"无所不遣"的境界了。又把清晨出游的现实的我（诗人），导往玄气氤氲的玄学之途。

## 石室山〔一〕

清旦索幽异〔二〕，放舟越坰郊〔三〕。苺苺兰渚急〔四〕，藐藐苔岭高〔五〕。石室冠林陬〔六〕,飞泉发山椒〔七〕。虚泛径千载〔八〕,峥嵘非一朝〔九〕。乡村绝闻见〔一〇〕,樵苏限风霄〔一一〕。微戎无远览〔一二〕,总笄羡升乔〔一三〕。灵域久韬隐〔一四〕,如与心赏交。合欢不容言〔一五〕,摘芳弄寒条。

〔一〕灵运有可能到过的石室山有二,一在始宁(浙江上虞上浦镇),《山居赋》自注说:"石室,在小江口南岸。"一在永嘉,《读史方舆纪要》说:"赤水山,在府(永嘉)西北百三十里,时有赤水出岩下。一名石室山,上有石室,容千人。道书以为第十二福地,亦曰大若岩。"今在诗里既无内证,又无法找到旁证,不敢断定这石室山是始宁的,还是永嘉的。 〔二〕索幽异,搜寻清胜异景。 〔三〕越,经过。坰郊,林野,《尔雅》说:"林外谓之坰","邑外谓之郊"。 〔四〕莓莓(méi),水草茂盛的样子;与"苺苺"同,《左传》有"原田苺苺"的话。兰渚,生着兰蕙等香草的河洲。急,一面是水流奔急的状态,一面是船在江面疾驶而过。此句体现着较多的动态,河水活活地奔流,轻舟逐水打桨而去,舟中的人看洲边水草,有"草逐水流,根定叶漂,长条披偃,翠带轻摇,似与俱去"(陈胤倩语)的情味。 〔五〕藐藐(miǎo),与"邈邈"同,高远的样子。苔岭,不长林莽、满铺苔草的山岭,指望中的石室山。 〔六〕冠,本义为帽子,此处当动词用,作为众之首解。林陬(zōu),森林的一角。冠林陬,形容石室山高出于众山群林之外。 〔七〕飞泉,山上的瀑布。山椒,山顶。 〔八〕虚泛,是说这条汩汩而流逝的河流,它自己是无意识地不停地流着,也从不为人们所注意。径,有一直虚泛着的意思。〔九〕峥嵘,山高而险的样子。非一朝,不是一天。〔一〇〕此句是说,石室山远在深山僻野中,自然被摒绝于"雅士"的视听之外。〔一一〕樵苏,砍柴割草的人。限风霄,说石室山高入天际,为山岚云气所隔,人迹罕到。〔一二〕微戎,义未详。或即无戎,《诗·小雅·常棣》有"烝也无戎"的话,据郑笺是无友助己的意思。〔一三〕笄(jī),是古时男女束发的簪子。总笄,是以簪束发,借喻成年。羡升乔,羡慕古仙人王子乔的升仙。王子乔成仙的故事,参看后面《登临海峤》注〔二三〕。〔一四〕灵域,一边实指眼前的石室山,一边指想象中王子乔仙去的地方。韬隐,是说韬光隐晦,不为人知;表面上是指石室山说的,暗地里却是诗人自喻。〔一五〕合欢,是个双关词儿,一边指山间的合欢树,一边却指人和山的合欢。

此诗开头两句,说清晨出游,舟随河流穿过郊野。"苺苺"以下四句,写舟中顾望,兰渚很快地向后退去,而那遥远的苔岭却渐接渐近,石室山高高地矗立林外,山顶倒挂着如练的瀑布。"虚泛"以下四句,说河流清泠地流着,已是千年;苔岭高峻地站着,也非一日。但是,有谁知道它们,有谁欣赏它们呢?不要说一直没有被文人学者所赏识,就是就近的樵夫牧童也很少到过山上,自古及今,一无知音。"虚泛"句与"苺苺兰渚急"相呼应,"峥嵘"句则和"薿薿苔岭高"相照顾。"微戎"二句,说自己成年时即爱好山水,喜寻仙迹,只为缺少游侣,也就久未远游此山。

"灵域"以下四句,说此番发现异景,自有一种不可言状的欣悦。而千载不为人知的石室山,也该把自己当作唯一知己,人与山相对而立,就像一对心心相印的朋友一样;在忻合无言时,尽情地把玩着合欢树的枝条。写怡然自得的情态,逼真如画!

## 初往新安桐庐口〔一〕

绨绤虽凄其〔二〕,授衣尚未至〔三〕。感节良已深,怀古亦云思〔四〕。不有千里棹,孰申百代意。远协尚子心〔五〕,遥得许生计〔六〕。既及泠风善〔七〕,又即秋水驶〔八〕。江山共开旷〔九〕,云日相照媚。景夕群物清〔一〇〕,对玩咸可憙!

〔一〕新安,郡名,治今浙江淳安西。桐庐,故城在今浙江桐庐治西。 〔二〕绨(chī)是细葛布,绤(xì)是粗葛布。《毛诗·周南·葛覃》有"为绨为绤"的话。凄其,寒凉的意思。《毛诗·邶风·绿衣》有"凄其以风"的话。 〔三〕授衣,发给冬衣。《毛诗·豳风·七月》有"九月授衣"的话。这句诗是说还没有到九月呢。 〔四〕怀古,追念古人古事。 〔五〕协,合。尚子,见《初去郡》诗注〔一三〕。 〔六〕许生,许询,字玄度,高阳人。少时人称神童,长而风情简素,常与支遁、谢安等游放山水(见《太平御览》卷五十四引)。 〔七〕泠风,轻和的小风。此用《庄子·逍遥游》"列子御风而行,泠然善也"的意思。 〔八〕驶,是行舟的意思。 〔九〕开,一作"闲"。〔一〇〕景夕,即日夕。

此诗前头两句,说晚秋初冬的天气,葛布衣已不胜其寒,指明了出游的时间。中间六句,说这是最适宜于游览的日子,自己的游放风度又不逊古人,写出这番出游的感情和思想。后头六句,写一叶扁舟容与中流,有神仙御风而行的快感,并描绘了途次的清丽景色。

## 夜发石关亭〔一〕

随山逾千里〔二〕,浮溪将十夕。鸟归息舟楫〔三〕,星阑命行役〔四〕。亭亭晓月暎〔五〕,泠泠朝露滴〔六〕。

〔一〕今浙江省桐庐东北有石关,所谓亭或即在其附近。
〔二〕随山,依着山行走。《书·禹贡》有"随山刊木"的话,《史记·夏本纪》作"行山表木"。〔三〕楫(jí),划船的桨。〔四〕"星阑"的"阑",是"阑干"之省,是晓星横斜疏落的样子。行役,旅客跋涉于路的意思。〔五〕亭亭,高远清明而无所依靠的样子。暎,同"映",余光映照。〔六〕泠泠,音灵,是清凉浸人的意思。

此诗前头两句,叙述此游的陆路里程和舟行时日。后面四句,点明题目"夜发石关亭",并写出晓月在天、朝露盈盈的晨景。

## 发归濑三瀑布望两溪〔一〕

我行乘日垂〔二〕,放舟候月圆。沬江免风涛〔三〕,涉清弄漪涟〔四〕。积石竦两溪〔五〕,飞泉倒三山〔六〕。亦既穷登陟〔七〕,荒蔼横目前。窥岩不睹景〔八〕,披林岂见天?阳乌尚倾翰〔九〕,幽篁未为邅〔一〇〕。退寻平常时,安知巢穴难〔一一〕!风雨非攸怪〔一二〕,拥志谁与宣〔一三〕?倘有同枝条〔一四〕,此日即千年〔一五〕!

〔一〕题里所说的地方,不详。据灵运《山居赋》自注(见后注〔一五〕引)推测,或在始宁石门附近。 〔二〕乘日垂,趁着太阳落山的时分。 〔三〕沬(mèi)江,轻舟泛游江上。下句的"涉清",也是船行清江的意思。 〔四〕漪涟,细粼粼似縠纹的水波。语源见《诗·魏风》,《伐檀》说:"河水清且涟猗。""猗"本语助词,即"兮"的借字,相当现代语的"啊"。后人在"猗"的左边加水偏旁作"漪",并且将它倒过来写为"漪涟",这就是它的形成过程。 〔五〕竦(sǒng),与"耸"同。竦两溪,矗立于两溪间。 〔六〕飞泉,瀑布。倒,是说瀑布的下注如像一匹白练向下倒挂。 〔七〕穷登陟,陟义同登,是说这一带地方的山角水涯都完全游览过了。 〔八〕不睹景,看不到太阳。 〔九〕阳乌,日。传说日中有三足乌,乌为阳精,就以阳乌作为日的代名。 〔一〇〕幽篁,幽深的竹林。邅(zhān),

有回转难走的意思。此句袭用《楚辞·九歌·山鬼》"余处幽篁兮终不见天,路险难兮独后来"和《湘君》"驾飞龙兮北征,邅吾道兮洞庭"的意思。 〔一一〕巢穴难,巢居穴处生活的艰苦。这是以上古蒙昧时代人民的生活来比拟隐士的生涯,以显示澹泊少欲的意思。〔一二〕悋,俗"吝"字。非攸悋,没有什么所悔恨的。《易·系辞》说:"悔吝者,忧虞之象也。""吝"字往往含有忧虞的意思,于"吝"字前加"非"字是予以否定。 〔一三〕拥志,抱着高尚的志趣。谁与,即与谁,倒用表示这是问句。谁与宣,和哪个说呢。 〔一四〕同枝条,是以同一树身的枝条来比拟志向相同的人。苏武《别李陵诗》说:"况我连枝树,与子同一身。"〔一五〕灵运《山居赋》说:"虽一日以千载,犹恨相遇之不早。"自注说:"谓昙隆、法流二法师也。……往石门瀑布中路高栖之游,昔告离之始,期生东山,没存西方。相遇之欣,实以一日为千载,犹慨恨不早。"由此看来,这诗可能是与昙隆、法流别后,重临石门瀑布时,追忆昔游,怀念二师而作。

此诗开头两句,说日落时分离山,到江畔登舟,圆月已高悬天际,指出归的时间和山行过程,点明题目的"发归濑"。"沫江"以下四句,写泛舟中流,眺望溪山,又点明题目的"三瀑布望两溪"。"亦既"以下六句,说回看日里所游的地方,已伏在一片深杳的荒蔼中。于是,那岩高林密、隐天蔽日的景象,又如电影演出一般,一幕幕地浮映于脑际。"退寻"以下四句,写出归途的感触,说山中已营居室,不愁风雨侵袭了,而自己所抱的隐逸之志,却难与俗人言谈。末尾两句,因独游而怀念昙隆诸人,认为此番倘得同游,一定更富有生活的意义,则过此一日便胜似千年了。

## 酬从弟惠连[一]

寝瘵谢人徒[二],灭迹入云峰[三]。岩壑寓耳目,欢爱隔音容[四]。永绝赏心望[五],长怀莫与同[六]。末路值令弟[七],开颜披心胸[八]!

心胸既云披,意得咸在斯。凌涧寻我室[九],散帙问所知[一〇]。夕虑晓月流,朝忌曛日驰[一一]。悟对无厌歇[一二],聚散成分离!

分离别西川[一三],回景归东山[一四]。别时悲已甚,别后情更延[一五]。倾想迟嘉音[一六],果枉济江篇[一七]。辛勤风波事[一八],款曲洲渚言[一九]。

洲渚既淹时[二〇],风波子行迟[二一]。务协华京想[二二],讵存空谷期[二三]。犹复惠来章[二四],祇足搅余思[二五]。倪若果归言[二六],共陶暮春时[二七]。

暮春虽未交[二八],仲春善游遨。山桃发红萼[二九],野蕨渐紫苞[三〇]。嘤鸣已悦豫[三一],幽居犹郁陶[三二]。梦寐仁归舟〔二三〕,释我吝与劳〔二四〕。

〔一〕谢惠连,谢方明子,灵运族弟。大概是元嘉六年(四二九)春,他离开始宁赴京,在渡钱塘江时,曾有一首《西陵遇风献康乐》诗寄给灵运。这诗就是灵运的酬作。关于他和灵运的关系,参看后附《谢灵运传》。 〔二〕瘵(zhài),肺痨病。谢人徒,是离开人众喧杂的城市,也有不跟人们交往的意思。 〔三〕灭迹,即绝迹,足迹不到。云峰,高入云间的山峰,是说远远地离开城市。 〔四〕音容,浮现于回忆里的死者生前的声音笑貌。 〔五〕赏心,心里快乐。参看《初发郡》注〔二六〕。望,希望。 〔六〕长怀,老是想着。这几句诗,是怀念故友刘义真。其时,义真已死,所以有"隔音容"和"永绝赏心"的话。 〔七〕末路,原义是路程的终点,此喻晚年潦倒失意。值,遇到。令,美称。令弟,指谢惠连。 〔八〕开颜,满面堆着笑容。披心胸,是敞开心扉、推诚相见的意思,有点近于现代语的思想见面。 〔九〕凌涧,过涧。 〔一〇〕帙,书衣。散帙,打开书卷的套子,意即翻开书本。 〔一一〕忌,畏。曛(xūn)日,黄昏时分的太阳。 〔一二〕悟对,会见。无厌歇,意即极为频繁。此句徐锴《说文系传》"晤"字注,引作"晤对无厌倦",且误为谢惠连诗。按"悟"与"晤"通,《文选》五臣本作"晤",徐锴所引系根据五臣本。〔一三〕西川,指浦阳江,惠连《西陵遇风献康乐》诗有"昨发浦阳汭"可证。可能因浦阳江在始宁的西面,便叫它为西川。 〔一四〕东山,见《还旧园作》注〔五〕。 〔一五〕更延,更长。 〔一六〕倾想,

酬从弟惠连

一心一意地想着。迟,等待。嘉音,好消息。〔一七〕果枉,果然承你赐寄。济江篇,渡江时写的诗篇,即指谢惠连《西陵遇风献康乐》诗。〔一八〕风波事,是谢惠连于渡钱塘江时,为风涛所阻,滞留江畔的事情。〔一九〕款曲,情意深厚地。洲渚言,叙说江边逗留的始末。〔二〇〕淹时,久住了一些时日,意即耽误行期。〔二一〕子,男子美称,指谢惠连。〔二二〕华京,即京华,指刘宋首都建康(南京)。〔二三〕讵,作"岂"字讲,哪里的意思。空谷,人迹罕到的山谷。此句可与黄山谷诗"别后寄诗能慰我,似逃空谷听人声"相参看。〔二四〕来章,寄来的诗篇,也指谢惠连《西陵遇风献康乐》诗。〔二五〕搅,扰乱。搅原作"揽",据黄晦闻校。〔二六〕傥,同"倘"。果归言,是践宿诺的意思。(归言,有两种解说:吕延济注说:"惠连别时有归言",是当作一句实际的话讲的。而黄晦闻认为"言"字是语助词,没有实义,它的意思就是归来。)〔二七〕陶,乐。〔二八〕未交,是说节气还没有到暮春。〔二九〕红萼,桃花未开时,保护花瓣的红色鳞状片。〔三〇〕蕨(jué),羊齿类植物,春天发嫩叶,可吃。紫苞,没有舒展开来的赤褐色嫩叶。〔三一〕嘤鸣,鸟鸣的声音。悦豫,欣喜而安逸的意思。此句结合《诗·小雅·伐木》"嘤其鸣矣,求其友声"的意思,以鸟尚有友和人而无侣作强烈的对照,以显出山居的内心寂寞。〔三二〕郁陶,忧闷不舒。〔三三〕梦寐,睡梦中。伫,盼望。〔三四〕吝,贪鄙龌龊的念头。东汉时,陈蕃、周举常说:"隔了一段时间不见黄生(黄宪),不觉贪鄙的念头(吝)又在心里头茁长了。"(见《后汉书·黄宪传》)劳,是思念之苦，含着《诗·齐风·甫田》所说的"劳心忉忉"的意思。

　　此诗共分五章，次章的首句，即翻用前章末句的句意，以加强章与章间的连接关系。第一章，说这番归隐山林，往日好友已死的死，散的散；在这暮年潦倒的时候，幸有族弟惠连可与谈论。第二章，叙述惠连早晚过涧相访，同赏奇文，与析疑义，厮混得挺有劲儿。末句着重地指出，离散使这种欢悦的生活中断。第三章，说在浦阳江分别时，伤感已极；回到东山之后，思念更深。日日夜夜等待着惠连一路平安的消息，果然得到他渡江时所作的诗篇。"辛勤"二句，略示惠连献诗的内容。第四章，说惠连渡江时，为风涛所阻，不过耽误了行期，可没有动摇赴京的意志。惠连的惠寄诗篇，只是扰动了自己稍微有点安定下来的情绪；倘若现在赶着回到故园，还来得及同游暮春！第五章，先写仲春季节景物的喧妍，再从鸟因得友而鸣得格外酣畅的情景中，衬出山居生活的郁闷孤寂，梦想着惠连的翻然而归。谢惠连的《西陵遇风献康乐》诗，全诗共分五章，一章一转韵，每章几乎就是一首具有独立内容的小诗。它以全诗的意境发展为线索，很自然地把每章绾合起来，就像一串晶莹的珠子，既颗颗独立，又粒粒相贯。惠连这诗的写作方法，是从曹植《赠白马王彪》一诗学来的。古人和朋友的赠诗，往往下意识地去模拟原作；灵运这诗是酬答惠连献诗的，所以就照着惠连献诗的体裁写。

## 附录　谢惠连《西陵遇风献康乐》

我行指孟春,春仲尚未发。趣途远有期,念离情无歇。成装候良辰,漾舟陶嘉月。瞻涂意少惊,还顾情多阙。

哲兄感仳别,相送越坰林。饮饯野亭馆,分袂澄湖阴。凄凄留子言,眷眷浮客心。回塘隐舻栧,远望绝形音。

靡靡即长路,戚戚抱遥悲。悲遥但自弭,路长当语谁!行行道转远,去去情弥迟。昨发浦阳汭,今宿浙江湄。

屯云蔽曾岭,惊风涌飞流。零雨润坟泽,落雪洒林丘。浮氛晦崖巇,积素惑原畴。曲汜薄停旅,通川绝行舟。

临津不得济,伫楫阻风波。萧条洲渚际,气色少谐和。西瞻兴游叹,东睇起凄歌。积愤成疢痗,无萱将如何!

## 答惠连[一]

怀人行千里[二],我劳盈十旬[三]。别时花灼灼[四],别后叶蓁蓁[五]!

〔一〕惠连,见《酬从弟惠连》注〔一〕。　〔二〕怀人,是替在外的惠连着想,说他想念家人。　〔三〕十日为旬,十旬即一百天。　〔四〕灼灼,花色鲜明的样子。　〔五〕蓁蓁,树叶极盛的样子。

## 登临海峤,初发疆中作,与从弟惠连见羊、何共和之[一]

杪秋寻远山[二],山远行不近。与子别山阿[三],含酸赴修畛[四]。中流袂就判[五],欲去情不忍。顾望脰未悁[六],汀曲舟已隐[七]。

隐汀绝望舟,骛棹逐惊流[八]。欲抑一生欢[九],并奔千里游。日落当栖薄[一〇],系缆临江楼[一一]。岂惟夕情敛[一二],忆尔共淹留[一三]。

淹留昔时欢,复增今日叹。兹情已分虑,况乃协悲端[一四]!秋泉鸣北涧,哀猿响南峦[一五]。戚戚新别心[一六],凄凄久念攒[一七]!

攒念攻别心,且发清溪阴[一八]。暝投剡中宿[一九],明登天姥岑[二〇]。高高入云霓[二一],还期那可寻。傥遇浮丘公[二二],长绝子徽音[二三]!

〔一〕临海,郡名,治今浙江台州北。峤,尖锐而高的山。疆中,地名。灵运《游名山志》说:"桂林顶远则嵊尖疆中。"(《文选》李善注引)今嵊州嶀山下有疆口,或即其地。惠连,见《酬从弟惠连》注〔一〕。"见"上,五臣本《文选》有一"可"字。羊,羊璿之;何,何长

登临海峤,初发疆中作,与从弟惠连见羊、何共和之

瑜,这二人即《宋书·谢灵运传》所说的"四友"中人。关于他俩和谢灵运的关系,请参看后附《谢灵运传》。此诗主要的投赠对象是惠连,也附及羊璿之和何长瑜,所以说"见羊、何共和之"。此诗中所写的游临海,也许就是《宋书·谢灵运传》说的"自始宁南山,伐木开径,直至临海"的那次。 〔二〕杪秋,晚秋。 〔三〕子,男子美称,指惠连等。山阿,山的角落头。 〔四〕含酸,是离人心中所含的一种酸苦况味。畛(zhěn),《说文》:"井田间陌",是田间的路。修畛,长长的田塍路。 〔五〕袂(mèi),袖子。判,分开。袂就判,是说和朋友携手同行时,两人的袖子是连在一道的,而袖子的就此分开,正意味着朋友的离别。 〔六〕脰(dòu),头颈。悁(yuān),疲乏。《说文》:"痯,疲也。'痯'与'悁'通。" 〔七〕汀曲,水边平地弯曲的地方。隐,没。 〔八〕骛(wù)棹,船桨如飞的划船。此句是说舟在人力(打桨)和水力(流速)的推动中飞快地向前驶去。《六臣注文选》"逐"作"逾","惊"作"骛"。 〔九〕此句含有公孙朝所说的"欲尽一生之欢,穷当年之乐"的意思(见《文选》李善注引《列子》)。 〔一〇〕薄,同"泊"。栖薄,停泊。 〔一一〕缆(lǎn),拴船的绳索。系缆,用绳索把船拴住,是停舟(晚泊)的意思。临江楼,楼名。灵运《游名山志》说:"从临江楼步路南上二里余,左望湖中,右傍长江也。"(《文选》李善注引)上句于"栖薄"上用一"当"字,表示该是停舟的时候了,而实际上还没有停;此句于"系缆"下加一"临江楼",则说明已经停舟,并指出所停的地方。 〔一二〕敛,止息。 〔一三〕尔,你,指谢惠连。淹留,停留。 〔一四〕悲端,是说初秋

是秋的开头,也是悲的开头。因为秋是肃杀的季节,它摧残着草木的生机,使自然界呈现一片摇落的景象,古人的悲秋情绪便油然而生。〔一五〕峦,是纡回连续的峰岭,或说高而尖锐的小山。〔一六〕戚戚,忧愁的样子。〔一七〕凄凄,悲凉的样子。攒(cuán),聚在一起。〔一八〕阴,溪的南边。〔一九〕暝,晚上。剡(shàn),古县名,今浙江省嵊州。〔二〇〕天姥(mǔ),山名,在浙江新昌东,近天台山。岑(cén),山崖。〔二一〕霓,是虹,日光斜照空中水汽反映的光彩。入云霓,是高插云霄的意思。〔二二〕倘,同"倘"。浮丘公,古仙人,接王子乔登嵩山仙去(见《文选》李善注引《列仙传》)。此句不是死板地说"倘若碰到浮丘公",而是说"倘若遇着浮丘公一样的仙人"。〔二三〕子,也指惠连。徽音,美德。

　　此诗共分四章,体裁和《酬从弟惠连》相同。第一章,说秋初往游临海,和惠连别于山角水涯。因舍不得离开,不觉延颈相望,而舟已入溪流曲折处,视线被阻住了。第二章,写舟于桨急流速中前驶,诗人在舟中飘然自得,颇有以游览终老的想法,日暮于临江楼停泊。"岂惟"二句,很婉曲地表达了别后的惜别情绪。第三章,写晚宿临江楼时,想起昔时朋友聚会的欢乐,反而增加了今日离别的悲凉;何况这泉鸣猿哀的境况,更使人离愁萦于丝!第四章,诗人因经不住别绪的缠绕,便以预计游程自遣,说天亮时从这儿出发,晚上就到剡中,明天便登天姥;那是高入云间的名山，倘若遇到浮丘公一流的仙人，便不愿再回尘世了。又在凄苦的离愁中，翻出了白日升仙的绮想！

## 初发石首城[一]

　　白珪尚可磨[二]，斯言易为缁[三]。虽抱中孚爻[四]，犹劳贝锦诗[五]！寸心若不亮[六]，微命察如丝[七]。日月垂光景[八]，成贷遂兼兹[九]。出宿薄京畿[一〇]，晨装摶曾飔[一一]。重经平生别，再与朋知辞[一二]！故山日已远，风波岂还时。苕苕万里帆[一三]，茫茫终何之[一四]？游当罗浮行[一五]，息必庐霍期[一六]。越海陵三山[一七]，游湘历九嶷[一八]。钦圣若旦暮[一九]，怀贤亦凄其[二〇]！皎皎明发心[二一]，不为岁寒欺[二二]。

　　[一]石首城，即石头城，在今南京西南。伏韬《北征记》说："石头城，建康西界临江城也，是曰京师。"（《文选》李善注引）可知即晋宋时的都城。　[二]珪，同"圭"，瑞玉。尚可磨，是说玉上头的污点还可以磨去。　[三]斯言，这些话，指孟颛的诬奏。事详后附《谢灵运传》。缁（zī），黑色。　[四]中孚，《易》卦名。爻，《易》卦中六爻的爻辞。这个"爻"字，是用得很讲究的。因为这句诗所要表达的意思，即《中孚卦》阳爻九五的爻辞"有孚挛如，无咎"，倘用

"卦"字似嫌太笼统,没有"爻"字明确。再,"卦"字念起来有点别扭,用"爻"字音节较佳。〔五〕贝锦,面上织绣着介虫(如贝等)的花纹的丝织品。它的语源见《毛诗》,《小雅·巷伯》说:"萋兮菲兮,成是贝锦。"〔六〕寸心,就是心,"寸"字不过说明心在人体中所占的领域是极小的。若不亮,倘若不是为刘义隆(文帝)所了解、所信任的话。〔七〕微命,细微得跟蚂蚁、飞蛾一般的生命。察如丝,仔细想来,它(生命)实在和一根单丝一样,一触即断。〔八〕这句用日月比拟宋文帝,一边赞美他明察秋毫,如日月之光的烛照;一边歌颂他恩施万物,如日月之光的广被。〔九〕成贷,有幸蒙保全生命的意思,参看《还旧园作》注〔二四〕。"兼兹"的"兹",即此,指临川内史。〔一〇〕出宿,出游于外的意思。语源见《毛诗》,《邶风·泉水》有"出宿于泲"的话。薄,至。京畿,是京城(石首城)的附近地方。〔一一〕晨装,早起收拾行装,意即整装待发。搏(tuán),凭借。曾飔(sī),凉快的高风。("曾",《文选》作"鲁"。)此句结合着《庄子·逍遥游》"抟扶摇羊角而上者九万里"和《楚辞》"溢飔风而上征"的意思。(此据《文选》李善注引,今本《离骚》作"溘埃风余上征。")〔一二〕辞,告别。〔一三〕苕苕,"苕"与"迢"通,遥远的样子。〔一四〕茫茫,广大无边的样子。终何之,究竟往哪里去。此句结合着《庄子·天下》篇"芒乎何之?忽乎何适"的意思。〔一五〕罗浮,山名,在今广东省博罗县。〔一六〕庐,庐山,在今江西庐山市西北,九江市南。霍,霍山,在安徽霍山南,本名天柱山。〔一七〕三山,一般指蓬莱、方丈、瀛洲三神山。

初发石首城

(关于三神山的故事,参看《史记·秦始皇本纪》二十七年及《汉书·郊祀志》。)祝穆《方舆胜览》说,即罗浮山。 〔一八〕湘,湘江,在湖南省。游湘,是游览湘江流域。九嶷,亦作"九疑",山名,在湖南省宁远县境。 〔一九〕钦圣,仰慕圣人。圣,是指虞舜说的。《史记·秦始皇本纪》说:"望祀虞舜于九疑山。"据注引《皇览·冢墓记》说:"舜冢在零陵郡营浦县九疑山。"旦暮,早晚。语源见《庄子》,《齐物论》说:"是其言也,其名为吊诡。万世之后而一遇大圣,知其解者,是旦暮遇之也。"此句与上句"历九嶷"相照应,并结合着《庄子》这段话,说自己和舜虽生不同时,相隔数千年,但由于自己是个遭迁逐的人,最能体会舜南游而死的意味,即隔千年,如在早晚。 〔二〇〕怀贤,怀想贤人。贤指屈原。其,语助词。凄其,凄凉。此句与上句"游湘"相照应,说像屈原这样的爱国诗人,还不免要遭谗见逐,被迫而投汨罗。因游湘江而怀想屈原,对自己的身世更觉可悲,一边怀贤,一边自伤。 〔二一〕皎皎,明洁的样子。明发心,借白天阳光四照的景象比拟光明磊落的心迹。此句一面表明自己的心迹,一面结合着《诗·小雅·小宛》"明发不寐,有怀二人"的意思,说出感怀古今,通宵未眠,以与"出宿薄京畿"句相照应。 〔二二〕诗人以松柏的刚强,比喻自己的坚贞。

此诗开头两句,是托喻起兴,结合着《诗·大雅·抑》"白圭之玷,尚可磨也;斯言之玷,不可为也"的意思,说白玉有污点,还可以磨灭;而一为谣言所中伤,就百口莫辩了。次二句,诗人借

《易·中孚卦》的意思，表明自己的言行是敦实的，心迹是忠诚的，并没有所谓异志。又借《诗》郑笺的话语，指出谗人罗织自己的罪名，正如女工织作锦上的花纹，挖空了心思，尽其造谣污蔑的能事。"寸心"以下四句，说要不是文帝了解自己的心迹，这条小命早完蛋了。现在，不但赦免了死罪，并蒙命为临川内史。以上很委曲地将这番出都的原因写出，其间寄寓了多少感慨！"出宿"以下四句，写被迫就途，又一度与亲友离别的情况；悄悄以"重经""再与"四字，带出强烈的官场失意情绪。既点明题目"初发石首城"，又和前次出守永嘉、相送方山、遥遥相对照。"故山"以下四句，写离家日远，风帆万里，而江上风波又如此险恶，哪里还有平安而迁的希望？一面想象着前途的渺茫，一面意识到生命的无凭。"游当"以下四句，是在颓丧之余，强颜作笑，预计来日的游程：先游罗浮山，再登庐、霍诸山，又沿着湘江上溯，便到达九嶷山了。……同时，又联想到与这些名山有关的历史人物，不觉"钦圣""怀贤"一番。最后两句，再度表明自己的心迹皎如白日，遥与"虽抱中孚爻"句相照应，并以松柏的不畏冬寒，比拟自己的不慑伏于权威；在仕途失意时，更显出诗人的倔强的性格。

## 道路忆山中〔一〕

采菱调易急〔二〕，江南歌不缓〔三〕。楚人心昔绝〔四〕，越客肠今断〔五〕。断绝虽殊念〔六〕,俱为归虑欸〔七〕。存乡尔思积〔八〕,忆山我愤懑〔九〕!追寻栖息时〔一〇〕,偃卧任纵诞〔一一〕。得性非外求〔一二〕,自已为谁纂〔一三〕?不怨秋夕长,常苦夏日短。濯流激浮湍〔一四〕,息阴倚密竿〔一五〕。怀故叵新欢〔一六〕,含悲忘春暖!凄凄明月吹〔一七〕,恻恻广陵散〔一八〕。殷勤诉危柱〔一九〕,慷慨命促管〔二〇〕!

〔一〕道路,指自石首城到临川的路上。山中,谓始宁墅。〔二〕采菱调,是采菱人唱的歌。灵运赴临川在春天,而采菱是夏秋间的事儿,路上自然听不到采菱人的歌唱。《楚辞·招魂》有"涉江采菱,发扬荷些"的话,据王逸注是楚人歌曲。此句的采菱调,是指古人的歌词。"易急"和下句的"不缓",是说由于歌唱者的心情的激动,他的歌声是那么高亢急促。〔三〕江南歌,一边指诗人在途次所听到的江南民歌,一边也指《招魂》末尾"哀江南"那节诗歌。《招魂》说:"湛湛江水兮上有枫,目极千里兮伤春心,魂兮归来哀江南。"这是屈原流浪于江介,思归郢都(今湖北省江陵县)时写下的诗篇。诗人耳际听着现代(刘宋)楚人的歌声,而精神则向往于古人(屈原)的诗歌,觉得自己的感情已跟几世纪前屈原的感情融会在一起了,思古幽情之流在浮泛着。〔四〕楚人,指屈原。〔五〕越客,灵运自称。参看后附《谢灵运传》。〔六〕虽殊念,虽说思想根源不相同。〔七〕归虑,即归思。欸,义为扣,有侵袭的意思。〔八〕存乡,怀念家乡。尔,你,指楚人,即屈原。〔九〕"忆山"的

"山",即题目的山中,指始宁墅。愤懑,烦闷恼躁。〔一〇〕追寻,意即追想。〔一一〕纵诞,突破礼法制约的恣情放肆的行为。〔一二〕"得性""自已",都是《庄子》书中的辞语,《齐物论》说:"子綦曰:'夫吹万不同,而使其自已也,咸其自取,怒者其谁邪!"司马彪说:"已,止也,使各得其性而止也。"诗人即以这段话,作为他的纵诞生活的理论根据。得性,是得性分的自然。自已,是取足自止,适性是最满足的满足。〔一三〕篡,应作"纂",义为取。十分明显,此句系袭用《齐物论》"咸其自取"一语的意义,而以反问的句式写出。但"取"字与韵不协,为了迁就韵脚,便改用与"取"字同义的"篡"字。〔一四〕濯流,临流浣洗。湍,急流。此句隐隐含有"沧浪之水清兮,可以濯我缨;沧浪之水浊兮,可以濯我足"(《孟子·离娄》)的意思。〔一五〕息阴,歇息于竹林中阴凉的地方。竿,竹的干身。〔一六〕怀故,怀是思念,故指故乡、故友。叵(pǒ),不可。〔一七〕凄凄,恻恻,都是形容曲调悲凉的。明月吹,笛曲。〔一八〕广陵散,琴曲。嵇康临刑时,要过来琴,弹了一回,说:"以前袁孝尼曾经跟我学《广陵散》,我因为小心眼儿,没有教会他。现在我一死,这只曲子也就绝了。"(见《晋书·嵇康传》)〔一九〕危柱,端立的琴柱,"危"字兼有琴音危苦的意思。〔二〇〕管,谓笛子。促管,是说笛声高亢急促。

  此诗头上八句,说诗人在赴临川路上,时而倾听民歌,时而朗诵《楚辞》,觉得自己与屈原所处的时代虽不相同,而被放逐的情况却十分类似,一样的有归思,又一样的有家归不得;风帆一片,和故乡日隔日远了。"追寻"以下八句,写在欲归不得的情境下,不觉想起往日的故园生活,河滨戏水,竹荫纳凉,颇有怡然自得之趣。带便作了一个申明,说自己的不拘形骸,是一种适性的举动,不是想学做名士。点明了题目"道路忆山中"。"怀故"以下六句,说明由于思念旧日游踪,不觉冷淡眼前佳景;因为悲叹身世,竟至辜负春光。于是决计排遣归思,借音乐陶写胸中湮郁,自己调弦抚琴,又命人吹笛相和。但是心悲音哀,琴音凄凄,笛声恻恻,本欲以欢消愁,反而转添愁绪!归思是此诗的主要意念,它从头到尾贯串着全诗。

## 入彭蠡湖口〔一〕

客游倦水宿〔二〕,风潮难具论〔三〕。洲岛骤回合〔四〕,圻岸屡崩奔〔五〕。乘月听哀狖〔六〕,浥露馥芳荪〔七〕。春晚绿野秀,岩高白云屯〔八〕。千念集日夜,万感盈朝昏〔九〕。攀崖照石镜〔一〇〕,牵叶入松门〔一一〕。三江事多往〔一二〕,九派理空存〔一三〕。灵物吝珍怪〔一四〕,异人秘精魂〔一五〕。金膏灭明光〔一六〕,水碧缀流温〔一七〕。徒作千里曲〔一八〕,弦绝念弥敦〔一九〕!

〔一〕彭蠡,古湖名,《书·禹贡》就有"彭蠡既潴"的话,即今江西省鄱阳湖。 〔二〕水宿,见《游赤石进帆海》注〔四〕。 〔三〕难具论,不是语言所能形容、所能言说的。 〔四〕骤,迅速。回合,回是船绕着岛屿前驶,合是船刚离开这个洲又接近那个渚。这句诗写的是:船乘风飞快前行,船上人看江间岛屿一个跟一个往后退去的情形。 〔五〕圻岸,矗立江边的险峻的崖岸。屡崩奔,崖岸无数次地粉碎了奔流的冲激。 〔六〕乘月,趁着大好月色。狖(yòu),猴类。 〔七〕浥露,湿离离的露水。馥,香。芳荪,香草。 〔八〕屯,聚。 〔九〕千念、万感,形容忧念和感触的纷至沓来。 〔一〇〕石镜,山名。张僧鉴《浔阳记》说:"石镜山东,有一圆石,悬崖明净,照见人形。"(《文选》李善注引,郦道元《水经注》"庐江水"条的记载略同。)可知是入湖口后的一个名胜。 〔一一〕松门,山名。顾祖禹《读史方舆纪要》说:"松门山,(都昌)县南二十里,俗呼岩峣山。"顾野王《舆地志》说:"自入湖三百三十里,穷于松门,东西四十里,青松遍于两岸。"这两句诗包括自湖口经星子到都昌松门山间一段长达三百余里的旅程和游览情况。 〔一二〕三江,有四五种不同的说法。本诗写的是入彭蠡湖口,诗中所用的典故,也该环绕着彭蠡方为贴切。因此断定这里所说的三江,大概是用《尚书·禹贡》孔传和《周礼》贾疏的说法,指"江至浔阳,合彭蠡复分为三,入海"。 〔一三〕九派,似指九江,《书·禹贡》说"九江孔殷",《江赋》也说"流九派乎浔阳"。九江也有五六种不同的说法。但以此诗的内容来推断,可能是指鄂、赣二省间入江的九条水,如《寻阳地记》所说的:"九江,一曰乌白江,二曰蚌江,三曰乌江,四曰嘉靡江,五曰畎江,六曰源江,七曰廪江,八曰提江,九曰箘江。"(陆德明《经典释文》引)"理空存"的"理",是指地理说的。这两句诗的意思是说:关于古籍上所记载的那些有关"三江""九派"的地理资料,异说纷纭,莫衷一是,都跟实际地望对不上头;而附记的历史事迹,也是无从证实的,因有"空存""多往"的感叹!它反映出一个事实,即在晋宋之间,如谢灵运这样博学多识的人,对于"三江""九派"的事情已经搞不清楚,而抱着存疑的态度。〔一四〕灵物,指下面所说的"金膏""水碧"等。丢,同"吝",珍惜。〔一五〕异人,指仙人。秘,隐蔽。〔一六〕金膏,仙药。《汉书·地理志》上豫章郡鄱阳条注说:"武阳乡右十余里,有黄金采。"《穆天子传》有"河伯示汝黄金之膏"的话。此句大概是组合上面两个故事而成。〔一七〕水碧,水玉,《山海经》有"耿山多水碧"的话。〔一八〕徒,空。千里,乐曲名。此句暗用"黄鹄一远别,千里顾徘徊"的诗意,写出赴临川途中的感触。〔一九〕弦绝,这不能解作琴的弦线断了,而是说演奏完了一支曲子。念弥敦,思乡的念头更加浓重。

倦是此诗的一个主要意念,它像一股暗流在诗中起伏着,而全诗意境的发展,便以它为线索。此诗劈头一句,就以结论式的口气说出"倦水宿",一种倦得不耐烦的情绪,很突出地得到了表现。接着,惊叹江上风涛险恶,不是任何言语所能言说的;孤舟逐浪,奔流拍岸,一日到晚在颠簸中,对旅途生活能不倦吗?"乘月"以下四句,描绘了春日早晚景色,既那么清丽,又如此秀媚。"千念"二句,说此行是遭谗见逐,不是专为游览而来,眼前山水信是佳美,而心头万感盈荡,已自倦于欣赏,与"倦水宿"句相照顾。"攀崖"二句,一面点明题目"入彭蠡湖口",一面说明在忧思的侵袭中,勉强振作精神,自湖口到松门这段三百多里长的旅程中,仍旧不废登陟。"三江"以下六句,写沿途徘徊吊古,寻求灵异。但是,灵物不见,异人深秘,金膏明光已灭,水碧流温久缀,江湖满目,一身如梗,不觉惆怅失望,感到一种"天地闭,贤人隐"的痛苦。这几句诗,颇有《天问》的意旨,表明倦于吊古,再与"倦水宿"句呼应,于是便借音乐来解烦忧,而一曲歌罢,忧思更深,真所谓"借酒浇愁愁更愁"。最后两句,与唐人"曲终人不见,江上数峰青"诗,有异曲同工的妙处!

## 入华子冈是麻源第三谷[一]

南州实炎德[二],桂树陵寒山[三]。铜陵映碧涧[四],石磴泻红泉[五]。既枉隐沧客,亦栖肥遁贤[六]。险径无测度[七],天路非术阡[八]。遂登群峰首[九],邈若升云烟[一〇]。羽人绝髣髴[一一],丹丘徒空筌[一二]!图牒复磨灭[一三],碑版谁闻传[一四]。莫辨百世后,安知千载前?且申独往意[一五],乘月弄潺湲[一六]。恒充俄顷用[一七],岂为

入华子冈是麻源第三谷

古今然!

〔一〕华子冈,在江西南城西十五里。灵运《山居图》说:"华子冈,麻山第三谷。故老相传,华子期者,禄里先生弟子,翔集此顶,故华子为称也。"(《文选》李善注引,《山居图》系《游名山志》之误)麻源有三谷,第一是麻姑山南涧,第二为北涧,第三即华子冈。据《读史方舆纪要》说,从南城县西十里驼鞍岭循溪而入,多茂林修竹,土田沃衍,而层峦叠巘,回环映带,称为绝胜。 〔二〕南州,南方州县的泛称,指临川郡。炎德,是天热地暖的意思。 〔三〕此二句用《楚辞·远游》"嘉南州之炎德兮,丽桂树之冬荣"的意思。〔四〕铜陵,即今铜山,在南城西十五里。 〔五〕磴(dèng),山间石级。泻,水向下急流。红泉,红色流水。水流呈现红色的现象,有因涧边赤崖赭石映照入水,使水显出一派虚假的红色,如《山居赋》所说的"石照涧而映红"。也有因地层中含有丹砂,水质发红的,如《山居赋》所说的"讯丹沙于红泉"。此处似指后者说的。〔六〕劳驾暂游的叫"枉",结庐久居的叫"栖"。"隐沧客""肥遁贤",都是指栖隐山林的高士们。 〔七〕险径,难走的路。或说,"径"当作"陉",是山脉中断处的隘道。无测度,是说它的高不是尺度所能量计的。 〔八〕天路,天梯一样高耸的路。术、阡,都是崎岖小路。〔九〕群峰首,群山中最高山的山顶,指华子冈。 〔一○〕邈若,遥远的样子。 〔一一〕羽人,仙人,指华子期。绝,极。髣髴,看不真切的样子。 〔一二〕丹丘,神仙住的山。筌,竹制的捕鱼器。空筌,没有鱼的空空的捕鱼器。这是以筌中无鱼,比拟山间无仙。以上二句袭用《楚辞·远游》"时髣髴以遥见兮"和"仍羽人于丹丘兮,留不死之旧乡"的意思。 〔一三〕图牒,图书谱牒。磨灭,消毁。 〔一四〕碑版,镌有文字的金石。 〔一五〕独往,是道家的词语,有一任自然、不复顾世的意思。淮南王《庄子略要》说:"江海之士,山谷之人,轻天下细万物而独往者也。"(《文选》李善注引) 〔一六〕乘月,趁着月色佳美。潺(chán)湲(yuán),水慢慢地流着。 〔一七〕恒充,常备。俄顷,一忽儿。用,是受用,即人在物质和精神上的满足。

此诗开头两句,说南方天气炎热,在严寒的冬天,山间树木还是一片青翠。次二句,说沿溪行去,山川秀美,点明题目"入华子冈"。"既枉"二句,叙述华子冈因胜迹所在,常有高士来游,有的是屈驾暂过,有的便结庐永栖。"险径"以下四句,说山高谷深,山路就和天梯一样,好容易登上了最高峰,遥望城市村庄,自己便似云间仙人了。"羽人"以下六句,说仙山就像一只空无所有的捕鱼器,绝不见羽人的踪影;关于仙人翔集此顶的传说,既没有文献可征,又得不到金石佐证,有谁能置信呢?我今日既不明白千载前华子期辈的情况,百世以后的人自然无从了解我此时的行迹了。最后四句,指出游览山水,不过为一时感官的享受,又何必把古今的事情,竖七倒八地横在胸间。于是,从思古之幽情的陶醉中惊醒过来,摆在眼前的是何等秀丽的江山、情致盎然的现实世界。

## 岁 暮

殷忧不能寐[一],苦此夜难颓。明月照积雪,朔风劲且哀[二]。运往无淹物[三],年逝觉易催[四]!

〔一〕殷忧,深忧。寐(mèi),睡。 〔二〕朔风,北风。 〔三〕运往,指时间不停地过去。无淹物,没有久留的(永恒不变的)事物,意即一切事物都跟着时间的消逝而走向衰亡的阶段。 〔四〕年逝,年华如水一般地逝去。"易",《全宋诗》作"已"。催,是日月催人老的意思。

此诗开头两句,说明寒夜失眠,精神不振。"明月"二句,写窗外清景:月光与积雪交辉,是眼里看到的;北风刮得劲且哀,是耳中听得的。末后两句,由"岁暮"而觉到绮年似水,有老之将至的感叹。含有《楚辞·九章·悲回风》"岁曶曶其若颓兮,时亦冉冉而将至"的意思。

## 拟魏太子邺中诗八首[一] 并序

建安末[二],余时在邺宫[三],朝游夕宴,究欢愉之极[四]。天下良辰、美景、赏心、乐事,四者难并;今昆弟友朋〔五〕,二三诸彦〔六〕,共尽之矣。古来此娱,书籍未见。何者?楚襄王时,有宋玉、唐、景〔七〕;梁孝王时,有邹、枚、严、马〔八〕,游者美矣,而其主不文。汉武帝徐乐诸才〔九〕,备应对之能,而雄猜多忌,岂获晤言之适!不诬方将,庶必贤于今日尔。岁月如流,零落将尽〔一〇〕,撰文怀人〔一一〕,感往增怆〔一二〕!其辞曰:

〔一〕魏太子,曹丕。邺中,邺县,三国魏都,在今河北省临漳县西。 〔二〕建安,东汉献帝年号,共二十五年(一九六至二二〇)。"末"当作"中",因曹操于建安九年入邺,而徐干、陈琳、应玚、刘桢及王粲皆死于建安二十二年,而阮瑀则早在建安十七年就逝世了。〔三〕余,代曹丕自称。 〔四〕究,有尽义。 〔五〕昆弟,兄弟,谓曹植。友朋,指王粲、陈琳等。 〔六〕彦,出色的学者。 〔七〕楚襄王,即顷襄王。宋玉,屈原的学生。唐,唐勒。景,景差。三人皆楚大夫,是当时有名的辞赋家,又都是屈原文学创作道路的后继人。 〔八〕梁孝王刘武,汉文帝次子。徙封梁时,作曜华宫及兔园,又罗致了许多文学之士。邹,邹阳,齐人。枚,枚乘,字叔,淮阴人。严,严忌,吴人,世称严夫子。(忌原姓庄,避汉明帝讳改。)马,司马相如,字长卿,成都人。他们全是一代文豪,又都曾游梁为孝王的宾客。 〔九〕"武帝"下,五臣本《文选》有"时"字。 徐乐,燕无终人。曾上书言时事,召见,拜为郎中。 〔一〇〕零落,凋落。是以草木的零落,比拟故人的死亡。曹丕《与吴质书》说:

"昔年疾疫,亲故多离其灾,徐、陈、应、刘,一时俱逝。"就是这句话的出处。〔一一〕撰文,编集遗文的意思。〔一二〕怆(chuàng),悲痛。曹丕《与吴质书》说:"昔日游处,行则连舆,止则接席,何曾须臾相失。每至觞酌流行,丝竹并奏,酒酣耳热,仰而赋诗,当此之时,忽然不自知乐也。谓百年已分,可长共相保,何图数年之间,零落略尽,言之伤心。"曹丕这段话,就是这则序文的内容的主要依据。

《拟魏太子邺中诗》,是这组诗的总题。诗共八首,分咏八人;这八人就是建安七子中除去孔融而加入曹丕、曹植兄弟,即以各人的姓名作为分题。在总题下附有一则短文,我们称为大序。大序的主要内容是代子桓追述建安中诸贤相聚邺下的游宴盛况,和知交零落后的凄怆之感。在每一分题下,又各缀数语,我们叫作小序。小序则代诸人抒写身世遭遇,或申言怀抱性情。在八个分题下,只有《魏太子》没有附小序,这是因为曹丕是当时邺下文人集团的领导人物,他和诸人的关系已见大序,自可不必再加赘言。

## 魏太子〔一〕

百川赴巨海〔二〕,众星环北辰〔三〕。照灼烂霄汉〔四〕,遥裔起长津〔五〕。天地中横溃,家王拯生民〔六〕。区宇既涤荡〔七〕,群英必来臻〔八〕。忝此钦贤性〔九〕,由来常怀仁〔一〇〕。况值众君子〔一一〕,倾心隆日新〔一二〕。论物靡浮说〔一三〕,析理实敷陈〔一四〕。罗缕岂阙辞〔一五〕,窈窕究天人〔一六〕。澄觞满金罍〔一七〕,连榻设华茵〔一八〕。急弦动飞听〔一九〕,清歌拂梁尘〔二〇〕。何言相遇易,此欢信可珍〔二一〕!

〔一〕曹丕,字子桓,曹操次子。他生长于戎马之间,八岁即能骑射。曹操南征荆州,至宛,张绣降而复叛,这时曹丕才十岁,以能乘马得脱。建安二十二年(二一七),立为魏太子。延康元年(二二〇),代汉称帝。生于东汉灵帝中平四年(一八七),死于黄初七年(二二六),享年四十。据曹丕自己说:"少诵诗论,及长而备历五经四部,《史》《汉》诸子百家之言,靡不毕览。"(《自叙》)可见他的文化修养是相当高的。当曹操北败袁氏,南降刘琮时,收罗了许多文士,集中邺下,公宴唱和,形成了一个文学集团,而曹丕就是这个文学集团的主要领导人。 〔二〕巨海,大海。此句用《尚书大传》"百川赴东海"(见《文选》李善注引)一语,只改一字。 〔三〕环,围绕着。北辰,北极星,即小熊星座尾上一星。《论语·为政》篇有"譬如北辰,居其所而众星共之"的话。 〔四〕照灼,星星光芒四射的样子。霄汉,高深的天际。 〔五〕遥裔(yì),遥远。长津,银河。〔六〕横溃,是冲破堤防的乱流,喻汉末天下丧乱。王,五臣本《文选》作"皇"。家王,谓魏武帝曹操。拯(zhěng),援救。 〔七〕区宇,意即天下。涤(dí)荡,洗除清静的意思。 〔八〕群英,谓王粲、陈琳等。臻(zhēn),有至义。 〔九〕忝,有辱义,自我谦虚的词语。钦,敬。 〔一〇〕怀仁,谓安抚存问有仁德的人。 〔一一〕众君子,指王粲、陈琳诸人。 〔一二〕倾心,一心一意地,是指王粲、陈琳诸人对曹氏的忠诚说的。日新,是要求不断地进步的意思。《周易·大畜》有"日新其德"的话。 〔一三〕物,一作"文"。靡(mǐ),没有。浮说,是不切实际的空谈。 〔一四〕析理,解释事物的道理。《庄子·天下》篇有"判天地之美,析万物之理"的话。敷(fū)陈,有条理又详尽的谈论。 〔一五〕罗缕,是一丝丝也不遗漏又不缠夹的意思。阙,与"缺"通。辞,语言。 〔一六〕窈窕,深远。究,推寻。天人,天指自然界,人谓人类社会。 〔一七〕觞(shāng),酒杯。从诗意看,这里的"澄觞"当清酒讲。罍(léi),酒器,等于现代的酒壶。金罍,珍贵的酒壶。 〔一八〕榻,低矮的、狭长的床,古人坐具。华茵,华丽的坐垫。 〔一九〕急弦,音节迫促的乐歌。动飞听,是用"瓠巴操琴,翔禽为之下听"的故事,(见《文选》本诗李善注引《抱朴子》。《列子·汤问》有"瓠巴鼓琴而鸟舞鱼跃"的话。)说明音乐的美妙。 〔二〇〕拂梁尘,是用"汉兴,鲁人虞公善雅歌,发声尽动梁上尘"的故事(见《文选》本诗李善注引《七略》),说明歌声的动听。 〔二一〕此欢,指建安中邺下游宴之乐。信,实在。可珍,值得宝贵的。

此诗开头四句,以地面和天际的自然景象,比拟当时人士的倾附曹氏,是托物起兴。"天地"以下四句,说汉末天下丧乱,曹操出而统一了北中国的分裂割据局面,使社会逐渐安定下来。"忝此"以下四句,说明一面由于曹丕的延揽人才,一面也由于王、陈诸子的忠荩不贰,遂形成了一个以曹丕为领导的邺下文人集团。"论物"以下八句,铺叙邺下游宴的生活情况,前四句写谈文论道的情趣,后四句记饮酒听歌的欢乐。末尾两句,暗示"徐、陈、应、刘,一时俱逝"的事实,在"物是人非事事休"的情境中,对往日的欢聚更加追怀不已!

## 王　粲〔一〕

家本秦川,贵公子孙〔二〕,遭乱流寓〔三〕,自伤情多!

幽厉昔崩乱〔四〕,桓灵今板荡〔五〕。伊洛既燎烟〔六〕,函崤没无像〔七〕。整装辞秦川〔八〕,秣马赴楚壤〔九〕。沮漳自可美〔一〇〕,客心非外奖〔一一〕。常叹诗人言,式微何由往〔一二〕!上宰奉皇灵〔一三〕,侯伯咸宗长〔一四〕。云骑乱汉南〔一五〕,纪郢皆扫荡〔一六〕。排雾属盛明,披云对清朗〔一七〕。庆泰欲重叠〔一八〕,公子特先赏〔一九〕。不谓息肩愿〔二〇〕,一旦值明两〔二一〕。并载游邺京〔二二〕,方舟泛河广〔二三〕。绸缪清宴娱〔二四〕,寂寞梁栋响〔二五〕。既作长夜饮,岂顾乘日养〔二六〕。

〔一〕王粲,字仲宣,高平人。他博学多识,曾得到蔡邕的奖拔。

初平末,避难荆州,不为刘表重视。建安十三年(二〇八),曹操向荆州进兵,他力劝刘琮投降。曹操辟为丞相掾,迁军谋祭酒。魏国建,拜侍中。建安二十一年(二一六)从征吴,次年春病死于道。年四十一。王粲在文学创作上的成就,在建安七子中称得上首屈一指。 〔二〕秦川,今西安地区。王粲的曾祖父王龚,字伯宗,顺帝时为太尉。祖父王畅,字叔茂,灵帝时为司空,皆为汉三公。〔三〕谓避李傕、郭汜之乱,寄居荆州。 〔四〕幽,周幽王(公元前七八一至前七七一年在位),末年,有申侯率犬戎入寇之乱。厉,周厉王(公元前八七八至前八二八),因国人叛,被流于彘。就时间说,厉王在幽王之前,就世系说,幽王是厉王的孙子。这里把次序倒过来排列,是为了念起来顺口的缘故。崩乱,意即垮台。 〔五〕桓,东汉桓帝(一四七至一六七年在位)。延熹九年(一六六),捕李膺、杜密等二百余人下狱,党锢之祸起。灵,灵帝(一六七至一八九年在位)。中平元年(一八四),黄巾起义。《板》与《荡》,都是《毛诗·大雅》篇名,叙写厉王的无道。后人就以"板荡"一词,作为乱世的代称。 〔六〕伊洛,二水名。伊水源出熊耳山,到偃师县入洛水。洛水出陕西冢岭山,到河南巩县入黄河。这里是指洛阳地区说的。初平元年(一九〇),洛阳及其附近几百里内的村庄,给董卓的军队焚烧殆尽。 〔七〕函,函谷关,在今河南灵宝西南。因倚崤山,故称崤函。《战国策·秦策》形容它的险要说:"秦东有崤函之固,车不得方轨,骑不得并行。"像,似。没无像,是说乱得不像样。 〔八〕整装,收拾行李。秦川,见本篇注〔二〕。 〔九〕秣(mò),动词,喂。楚壤,泛指古楚国地方。〔一〇〕沮(jū)漳,二水名。沮水源出今湖北保康西南景山,东南流经远安、当阳二县,受漳水。又东南流,至江陵入江。王粲《登楼赋》说:"挟清漳之通浦兮,倚曲沮之长洲。"〔一一〕外,谓楚地的美好的山川风物。奖,有劝留义。此二句袭用王粲《登楼赋》"虽信美而非吾土兮,曾何足以少留"的意思。〔一二〕《式微》,《毛诗·邶风》篇名。据诗序说,黎侯寄居卫国,其臣属劝他回国而作此诗。首章说:"式微式微,胡不归?微君之故,胡为乎中露!"这二句是说,当王粲流落荆州的时候,时常歌咏《式微》篇,借以寄托对故国的向往之情。〔一三〕上宰,即上相,指曹操。皇灵,谓汉室皇统。〔一四〕咸,皆。宗长,尊为头儿。〔一五〕云骑,形容曹操南征军队的众多。汉南,汉水之南。〔一六〕郢(yǐng),楚国国都,在今湖北荆州。因在纪山的南面,又称纪郢。扫荡,意即平定。〔一七〕此以雾云喻昏乱,排雾、披云是拨开云雾见青天的意思。盛明、清朗,皆喻政治清明,是赞扬曹操的话头。〔一八〕庆,是福气。泰,谓亨通。欲,有欣义。重叠,是说既蒙曹操提拔,又为曹丕赏识。这句用《周易·泰卦》"天地交而万物通也,上下交而其志同也"的意思,说明王粲走了运。〔一九〕公子,谓曹丕。应玚在《侍五官中郎将建章台集诗》中,也称曹丕为公子。特,独。〔二〇〕息肩,放下搁在自己肩上的担子。〔二一〕值,碰到。明两,是以日月喻曹氏父子,《周易·离卦》有"日月丽天"和"明两作离"的话。〔二二〕并载,同车的意思。邺京,三国魏都,在今河北省临漳县西。〔二三〕方舟,并两船。河广,即广河,为了协韵而把它倒过来的。《诗·卫风·河广》说:"谁谓河广,一苇杭之。"〔二四〕绸缪,情意缠绵。〔二五〕梁栋响,形容高亢的歌音缭绕于梁间。从前有个歌唱家韩娥,到齐国去,因为缺乏食粮,便在雍门(齐国都的西门)卖歌乞食。她离去后,"而余音绕梁欐,三日不绝"(见《列子·汤问》篇)。这句诗里,就包含着这个故事。〔二六〕养,有快乐义。古人以为太阳是驾着车子周行天宇的。乘日,是说搭着太阳所坐的车子周游宇宙的意思。《庄子·徐无鬼》有"若乘日之车而游于襄城之野"的话。这句诗是说,在自己的思想上已不存在道家所说的"顺万物之性"以"游变化之涂"的快乐了。

此诗开头六句,说汉末两京残破,王粲于初平三年离开长安,到荆州去避难。"沮漳"以下四句,说王粲因未得刘表重用,常怀去思,荆州风土虽美,对它总没有留恋之情。又借咏诵《式微》篇而透露了归曹的心意,暗地点出劝刘琮投降的一段史实。"上宰"以下六句,叙曹操于平定河北后,接着即把军事矛头指向荆州,写出了他的横槊临江的雄姿。"并载"以下,写北归邺京后,陪侍曹丕游宴的情况,以及自己对于这种生活的感想。

## 陈　琳[一]

袁本初书记之士[二],故述丧乱事多。

皇汉逢屯邅[三],天下遭氛慝[四]。董氏沦关西[五],袁家拥河北[六]。单民易周章[七],窘身就羁勒[八]。岂意事乖己[九],永怀恋故国[一〇]。相公实勤王[一一],信能定蛰贼[一二]。复睹东都辉[一三],重见汉朝则[一四]。余生幸已多[一五],矧迺值明德[一六]。爱客不告疲[一七],饮宴遗景刻[一八]。夜听极星烂[一九],朝游穷曛黑[二〇]。哀哇动梁埃[二一],急觞荡幽默[二二]。且尽一日娱,莫知古来惑[二三]!

　　[一]陈琳,字孔彰,广陵人。初为何进主簿。中平六年(一八九),进被诛,他因为和袁绍有交情,就避难于冀州。建安九年(二〇四),袁氏失败,他又归事曹操。建安二十二年(二一七),他和徐幹、应玚、刘桢同死于瘟疫。陈琳长于书檄,曹丕在《与吴质书》所予的评价是:"孔彰章表殊健,微为繁富。"相传他在冀州时,有这样一则脍炙人口的故事:琳为袁绍作书移檄,数太祖罪状。太祖先苦头风。是日疾发,卧读琳所作,翕然而起曰:"此愈我病!"归曹后,数加厚赐。(《三国志》卷二十一裴松之注,及《太平御览》卷七四一引《典略》,谓"琳作诸书及檄,草成呈太祖",说法稍有不同。)他的文章对曹操脑瘤病有止痛剂的作用,可见是写得十分当行出色的。〔二〕袁绍,字本初。陈琳在冀州时,袁绍使典文章。 〔三〕皇,大。屯(zhūn)邅(zhān),艰难。 〔四〕氛慝(tè),不祥的恶气,喻

世乱。 〔五〕董氏,谓董卓。沦,丧亡。关西,潼关以西地区。〔六〕袁家,谓袁绍。拥,据有的意思。河北,黄河以北地区。献帝初平元年(一九〇),关东州郡皆起兵讨董卓,推渤海太守袁绍为盟主。董卓从洛阳撤退时,将整个洛阳城和它附近的村庄统统烧毁,造成"二百里内,室屋荡尽,无复鸡犬"的惨状。并驱迫洛阳数百万百姓,西迁长安,困于饥寒,很多死于道路。 〔七〕民,五臣本《文选》作"人"。单民,意即只身。周章,仓皇狼狈的意思,也作浪游解。《楚辞·九歌·云中君》有"聊翱游兮周章"的话。 〔八〕羁勒,本是控制马的缰绳,借喻孔彰受袁绍的制约和驱使。 〔九〕事乖己,是说孔彰发觉投事袁绍是和自己的心志不对头的。 〔一〇〕故国,指汉室。 〔一一〕相公,指曹操。王仲宣《从军行》诗,有"相公征关右"之句。按曹操自为丞相在建安十三年(二〇八),败袁绍于官渡时还没有丞相的头衔。勤王,起兵为王室平乱。 〔一二〕蟊(máo)贼,吃稻麦根节的害虫,借喻毒害人民的坏分子,指董卓、袁绍等。 〔一三〕东都,洛阳。 〔一四〕则,礼法。 〔一五〕陈琳在冀州日,曾代袁绍写过一封给曹操的信,在信中不但竭力数说曹操的罪状,而且连祖宗三代也淋漓尽致地辱骂一番。陈琳归降后,曹操居然不记往恶,没有跟他算旧账。此句即点明此事,感谢曹操的不杀之恩。 〔一六〕矧(shěn),何况。迺,同"乃"。明德,才德兼备的人,谓曹丕。 〔一七〕疲,烦厌。 〔一八〕遗,忘了。景,日光。刻,漏刻,古代计时的仪器。遗景刻,是忘其日夜的意思。〔一九〕夜听,夜间听乐歌。极,有到义。烂,五臣本《文选》作"阑"。

星烂,天际的星星是那么疏疏落落的,即"月落参横,北斗阑干"的清晓景象。 〔二〇〕曛(xūn)黑,黄昏时分。 〔二一〕哀哇(wā),靡靡的黄色歌曲。《法言·吾子》说:"中正则雅,多哇则郑。"埃,即尘。动梁埃,见《魏太子》注〔二〇〕。 〔二二〕急觞,是催人赶快干杯的意思。荡幽默,冲破了深夜的沉寂的空气。 〔二三〕惑,古人以酒色为惑。杨秉曾对人说:"我有三不惑,酒色财也。"(见《后汉书·杨秉传》)此句否定了古人以饮酒取乐为惑的说法。

此诗开头四句,说董卓割据关西,袁绍拥兵河北,写出了战乱相仍的世局。次四句,说陈琳在丧乱之际,逼不得已而事袁绍,颇有事与愿违的感慨!"相公"以下四句,叙曹操迎献帝于许县,挟天子以平诸侯,维持了摇摇欲绝的汉室皇统。"余生"句,从陈琳幸免死罪的叹息中,点出为本初移书孟德一事。"矧迺"以下七句,写陈琳复为曹丕所器重,得以日夜陪侍游宴,过着诗酒流连的生活。结尾两句,说且排除古训的约束,爽快来个"今日有酒今日醉"!

## 徐 幹〔一〕

少无宦情,有箕颍之心事〔二〕,故仕世多素辞。

伊昔家临淄〔三〕,提携弄齐瑟〔四〕。置酒饮胶东〔五〕,淹留憩高密〔六〕。此欢谓可终,外物始难毕〔七〕。摇荡箕濮情〔八〕,穷年迫忧慄〔九〕。末涂幸休明〔一〇〕,栖集建薄质〔一一〕。已免负薪苦〔一二〕,仍游椒兰室〔一三〕。清论事究万〔一四〕,美话信非一〔一五〕。行觞奏悲歌〔一六〕,永夜系白日〔一七〕。华屋非蓬居〔一八〕,时髦岂余匹〔一九〕?中饮顾昔心〔二〇〕,怅焉若有失〔二一〕!

〔一〕徐幹,字伟长,北海人。建安中为司空军谋祭酒掾属,五官将文学。以疾休息。卒于建安二十二年(二一七)。 〔二〕箕,箕山,在今河南省登封县东南。颍,颍水,在箕山附近。尧时,许由、巢父隐居和耕种的地方。曹丕《与吴质书》道:"伟长独怀文抱质,恬淡寡欲,有箕山之志,可谓彬彬君子者矣。著《中论》二十余篇,辞义典雅,足传于后。"(见《三国志》卷二十一《王粲传》)《先贤行状》说:"幹清玄体道,六行修备,聪识洽闻,操翰成章,轻官忽禄,不耽世荣。"(《三国志》卷二十一《徐幹传》裴松之注引)这些材料,都说明徐幹是个"轻官忽禄"的人。也正因为没有做官,他的晚年生活很苦。《全三国文》有无名氏的《中论序》,说他晚年"疾稍沉笃,不堪王事,潜身穷巷,颐志保真。……环堵之墙,以庇妻子,并日而食,不以为戚"。 〔三〕伊,惟。临淄,县名,在今山东省。〔四〕提携,是携带朋友的意思。瑟(sè),是弦乐器,有五十弦、二十五弦、二十三弦、十九弦几种。临淄,是战国时齐国的国都,这里的居民都很爱好音乐,齐瑟这种乐器很普遍。正如苏秦说的,"临淄甚富而实,其民无不吹竽鼓瑟,弹琴击筑"(见《史记·苏秦传》)。

这句诗说明六朝时代的临淄人还有爱好音乐的遗风。〔五〕胶东,汉县名,即今山东平度。〔六〕淹留,久留。憩,即息。高密,汉县名,在今山东高密西。〔七〕此句用《庄子·外物》篇"外物不可必,故龙逢诛,比干戮"的意思,说明汉末社会动荡,世事难以全料。〔八〕摇荡,摇动。箕,箕山,许由隐居处。濮(pú),濮水,庄子垂钓的地方。庄子隐居濮水之滨时,楚王派了两位大夫去请他出仕,他以妙趣风生的比喻,坚决地拒绝了诏命。〔九〕穷年,一年到底。忧慄(lì),害怕得发抖。〔一〇〕涂,同"途"。末涂,末路。休明,美好,指社会生活逐渐安定下来。〔一一〕栖集,有收集许多人才在一处的意思。建,当是"逮"之误,李周翰释为"延及",就是一个有力的证明。薄质,浅陋的人,自我谦虚的词语。〔一二〕负薪,挑柴片,此处用楚相孙叔敖子贫困负薪的故事。〔一三〕仍,五臣本《文选》作"乃"。椒,香椒。古代以椒和泥涂壁,使房间又暖和又芳香。椒兰室,是芬芳华丽的房间。〔一四〕清论,清雅的谈吐。事究万,是说谈论的题材非常广泛,几乎遍及万事万物。〔一五〕美话,说理精辟的语言。〔一六〕行觞,是为人添酒、劝人干杯的意思。〔一七〕永,长。系,有继义,五臣本《文选》作"继"。曹丕《与吴质书》有"白日既匿,继以朗月"的话(见《文选》本诗李善注引)。〔一八〕华屋,雕饰得很漂亮的府第。蓬居,即蓬室,是编蓬草为门户的极简陋的房子。曹植《赠徐幹》诗说:"顾念蓬室士,贫贱诚足怜。薇藿弗充虚,皮褐犹不全。慷慨有悲心,兴文自成篇。"〔一九〕时髦(máo),当代的大才人。匹,配,岂余匹,难道我能配得上吗？〔二〇〕中饮,意即半酣,老酒吃高兴的时候。昔心,往日的心事,指隐居。 〔二一〕怅焉,烦恼失意的样子。

此诗开头四句,叙述徐幹在临淄家居的少年时期,已有终隐故园的打算,点明了小序所说的"少无宦情"。接着写出在长期混战的局面下,不但他的"箕颍之心事"成为泡影,而且还受尽了苦难的煎熬,指出自己的主观愿望与客观现实的矛盾。"末涂"以下八句,说徐幹由于得到曹丕的奖拔,既摆脱了势将沦为贱隶的厄运,又获得了与当世名流同游的乐趣。最后四句,写徐幹在思想上老认为自己是山林野人,不配跟那班廊庙大材混在一道,每当酒酣耳热的时候,想到隐居之志的未得实现,总有轻烟似的惆怅在心头浮动,表明了"仕世多素辞",且与"此欢谓可终"句遥相呼应。

## 刘　桢[一]

卓荦偏人[二],而文最有气,所得颇经奇。

贫居晏里闬[三],少小长东平[四]。河兖当冲要[五],沦飘薄许京[六]。广川无逆流[七],招纳厕群英[八]。北渡黎阳津[九],南登纪郢城[一〇]。既览古今事,颇识治乱情。欢友相解达[一一],敷奏究平生[一二]。矧荷明哲顾[一三],知深觉命轻[一四]。朝游牛羊下[一五],暮坐括楬鸣[一六]。终岁非一日,传卮弄新声〔一七〕。辰事既难谐〔一八〕,欢愿如今并〔一九〕。唯羡肃肃翰〔二〇〕,缤纷戾高冥〔二一〕!

〔一〕刘桢,字公幹,东平人。建安中,曹操辟为丞相掾属。曾以不敬罪被刑,《典略》记载这事说:"太子(曹丕)尝请诸文学,酒酣坐欢,命夫人甄氏出拜,坐中众人咸伏,而桢独平视。太祖闻之,乃收桢,减死输作。"(见《三国志》卷二十一《刘桢传》裴松之注引)曹丕《又与吴质书》中,对于他的诗的批评是:"公幹有逸气,但未遒耳!其五言诗之善者,妙绝时人。"在《典论》中又说:"刘桢壮而不密。"〔二〕卓荦偏人,是在某种学问上(或文学创作的某一部门)有卓越成就的人。〔三〕晏,安。里闬(hàn),家乡。〔四〕东平,东汉侯国名,治无盐,在今山东东平东。〔五〕河,指济水,即沮水北流的一支。兖,兖州,治廪丘,在今山东鄄城东北。冲要,军略和交通上的要地。〔六〕飘,五臣本《文选》作"漂"。许京,许县,即今河南许昌。建安元年(一九六),曹操逼献帝由洛阳迁都许县。〔七〕这句是说大河是不拒纳细流的。广川,喻曹操。细流,喻刘桢等文学之士。〔八〕招纳,收罗。群英,许多才能特出的人,指王粲、陈琳诸人。〔九〕黎阳津,在今河南省滑县东。〔一〇〕纪郢,见上《王粲》诗注〔一六〕。〔一一〕相解达,相互勉励仕进的意思。〔一二〕敷奏,是《离骚》"跪敷衽以陈辞兮"(衣襟布在地上跪着陈说)一语的节缩词。究平生,把自己所有的才能本领完全用出来。〔一三〕矧(shěn),何况。明哲,才德兼备的人,指曹丕。顾,看待。

〔一四〕这句含有"士为知己者死"的意思。 〔一五〕牛羊下,是牛羊下山,意即日暮。这句是说从清晨到夜晚。 〔一六〕括,有至义。桀,与"榤"通,是缚牲畜的小木桩。桀鸣,是说栖息于埘的雄鸡高叫了。这句是说从夜晚到清晨。此二句袭用《毛诗·王风·君子于役》"鸡栖于桀,日之夕矣,羊牛下括"的意思,写出不分昼夜饮宴的情况。 〔一七〕卮(zhī),"卮"俗字,酒杯。传卮,递盏。弄,演奏。新声,新作的歌曲。 〔一八〕辰,时。谐(xié),合。 〔一九〕并,同时得到。 〔二〇〕肃肃,鸟飞翅毛振动的声音。翰,长而硬的羽毛。 〔二一〕缤纷,众鸟接翼而飞的样子。戾(lì),有至义,《毛诗·大雅·旱麓》有"鸢飞戾天"的话。高冥(míng),深远的高空。

此诗开头四句,说河、兖是兵家必争之地,刘桢被战乱赶出了可爱的家园,而流浪到当时的首都许县。次四句,写他于投事曹操后,便随军北伐袁氏,南攻孙刘,也自有一番劳绩。"既览"以下四句,说刘桢既有丰富的历史知识,又有一定的政治经验,而值得兴奋的是他已经掌握了施展才学的机会。"矧荷"二句,说他在"士为知己者用"的思想的指导下,决心以死报答曹丕的知遇之恩。"朝游"以下四句,写刘桢陪侍魏太子饮宴,颇有优游卒岁之乐,带笔描绘了邺下文人的生活情况。最后四句,是说自己既遇明时,又逢英主,来日仕宦的腾达,当如飞鸟的翱翔苍冥。

## 应 玚〔一〕

汝颍之士〔二〕,流离世故,颇有飘薄之叹〔三〕!

嗷嗷云中雁〔四〕,举翮自委羽〔五〕。求凉弱水湄〔六〕,违寒长沙渚〔七〕。顾我梁川时〔八〕,缓步集颍许〔九〕。一旦逢世难〔一〇〕,沦薄恒羁旅〔一一〕。天下昔未定,托身早得所〔一二〕。官渡厕一卒〔一三〕,乌林预艰阻〔一四〕。晚节值众贤〔一五〕,会同庇天宇〔一六〕。列坐荫华榱〔一七〕,金樽盈清醑〔一八〕。始奏延露曲〔一九〕,继以阑夕语〔二〇〕。调笑辄酬答,嘲谑无惭沮〔二一〕。倾躯无遗虑〔二二〕,在心良已叙〔二三〕。

〔一〕应场,字德琏,汝南人。是应奉(字世叔)的孙子,《风俗通》作者应劭的侄儿。在良好的家庭教育中,他成为一个既识治要又有文学的人。曹操辟为丞相掾。建安十六年(二一一),曹植封平原侯,场为平原侯庶子。后为五官将文学。曹丕在《与吴质书》中,称赞他说:"德琏常斐然有述作意,其才学足以著书,美志不遂,良可痛惜。"又在《典论》中说:"应场和而不壮。" 〔二〕汝,汝南郡,治平舆,在今河南平舆县北。颍,颍水。 〔三〕薄,同"泊"。飘薄,即飘泊。 〔四〕嗷嗷(áo),众雁哀鸣的声音。此句袭用《毛诗·小雅·鸿雁》"鸿雁于飞,哀鸣嗷嗷"的意思。 〔五〕翮(hé),鸟羽的茎。举翮,是展翼高飞的意思。委羽,神话中的山名,说在北极之阴,阳光是照不到的(见《淮南子·墜形训》及注)。 〔六〕弱水,在昆仑山东。湄,水边。 〔七〕违,避。长沙,郡名,治今湖南长沙。　〔八〕梁,大梁,战国时魏惠王徙都于此,即今河南开封。〔九〕颍,颍川郡,治阳翟,即今河南禹州。许,许县(魏文帝黄初元年改名许昌)。梁、颍、许,都是战国时魏国的地方。　〔一○〕世难,指汉末的丧乱。　〔一一〕沦薄,意即漂泊。羁旅,作客之意。〔一二〕得所,得到安身的地方,谓归附曹操。　〔一三〕官渡,在今河南省中牟县东北,靠近官渡水(汴水自荥阳而东,名官渡水)。建安五年(二○○),曹操在这里歼灭了袁绍的主力军。厕一卒,是说以一兵士的身份参加作战。　〔一四〕乌林,在今湖北省嘉鱼县西,长江北岸。建安十三年(二○八)冬,孙权和刘备的联军向曹军发动自赤壁到乌林的全线攻击,曹操的部队便从乌林向北撤退。　〔一五〕晚节,意即晚年。值,碰到。众贤,诸位贤人,指刘桢、阮瑀等。　〔一六〕庇(bì),遮盖。天宇,喻魏武帝曹操的威德。　〔一七〕榱(cuī),屋椽。华榱,意即华屋。　〔一八〕樽,盛酒器具,近于现代的酒壶。金樽,是名贵的酒器。清醑,美酒。〔一九〕奏,或作"采"。延露,小曲名。《淮南子・人间训》有"夫歌《采菱》,发《阳阿》,鄙人听之,不若此《延路》、《阳局》"的话。马融《长笛赋》也有"下采制于《延露》、《巴人》"之语,可见它在汉魏间很流行。　〔二○〕阑夕,深夜。　〔二一〕无惭沮,是不因被嘲的人感到难为情而停止的意思。　〔二二〕倾躯,意即委身。　〔二三〕叙,舒畅,含有满足的意思。

此诗开头四句,用雁群的南来北归,比人们的东飘西泊,是托物起兴。次四句,写战乱摧毁了德琏的家园,他被迫过着连年流浪的生活,点出小序所说的"飘薄之叹"。"天下"以下四句,说应场在政治上走的是曹操路线,于官渡战役中,他曾出过一份力量;而在乌林退却时,也受了不少的惊险。"晚节"以下八句,写曹丕不惜财力地笼络人才,应场也常时被邀参与宴会,并酣畅地描述了饮宴中的欢乐情状。末尾两句,写他因善于安排自己的出处而感到愉快和满足。

## 阮　瑀〔一〕

管书记之任,故有优渥之言。

河洲多沙尘,风悲黄云起。金羁相驰逐〔二〕,联翩何穷已〔三〕。庆云惠优渥〔四〕,微薄攀多士〔五〕。念昔渤海时,南皮戏清沚〔六〕。今复河曲游〔七〕,鸣笳泛兰汜〔八〕。躧步陵丹梯〔九〕,并坐侍君子〔一〇〕。妍谈既愉心〔一一〕,哀音信睦耳〔一二〕。倾酤系芳醑〔一三〕,酌言岂终始〔一四〕。自从食蓱来〔一五〕,唯见今日美!

〔一〕阮瑀,字元瑜,陈留人。年轻时,曾跟蔡邕读过书。建安中,和陈琳同管记室,都是曹操的强有力的助手,所谓"军国书檄,多琳、瑀所作也"。徙为仓曹掾属。曹丕对于他作的章表赞扬备至,一则说:"元瑜书记翩翩,致足乐也。"(《与吴质书》)再则说:

"琳、瑀之章表书记,今之俊也。"(《典论》)在《典略》里,还记载着一则逸事,说曹操给韩遂的一封信,是阮瑀匆促间在马上起的稿,曹操在审阅时,拿起笔来准备修改,而竟不能增损(事见《三国志》本传裴松之注引)。这说明了他的才思的敏捷和文学修养的到家。〔二〕金羁,用金或别的珍贵饰物制的马络头。这里借喻漂亮的车马。驰逐,追奔。 〔三〕联翩,是车接着车、马跟着马奔驰不绝的样子。 〔四〕庆云,又称"卿云"或"景云",是所谓"非气非烟,五色绷缊"的云气。本来象征祥瑞,此借喻曹氏的德惠。优渥(wò),深厚。 〔五〕微薄,是才能低劣的意思,近于现代语"低能的人",自我谦虚的词语。多士,即众士,谓王粲、陈琳诸人。 〔六〕渤海,东汉郡名,治南皮,在今河北南皮北。沚(zhǐ),水中的小沙滩。〔七〕河曲,是指邺京地区。 〔八〕鸣笳,见《九日从宋公戏马台集送孔令》诗注。汜(sì),水边。以上四句诗,袭用曹丕《与吴质书》"每念昔日南皮之游,诚不可忘"和"时驾而游,北遵河曲,从者鸣笳以启路,文学托乘于后车"两节的意思。 〔九〕躧(xǐ)步,舞蹈式的步子。陵,升。丹梯,意即丹阶。 〔一〇〕并坐,是连肩同坐。君子,谓曹丕。 〔一一〕妍谈,美谈。 〔一二〕音,李善本《文选》作"弄"。信睦耳,听起来实在悦快。 〔一三〕倾,倒出。酤,是酿造一宿即熟的酒,大概就是现代的甜酒。系,有续义,等于现代语"接着"。芳醑,香气扑鼻的美酒。这句诗的意思,是说喝完了一杯接着又倒一杯。 〔一四〕酌言,是饮呀饮的。言,语助字。岂终始,是哪有始终的意思,即没有开头和结束,就是永远在无休止的状态,说明日夜不停地饮酒。〔一五〕荓(píng),与"苹"通,是藾蒿,叶青白色,茎似箸而轻脆,始生香可生食。("苹"字的解释有四种,这里是根据《毛诗·小雅·鹿鸣》郑笺和孔疏引陆玑的说法。)食荓,是《毛诗·小雅·鹿鸣》"食野之苹"一语的省节。这里是以"食荓"一词代表《鹿鸣》全篇,说明天子宴诸侯嘉宾的盛况。

此诗开头四句,以风劲云扬的自然景色,烘托车驰马骤的诗人郊游,构成一幅又雄壮又浑朴的画面。"庆云"二句,叙元瑜为曹操所罗致,因得与当世名士同游。"念昔"以下四句,写昔年因缘从猎南皮,今日又得参预邺下游宴,既显出太子与元瑜的情愫,又点明小序所说的"优渥"的事实。"蹞步"以下六句,说元瑜趋走于曹家殿庭,周旋于公卿之间,并写出宴会中的豪华场面。结尾两句,指出曹氏的礼接文学之士,是有史以来空前的美事。

## 平原侯植〔一〕

公子不及世事,但美遨游〔二〕,然颇有忧生之嗟〔三〕!

朝游登凤阁〔四〕,日暮集华沼〔五〕。倾柯引弱枝〔六〕,攀条摘蕙草〔七〕。徙倚穷骋望〔八〕,目极尽所讨〔九〕。西顾太行山〔一〇〕,北眺邯郸道〔一一〕。平衢修且直〔一二〕,白杨信袅袅〔一三〕。副君命饮宴〔一四〕,欢娱写怀抱〔一五〕。良游匪昼夜〔一六〕,岂云晚与早。众宾悉精妙〔一七〕,清辞洒兰藻〔一八〕。哀音下回鹄〔一九〕,余哇彻清昊〔二〇〕。中山不知醉〔二一〕,饮德方觉饱〔二二〕。愿以黄发期〔二三〕,养生念将老!

〔一〕曹植,字子建,曹丕弟。他生于东汉献帝初平三年(一九二),到曹操击败袁氏,取得邺城时,他才十三岁,是个生于乱长于军的人。建安十六年(二一一),封平原侯。十九年(二一四),徙临淄侯。他在二十九岁前,生活比较安定。自曹丕代汉称帝,即不断打击他,杀掉他的亲信丁仪、丁翼,对他严密监视,使他时刻有"身轻于鸿毛,谤重于泰山"之感。明帝(曹叡)即位,对他仍然猜忌,所以他在"十一年中而三徙都,常汲汲无欢"。太和六年(二三二)卒,年四十一。他的文学创作生活开始很早,在十几岁时,诗赋就作得很好,曹操疑是别人代作的,曾当面试过《铜爵台赋》。他自己曾说:"少小好为文章"(《与杨德祖书》),又说:"少而好赋,其所尚也,雅好慷慨,所著繁多。"(《文章序》)五言诗在他手里得到最高的成就,是中国文学史上划时代的人物。 〔二〕指曹植十三岁至二十九岁间的一段生活。 〔三〕指曹植三十岁后的后期生活。 〔四〕凤阁,意即宫禁。 〔五〕沼,池子。 〔六〕倾柯,向地面斜垂的大树枝。 〔七〕蕙(huì),香草。 〔八〕徙倚,徘徊。穷骋望,尽目力所及纵目远眺。 〔九〕讨,有寻义。 〔一〇〕太行山,绵亘于山西、河北两省之间。因太行山远在邺城的西面,所以说"西顾"。 〔一一〕邯(hán)郸(dān),战国时赵国的国都。邯郸道,是通往邯郸的大路。因邯郸在邺城的北面,所以说"北眺"。 〔一二〕平衢,平坦的四通八达的道路。修且直,又长又直。 〔一三〕袅袅(niǎo),与"嫋嫋"通,杨枝临风摇曳的状态。 〔一四〕副君,皇太子,指曹丕。《汉书·疏广传》有"太子,国储副君"的话。 〔一五〕写怀抱,胸中的郁闷得到痛快的发泄。 〔一六〕匪昼夜,不分日夜地。 〔一七〕众宾,许多客人,指徐幹、陈琳等。 〔一八〕洒(sǎ),撒的意思。兰藻,是形容词采的芳洁和文理的密丽。 〔一九〕鹄(hú),天鹅。下回鹄,是天鹅盘旋下飞,形容乐歌的动听。《韩子》记有"师旷奏清徵,有玄鹄二八集于廊门"的故事(见《文选》本诗李善注引)。 〔二〇〕余哇(wā),淫靡的黄色歌曲的余音。彻清昊(hào),直透到清虚的天际。即歌声"响遏行云"的意思。 〔二一〕中山,侯国名,治河北省定州,出美酒。俗传有一个叫玄石的人,饮了中山醇酒,一醉千日(见《文选》卷六左太冲《魏都赋》注)。此句反用其意。 〔二二〕此句袭用《毛诗·大雅·既醉》"既醉以酒,既饱以德"的意思。 〔二三〕黄发,高寿的象征,人年老头发由白而黄。

此诗开头四句,叙曹植逍遥宫苑的情状,并写出邺宫台阁壮丽和水木清华的景象。"徙倚"以下六句,借着登高临眺,敷写邺京四塞的形势,和它的近郊的风物。"副君"以下八句,指明邺下诗人的文学创作活动,和他们的饮宴生活有一定的关系,具体地刻画了曹植的"但美遨游"的前期生活。最后四句,从他强烈的"饮德"和"黄发"的愿望中,流露了小序所说的"忧生之嗟",暗里指出他不断遭受阿哥和侄儿的猜忌和迫害。

# 谢灵运传

谢灵运,小名客儿[一]。祖父谢玄,在淝水战役中,击败苻坚近百万的南侵军队,使淮河流域之南免于氐族的统治,以功封康乐县公。父亲谢瑍,是个被称为"生而不慧"的人,坐享现成福儿,可谓呆大富贵。母亲刘氏,是王献之(子敬)的甥女[二],颇有才学,倒是谢家道蕴一流人物。淝水战后的第二年,即东晋孝武帝太元十年(三八五)八月间[三],灵运生于谢家始宁墅(在今浙江上虞)。这时,谢玄这一房里,正盼望着养育孙儿;灵运的诞生,真如一颗掌上明珠,照亮了老辈的心眼儿,把他当心肝宝贝地疼着。因为过分地爱,不免有多余的忧,担心带不大,便送他到遥隔一江的钱塘(杭州),寄养于杜明师馆中[四]。由于他少时寄养于外,家里人就叫他客儿,或唤阿客[五],后人则称谢客[六]。

灵运出世时,晋室南渡将近七十年,谢氏抛开阳夏(河南太康)老家已好几代,他们早在南方吴兴、始宁各地置有庄园,过着安乐的生活。灵运生于始宁,自称越客[七],是道地的会稽郡始宁县人,而《宋书》等史书里都写着"陈郡阳夏人也"[八]。在两晋、南北朝时代的社会里,门阀制度根深蒂固,正如灵运在《宋书序》中说的:"下品无高门,上品无贱族。"[九]门阀是一家一姓社会特权的标志。说灵运是"陈郡阳夏人",倒不在乎说明他是什么地方生长的,而是指出他具有一种与生俱来的特权身份。灵运就这样地生养于大官僚地主的谢家,出生于煊赫一世的王谢高门。

灵运出世后的十几天,谢安就在东晋首都建康(南京)逝世。当他四岁时,即太元十三年(三八八),谢玄又病死于会稽(绍兴)任所,上距淝水战役六年。他的父亲谢瑍袭封康乐县公,做秘书郎。谢瑍也是很早就过世的,史书只说他"蚤亡",到底死于哪年,已无从查考。灵运的父、祖,都葬于始宁。

在山水佳丽的西子湖畔,灵运度过了他的幼年时代。十五岁时,才重回始宁墅。这一年,是安帝隆安三年(三九九),十月里,孙恩率领起义军,由海岛登陆,攻下会稽,内史王凝之及其妻谢道蕴死。东方八郡〔一〇〕起兵响应,谢邈、谢明慧、谢冲皆被杀。隆安四年(四〇〇)五月,孙恩再攻会稽,镇压起义军的头子谢琰(谢安次子)和他的儿子肇、峻战殁。孙恩要捉谢方明,方明辗转逃往建康〔一一〕。镇压孙恩起义的晋军,是由谢安训练起来而由刘牢之、谢琰统率的北府军,因此,起义军对谢氏的仇恨尤深;而谢氏也死了不少人,财产的损失更无法计算〔一二〕。灵运要在起义军所控制的地区久居是不容易的,可能也于这一二年里因避难而到建康。他到建康后,就在谢氏官邸住着。

谢氏的府第在乌衣巷〔一三〕,巷口对着朱雀桥,是个高等住宅区,王谢二姓的小天地。在乌衣巷走动的,全是高人一等的士人。在当时的社会上，士族和非士族间有着不可逾越的界限，不要说士和庶民有天渊之隔，就是不属于士族的大官，也不敢和士人并坐，要做士人，哪怕皇帝的圣旨也帮不上忙〔一四〕。因此，就连在乌衣巷人家屋间住过的燕子，它的身份也就与众不同，如唐诗人刘禹锡所咏的："旧时王谢堂前燕，飞入寻常百姓家！"

在乌衣巷里的谢家邸舍，它的排场阔气当和一般门排画戟、堂列犀簪的贵族人家无异。至于子弟们的生活享受，不用说更是绮襦纨袴，钟鸣鼎食。谢家资产丰厚，就以谢安这一房说，在会稽、吴兴、琅邪诸地有田业十余处，园宅十余所，僮奴千人〔一五〕，剥削所得，足供他们尽情挥霍了。谢家的人过着穷奢极侈的生活，住居、衣着、吃喝样样讲究。先说住居，谢家的府第是极其堂皇富丽的。梁时，谢举（谢庄的孙子）将谢宅山斋施舍为山斋寺，"泉石之美，殆若自然，临川、始兴诸王常所游践"〔一六〕，从这小小的一部分，就可以想见它的全貌了。次讲衣着，谢家服装的妖冶，从谢玄"好佩紫罗香囊"〔一七〕一事，就足够说明了。再谈吃喝，谢安时常和子侄辈游集，而一餐的酒菜往往要花上百金〔一八〕；谢弘微家的菜肴烧得十分美味，连宋文帝也"每就求食"〔一九〕。还有不近情的事情呢，谢景仁为了保持自己居室的整洁，不惜损害别人的卫生，他的痰唾不吐在地上而吐在左右的衣上〔二〇〕。再，谢家又有好音乐〔二一〕、善跳舞〔二二〕的风气，子弟们自然习而不倦了。灵运到京后，就在这样豪华的环境里生活着。

不用说，灵运是个阔绰人物。《南史》说他"性豪侈，车服鲜丽，衣物多改旧形制，世共宗之"。他不但讲究穿，而且别出心裁地改制服装，成为一时的风尚。他出入时，有好多佣人跟着，"四人絜衣裙，三人捉坐席"，被当时人编成歌谣唱着，又被沈约当作咎征而写入《宋书·五行志》[二三]。灵运是个好吃的人，他到处吃，随时辨尝食品的滋味，且举海味中的蛎为例，他说："新溪蛎味偏甘，有过紫溪者。"[二四] 又说："前月十二日至永嘉郡，蛎不如鄞县，车螯亦不如北海。"[二五] 就吃的方面说，他不会比谢弘微逊色。

自隆安以后，谢混是谢家的台柱子，他在诗酒风流中，不遗余力地培植子侄辈。《南史·谢弘微传》说：

> 混风格高峻，少所交纳，唯与族子灵运、瞻、晦、曜、弘微以文义赏会，常共宴处。居在乌衣巷，故谓之乌衣之游，混诗所言"昔为乌衣游，戚戚皆亲姓"者也。其外虽复高流时誉，莫敢造门。瞻等才辞辩富，弘微每以约言服之。混特所敬贵，号曰微子。谓瞻等曰："汝诸人虽才义丰辩，未必皆惬众心，至于领会机赏，言约理要，故当与我共推微子。"常言"阿远刚躁负气，阿客博而无检，曜仗才而持操不笃，晦自知而纳善不周，设复功济三才，终亦以此为恨！至如微子，吾无间然"。又言："微子异不伤物，同不害正，若年造六十，必

至公辅。"尝因酣宴之余,为韵语以奖劝灵运、瞻等曰:"康乐诞通度,实有名家韵,若加绳染功,剖莹乃琼瑾。宣明体远识,颖达且沉俊,若能去方执,穆穆三才顺。阿多标独解,弱冠纂华胤,质胜诚无文,其尚又能峻。通远怀清悟,采采摽兰讯,直辔鲜不踬,抑用解偏吝。微子基微尚,无倦由慕蔺,勿轻一篑少,进往必千仞。数子勉之哉,风流由尔振,如不犯所知,此外无所慎。"灵运、瞻等并有诫厉之言,惟弘微独尽褒美。

于此可见谢混于子侄辈中,最重视谢灵运、谢弘微、谢瞻、谢晦、谢曜诸人,他对他们的思想性格各方面都有深切的了解,也常时针对着他们的优缺点进行奖劝。谢混利用他在士族中的权威地位,一面挡驾高流造门,对别姓士族子弟不加赏誉,有时甚或予以某种程度的贬抑;一面则竭力吹嘘自己的子侄,依照着士族的老规矩,先把灵运等造成可以左右舆论的人物,再进而踏上仕途。但是,谢灵运又"臧否人物"太过,谢混怕因此树立不必要的怨恨,曾指使谢瞻出面,设法对他痛加裁折〔二六〕。

根据《初去郡》"牵丝及元兴,解龟在景平"和《过始宁墅》"二纪及兹年"的话来推断,灵运是在十八岁左右入仕途的。一个人的政治活动,是不能离开他那个时代的政治形势而孤零零地独立存在的。现在,为了更好地了解灵运在政治上的活动情况,应该先看看晋宋时代政局的发展形势。

永嘉乱起,整个北中国陷于异族的统治,汉族大地主纷纷南迁。这时,司马睿镇建业(后改名建康),用王导为谋主,以过江北方大族王、谢、袁、萧为骨干,联合了南方土著大族朱、张、顾、陆,在仓皇中建立了东晋皇朝。元帝(司马睿)第一天登上皇帝宝座,就让王导升御床同坐,当时有"王与马,共天下"的传言。这说明了东晋的皇帝,一开始就带着傀儡的意味。再说,东晋政权是建立在多种矛盾上的,对外汉族和北方匈奴、氐、羯各族有种族矛盾,内部南迁的北方士族之间、南方和北方士族之间都存在着深刻的矛盾,而以地主阶级士族和农民之间的矛盾为主要的矛盾。到穆帝(司马聃)以后,皇帝成为虚设的情况更加露骨;而封建地主统治阶级内部的派系斗争也渐趋激化,狗咬狗的派系虽然很多,表象也极端的错综复杂,但就它的本质来区分,可以归为两派。一派以篡夺帝位为目的,走的是曹操、司马懿的道路,"欲先立功河朔,还受九锡"(《晋书·桓温传》语),进而演出"禅让"的好戏。这一派,以桓温、刘裕为主角。另一派是晋帝室的维护者,他们意识到改朝换代对于豪门世族的利益是不利的,为了延续和巩固自己的专政特权,有保留傀儡的必要,并为支撑司马氏的帝位而做出一切努力。这一派,以谢安、谢混为代表。简文帝(司马昱)死后,桓温有篡夺的阴谋,而谢安、王坦之则站在维护晋室的立场上加以反对。桓温在军事和政治上都占有绝对的优势，当他的阴谋遭受到破坏时，曾企图以屠杀的手段，直截了当地将王谢等人干掉〔二七〕。大概怕杀了谢安、王坦之，会招致王、谢士族更激烈的反对，愈发不利于他的篡位计划，因而犹豫未果。后因桓温病死，接着前秦苻坚大举南侵，淝水战役开始〔二八〕，汉族和北方氐族的矛盾和斗争激化，东晋统治阶级内部的派系斗争暂时得到缓和。淝水战后，封建地主阶级和农民的矛盾又加剧。安帝隆安二年（三九八），以孙恩为首的农民大起义爆发，到元兴元年（四〇二），才为刘裕所镇压〔二九〕。在农民军起义的同时，封建地主阶级内部的矛盾，即皇室和藩镇的斗争也尖锐化了，桓玄起而反叛，割据荆、江二州，率师攻入建康，流放会稽王道子，杀其子元显，废安帝自立〔三〇〕，东晋皇朝顿呈摇摇欲坠的景象。刘裕一面在镇压农民起义军和平定桓氏的叛乱中，组织和壮大了自己的军事和政治力量；一面诛戮司马氏宗族，削弱皇室〔三一〕，并打击豪门世族，以巩固自己的专政。同时，为了增加威望，曾两度北伐，于义熙六年（四一〇）灭南燕〔三二〕；十三年（四一七）灭姚秦，克长安〔三三〕。在表面上看来，刘裕是复兴晋室的功臣，其实他跟桓氏一样，所谓一丘之貉，原没有什么本质上的差别，只是做法不尽相同罢了。刘裕的篡夺之志，可谓昭然若揭，东晋朝廷内外人士自然心照不宣，噤若寒蝉，就是北方异国的人也看得挺明白的。刘裕克洛阳时，魏主拓跋嗣和崔浩谈话时,浩即说:"裕克秦而归,必篡其主。"当他灭姚秦后,匆促东还,留次子义真守关中时,夏主赫连勃勃的谋臣王买德又说:"关中形胜之地,而裕以幼子守之,狼狈而归,正欲急成篡事耳,不暇复以中原为意!"[三四]当然,刘裕这一手做法,根本是和王谢等豪门世族的利益相违背的,他们为了保护自己的利益,就在各方面展开对刘裕的斗争。

当刘裕的势力抬头的时候,正是谢混在政治上活跃的年头,他不但是当时谢家的代表人物,而且在豪门世族中也有极高的地位和声誉[三五]。同时,又是晋陵公主的夫婿,与司马氏有姻亲的关系,无论就世族集团的利益或他自己的权位说,都注定着走维护皇室的道路。谢混遵照着谢安的传统做法,把豪门世族的力量团结起来,以谢混、谢方明、郗僧施、蔡廓等人为首[三六],积极地打击着刘裕的集权规谋。但是,刘裕在军事和政治上的势力,究非渐趋没落的世族集团所能与之抗衡,他们为了搞垮刘裕,便和刘毅互相勾结。刘毅是怎样一个人呢?在平定桓玄叛乱时,刘裕不过居于策划部署的地位,而他却是亲冒矢石的前敌指挥,功居第二。而刘毅和刘裕一向不平,有"与之争中原"的豪语[三七]。刘毅既和刘裕旗鼓相当,势均力敌,又善于结交豪门世族之士,获得士人的舆论的支持[三八]。因此,以谢混为首的世族集团就和他联合起来,组成一个坚强的反刘裕派系。

义熙四年(四〇八)正月间,因为刘毅、谢混反对刘裕入朝辅政,双方的斗争渐趋明朗化[三九]。六年,因为卢循在广州起兵,把谢混等和刘裕的斗争缓和下来。卢循、徐道覆闻刘裕北伐,便乘虚举兵,沿长江直下,何无忌败死豫章(江西南昌)。刘裕听到消息,一面赶紧把北线的精锐部队抽调回南,卷甲兼行,渡江保卫建康;一面用书信激刘毅出兵,先挡一阵[四〇]。五月,刘毅败于桑落洲,全军覆没。既延缓了卢循的攻势,又消耗了刘毅的实力,刘裕的如意算盘拨个正着。卢循因而不敢采取徐道覆直捣建康的战法,稳扎稳打地进军;后因多时打不下建康,便退守寻阳(九江)。这时,刘裕已完成反攻部署,乘机发动攻势,全线进军。在逐步消灭卢循的日程中,刘毅、谢混和刘裕的斗争又日渐激化。七年(四一一)四月,刘毅兼了江州刺史。次年四月,刘毅调任荆州刺史,这是刘裕纳言的兑现。刘毅自桑落洲败后,本想借追讨卢循的名义,再进行组织自己的军事力量,但在刘裕多方阻挠下,这一着棋子落空了[四一]。刘毅在赴荆州前,曾到京口(江苏镇江)扫墓。过京时,刘裕和他会于倪塘,胡藩即有因会诛刘毅的献策[四二]。一面由于刘毅步步防备,不易下手;一面由于这到底不是名正言顺的做法,怕引起不良影响,所以没有照胡藩的意见做。刘毅自然不甘失败,积极地活动,一边图谋割据湖广,和刘裕来个"秋色平分";一边使谢混从中牵制,打乱刘裕的一切步骤[四三]。九月里,刘毅带着旧任江州士兵万人到江陵[四四]。刘裕趁他立脚未定,便来个迅雷不及掩耳的做法,诛谢混、刘璠(毅弟),进兵荆州。十月间,刘裕到江陵。刘毅、谢混一死,反刘裕集团跟着崩溃。刘裕心里的一块沉重的石头也放下了,他听了申永的劝说[四五],开始转变策略,用拉拢士族的手段来收拾人心。从此,刘裕杀诸葛长民,西定四川,一帆风顺,毫不碍手地一步步完成他的篡夺阴谋。到东晋恭帝元熙二年(四二〇)六月十四日,刘裕便受晋禅,即皇帝位,建国曰宋,改元永初,刘宋新皇朝出现。

当刘裕权势日盛时,恰好是灵运入仕的日子。

《宋书》本传说:"袭封康乐公,食邑二千户,以国公例除员外散骑侍郎,不就。"(《南史》本传同)灵运袭封康乐县公的时间,史书没有明确的记载,谢瑍的死年又不可知,只有列入阙疑项了。因此,他哪一年例除员外散骑侍郎,也就无法考定。但是,就灵运在诗里的自述看来,他是十八到二十岁之间入仕的。

义熙元年(四〇五;这年,灵运二十一岁)三月,琅邪王司马德文为大司马,灵运做他的行参军,为时极短。到五月里,刘毅为豫州刺史,镇姑孰(安徽当涂),就以灵运为记室参军。从这年五月起,直到义熙八年(四一二)十月毅被诛,前后八年,灵运似乎始终追随着刘毅,中间没有离开过的迹象可寻。不用说,灵运能够长期在刘毅的左右,完全是谢混的关系。

刘毅任荆州刺史时,灵运也到江陵,任卫军从事中郎。毅被诛后,灵运虽说没有被株连,刘裕还安插他做太尉参军。但是,由于走错了政治路线,从此注定了他一生的悲剧性的局面。在这一年的十月间,灵运从江陵回到建康,到京后,就调任秘书丞。坐事免职。

在这里,应该谈谈谢灵运和慧远的关系。

慧远自太元四年(三七九)[四六]别道安东下以后,即"卜居庐阜,三十余年,影不出山,迹不入俗,每送客游履,常以虎溪为界"(《高僧传·慧远传》语)[四七]。慧远既长时期居住庐山,没有到别的地方去过;而灵运在刘毅刺江州以前,又在姑孰、建康一带。因此,在义熙七年前,他们很少会见的可能。虽然,唐法照、迦才、飞锡等都说慧远、刘遗民在庐山建斋立誓时,灵运也是其中的一人[四八]。但是,这个说法不攻自破,显然是后人伪造的。慧远等在庐山立誓,通常以为在太元十五年(三九〇),而这一年灵运只有六岁,一个乳臭未干的小孩,哪里就会有"往生西方"的宗教信仰;再说,难道谢家有这样大的兴头,把六岁的孩子从钱塘送往庐山,与慧远等同拜香火吗? 其实,庐山立誓是元兴元年(四〇二)的事儿[四九],这一年灵运也仅有十八岁,似乎还没有与刘遗民等同列的资格。灵运和慧远相识,大概在庐山立誓的后十年,即义熙七年四月后,刘毅做江州刺史时。即使说灵运七年没有到江州,而他于八年(四一二)随刘毅赴荆州是肯定的。刘毅于赴江陵前,在江州调动兵队,当稍事停留;灵运因得游庐山而与远公相见,是极其自然的事情。这时,灵运是二十七八岁的壮年人,而慧远则已是七十八九岁的老头陀了。

当时,慧远是个年迈名重的高僧,学问又为灵运所倾慕,正如《高僧传》所说的,"谢灵运负才傲俗,少所推崇,及一相见,肃然心服"(语见《慧远传》)。隋时灌顶和尚说,灵运曾在东林寺穿凿流池三所[五〇],由此可知他对慧远晚年的物质生活,有一定程度的照顾。慧远死后,灵运又撰写《远法师诔》。这些事实,都是他对慧远"心服"的强有力的证明。灵运门资既重,又是蜚声海内的学人,具备着弘宣佛法的极好条件,慧远对他当然也得加意酬接。灵运在江州的时间短暂,往庐山见慧远的次数也不会太多。义熙八年十一月,灵运随刘裕回京,兼程而进,道出江州,自不能有余暇入庐山;即与慧远相晤,当亦匆匆而别。次年,慧远在庐山立台图佛影,令道秉从寻阳老远地赶到京里,请灵运作《佛影铭》[五一]。大约义熙九年年底或十年年初,灵运的《佛影铭》写成[五二]。于此可见慧远对灵运是十分看重的,并没有鄙视他的思想存在。世传慧远因灵运性褊心杂,不许他加入莲社,这种说法极少根据,很不可靠。因为慧远组织莲社一事,简直找不到唐以前的记载,中唐以后乃闻见莲社之名,如贯休《题东林寺》诗说:"今欲更崇莲社去。"大概是后人因刘遗民立誓文中有"借芙蓉于中流,荫琼柯以咏言"的话,附会而成。莲社本身的存在,既然是一件还不能得到证实的事儿,慧远不许灵运入莲社的说法,就难以使人相信了[五三]。不过,刘遗民、周续之党附刘裕,和灵运的政治立场不同,他们中间存在着深刻的矛盾,倒是一个不容否认的事实。

灵运作《佛影铭》后的两三年,慧远就逝世了[五四]。灵运和慧远的因缘,也到此而止。

义熙十二年(四一六;这年,灵运三十二岁)五月后,灵运任骠骑将军刘道怜的谘议参军。转中书侍郎。又为世子中军谘议、黄门侍郎。十四年(四一八;这年,灵运三十四岁)的秋间,刘裕驻在彭城(江苏铜山),灵运奉使慰劳,于九月初到达彭城。恰值孔靖(季恭)辞去宋国尚书令的职位,南归会稽休养,九月九日,刘裕于项羽戏马台摆设盛大的宴会,为季恭饯行,参加宴会的百僚,"咸赋诗以述其美";灵运、宣远(谢瞻)兄弟也参与这个盛会,都有《九日从宋公戏马台集送孔令诗》(见《文选》卷二十),宣远的诗写得顶好,有"巢幕无留燕,遵渚有来鸿"的隽句,传诵一时。灵运有一首《彭城宫中直感岁暮》的诗,可以说明这一年他是在彭城过年的。《撰征赋》又有"仲冬[五五]就行,分春反命"的话,可知他是次年春间回建康的。

元熙元年(四一九)或稍前,灵运迁相国从事中郎、世子左卫率[五六]。当他做世子左卫率的时候,碰上"家门不幸",出了一件传播遐迩的丑事。原来灵运有个叫桂兴的手下人,和他的爱妾勾搭上了。当他们的通奸行为被发觉后,灵运气忿不过,便起了杀心,于江滨偏僻处,将桂兴杀死,并把尸体丢入江流,以图毁尸灭迹[五七]。这件案子,被有闲的人作为谈说的好资料,很快地传开了,弄得朝野皆知。在封建社会里,一个有权有势的士族人士杀个把有人格依存的手下人,本来也算不了什么大事,国家法律对士人是很少约束效能的。当时,御史中丞是王淮之,他跟灵运的关系很密切,对灵运杀人的案件,采取充耳不闻的态度,当作没有这回事儿。但是,在灵运的反对派王弘(为刘裕请九锡的人)看来,倒是一个可以大施攻击的机会,如何肯轻易放过。他看到御史中丞王淮之包庇杀人犯谢灵运,想糊里糊涂地把灵运杀人的案子蒙混过去,心里有些着急了,便越出他的职权范围,奏弹谢灵运和王淮之。且向朝廷建议免掉灵运的官职,削去封爵,送交司法机关办罪;王淮之不尽职守,也应免官[五八]。这么一来,灵运杀人的案子闹大了,正中刘裕的下怀,借此将谢灵运、王淮之的官免了,并以蔡廓代王淮之为御史中丞[五九]。蔡廓原为谢混集团的骨干分子,刘裕以蔡廓代王淮之是有用意的,他想趁此分化谢混集团的残余势力,制造灵运与蔡廓之间的矛盾。

不久,刘裕受了晋禅,建立宋皇朝,一面大封功臣亲戚,涌现了一批新贵;一面把晋室的封爵统统取消,仅保留着抗拒外族入侵有殊功的五家[六〇]。这一下子,灵运又触了个霉头,从"公"爵降为"侯"爵,食邑五百户。这一年是永初元年(四二〇),灵运三十六岁。之后,起为散骑常侍,转太子左卫率。

刘裕既得天下，为了缓和豪门世族的敌忾情绪，进而获得他们的舆论支持和颂扬，在某种程度上放宽了对豪门世族的压力。谢家的门资既高，在当时士族人士中，灵运又是一个领袖人物，刘裕自然争取他为新皇朝服务。但是，灵运是谢混的侄子，又是刘毅的老部下，原为刘、谢政治集团中的人员，由于这一层历史上的政治关系，也就无法得到刘宋皇朝过多的信任，只能给他做做有职无权的闲散官儿。而谢灵运呢，眼看晋室已亡，刘裕的江山已坐定，他为了维持王、谢旧族在政治和经济上的特权，有跨进一步变为新皇朝权贵的必要。《宋书》本传说：

灵运为性褊激，多愆礼度，朝廷唯以文义处之，不以应实相许。自谓才能宜参权要，既不见知，常怀愤愤。（《南史》本传同）

这是一个不可调和的矛盾，它体现着刘宋皇朝和王谢旧族的利益冲突。

灵运为了获取刘宋皇朝的权要地位，就得找个皇室人物作为自己的靠山。刘裕本人的路子，他是无法走通的，只有退而求其次，从刘裕的儿子中去找。恰好，刘裕的次子刘义真，对他父亲"禅让"喜剧的演出，并不感到有多少兴趣[六一]；同时，又喜欢和士族的人物接触，在思想、性格上和刘裕有距离。灵运便趁着这个空隙,往刘宋皇室的心脏深处直钻,跟义真拉上了关系,甚至做起他的灵魂来。这时,义真不过是一个十四五岁的孩子,本不见得有什么强烈的政治主张。但是,在谢灵运、颜延之[六二]、慧琳[六三]等的眼中看来,却成为奇货可居的政治资本。你吹吹,我捧捧,以刘义真为首,很快地就形成一个小圈子。居然,刘义真坚决地和他的兄弟做争夺皇位继承的斗争了。他曾说过:"得志之日,以灵运、延之为宰相,慧琳为西豫州都督。"(《宋书·刘义真传》语)灵运等这一政治活动,引起了刘宋皇朝新贵们的极度不安,如果灵运等抬义真的计划得以实现,则他们将失去专政的特权。徐羡之等再也不能容忍了,他们先从批评刘义真的行为开始,进一步干涉谢灵运的活动;便派范晏向刘义真提出警告,说他跟灵运等昵狎过甚。而刘义真并没有给吓住,他回答得很轻松,说:

> 灵运空疏,延之隘薄,魏文帝云鲜能以名节自立者。但性情所得,未能忘言于悟赏,故与之游耳!(《宋书》本传)

刘义真认为他跟谢灵运等的来往,并不带有政治活动的性质,他们的交游,完全建立在私人的友谊基础上的。当然,这几句门面话,消释不了徐羡之等的猜疑,恰恰相反,它反而加深了彼此间的裂痕,把斗争推向尖锐化。

永初三年（四二二）五月，刘裕崩，少帝立[六四]。早在三月间，刘裕就病倒了，他明知自己已活不了，怕身后发生诸子争立的祸乱，也许在徐羡之等的建议下，便决意将义真调离京城。初五日，以司徒、广陵王义真为车骑将军、开府仪同三司、南豫州刺史，出镇历阳（安徽和县）。诏命颁下，义真可没有即日赴任，拖延了一两个月，直到刘裕死后才动身；所以逗留未发，大概是另有意图的。义真赴镇时，是国哀期间，他可不理会这些，和灵运、延之、慧琳等在东府前检阅部队后，到船上痛痛快快地饮酒作乐；又义真所乘的船舫单素，没有他母亲孙修仪的华美，因"使左右剔母舫函道以施己舫，而取其胜者"，这些行动，都带着向执政者进行挑拨的意味。

徐羡之等对付刘义真、谢灵运这个政治小圈子，起初是采用分散力量的办法的。他们先在刘义真头上加压力，逼着他出镇历阳；接着即任命颜延之为始安太守[六五]，又以谢灵运为永嘉郡守，慧琳也被迫离开建康，把这个政治小圈子的主要人物，拆得七东八西，使他们接不了头，没法集中力量，以便待机个别解决。

永初三年（四二二；这年，灵运三十八岁）七月十六日[六六]，灵运离别了首都建康，动身赴永嘉郡任，在京城东面的方山[六七]码头上船，和送行的亲眷朋友告别，"解缆及流潮，怀旧不能发"，他就怀着"留也留不住，去也终须去"的心情，与一片孤帆，同在送行亲友的望眼中消逝。

永嘉和会稽,同在浙东地区。这回,灵运趁着赴任的便路,回到老家始宁墅看看,正如他在《过始宁墅》诗中所说的,"剖竹守沧海,枉帆过旧山"。农民起义军对于地主的庄园是痛恨的。在孙恩领导农民起义时,始宁墅遭到相当的破坏[六八],虽经历年的修缮,似乎还没有恢复旧观。灵运在始宁墅小住几天,忙着修盖临江的房屋,和在山上打造屋基,已有回家久居的打算。临别时,他曾告诉邻居们说:"三年的任期一满,我就回来了。别忘了,要为我多种几树枌榧!"

灵运离开始宁墅,缘浦阳江而下,夜渡鱼浦潭,沿钱塘江溯流西上,经富春渚、七里濑诸处,都写下纪行的诗篇。至兰溪,转婺江而达金华,舍舟登岸。由金华陆行,经丽水抵青田。再于青田买舟,循瓯江而下,布帆无恙,于八月(或九月)十二日到永嘉。

灵运这次从中央官出任地方官,就他个人说,是仕途坎坷,又栽了个跟斗,跌得他七荤八素;就豪门世族说,在跟刘宋皇朝的新贵族的斗争中,又是一次失败,王谢旧族已被压得没有透口气的机会了。灵运十分清楚地意识到:他跟刘义真等的失败业已注定,无法挽回了;他和刘义真等的命运已被掌握在徐羡之辈的手里,人家爱怎么摆布就怎么摆布,哪有自己主宰的余地。因此,他背着沉重的思想包袱,精神上苦闷到极点,正如他在《登池上楼》所写的:"进德智所拙,退耕力不任",他处于进退无据的境地。但是,在他的行动上,却另有一种表现。灵运本是一个自负不凡的人，"自谓才能宜参权要"；而今到这海滨地区做个郡守，自然有"割鸡焉用牛刀"的想法。他在永嘉，确实不大过问政事，所谓"民间听讼，不复关怀"。再说，他到永嘉不久，冬初的时候就病了，到次年的春天才好[六九]。《汉书·汲黯传》说："黯学黄老言，治官民好清静，择丞史任之，责大指而已，不细苛。黯多病，卧阁内不出。岁余，东海大治。"灵运抓住这段传意，以为他的治永嘉和汲黯的治东海，情况恰好相似，便自比汲黯，又有意地谦虚一下，说了一声"清尘虑不嗣"。其实，灵运的不管政事，是一种失意之余的狂放，与治官民责大指，是有本质上的区别的，不可相提并论。

　　永嘉有名山佳水，灵运又是个一向爱好山水的诗人，在仕途失意的苦闷岁月里，不免借山水灵气，拂拭心头忧愁。因此，他恣情肆意地遨游，一出门就十天半月不回衙署，走遍了郡属诸县，如乐清的白石岩、盘屿山，永嘉的东山、石室山、瞿溪山、石鼓山、赤石、孤屿、绿嶂山，平阳的岭门山等地，都留有他的游踪，每游一处，都有绝妙的诗篇纪胜[七〇]。灵运在永嘉，于遨游山水之暇，也从事写作，正如他在《游岭门山》诗所说的："海岸常寥寥，空馆盈清思。"又如他《斋中读书》诗所说的："卧疾丰暇豫，翰墨时间作。"在这个时期，他写了许多名诗，又完成了他的不朽的论文《辨宗论》[七一]。灵运在永嘉首尾一年，在这一年中，和他同游山水、共析疑义的，有法勖、僧维、慧骥等高僧[七二]。

灵运早在出都的时候,就已产生退隐的思想,《邻里相送至方山》诗说:"资此永幽栖,岂伊年岁别。"高卧东山,是他谢家的传统,一种以退为进的手段,当政局形势跟他谢家的人不利时,就徙倚山林,勇退一下;看准苗头,就带着"将如苍生何"的感慨,以花猫搏小鸡的姿态出仕了。灵运有归隐东山的念头,并不是真正看穿"富贵",放弃高官就像踢开一只破草鞋那么丝毫不可惜,死心塌地地愿意做个山野之人;恰恰相反,这是他谢家的人在不能获得政治权力时,一种故作豁达的表现形态。灵运在永嘉郡的一年中,正处于进退两难的深刻矛盾中,常时展开激烈的思想斗争,把他累得够苦的。在这一时期的他的诗作中,散荡着浓郁的"思乡"和"归隐"的气氛。当灵运看到政局形势的发展对他更为不利,谢混流血的事实又是那么鲜明而深刻地浮存于他的记忆里,惨痛的教训迫使他做出有向执政派低一下头的必要的结论,为了向徐、傅等表示"与物无竞"的心迹,为了保留一点没有被完全输光的赌本,灵运决意暂时退出政界,"留得青山在,哪怕没柴烧",日后总有机会卷土重来的。但是,他的堂房兄弟谢晦、谢曜、谢弘微等,怕因此和执政派引起更尖锐的对立和更多的误会,不同意他的做法,劝阻的书信像雪片一样地飞到。灵运的个性是很倔强的,他决定要怎么办就得怎么办,没有接受兄弟们善意的劝告,毅然决然地辞官不干。而他那纠缠一年多的思想上的矛盾也得到了解决,"退隐"终于战胜了"仕进",正如他

《初去郡》诗所说的"战胜臞者肥",他觉得自己仔肩轻松了,人也肥胖了。

景平元年(四二三)秋天,灵运离开了永嘉郡,他是元兴年间,即十八九岁时入仕的;这一年他三十九岁,浮沉宦海已二十余载了[七三]。灵运认为这二十多年的政治生活,原来就跟他的"宿心"相违的;这一次的挂冠而去,倒也免掉不知多少的迎官送客的烦厌。如《初去郡》诗说的:"负心二十载,于今废将迎。"一年前,灵运"之郡"时,心情颇为伊郁,一路上意懒行迟。而这回去郡,却显得十分愉快。他从永嘉动身,溯江至青田,舍舟而陆,"搜缙云之遗迹"(《归涂赋》语),一路探奇览胜。在他的《初去郡》诗里,有一段具体而生动的描写:"理棹遄还期,遵渚骛修坰。溯溪终水涉,登岭始山行。野旷沙岸净,天高秋月明。憩石挹飞泉,攀林搴落英。"灵运觉得他这番辞官而归,以名园当岩穴[七四],高蹈江湖,已不是刘宋皇朝政治力量所能羁约的人物,有"帝力于我何有哉"的超然地位。《初去郡》诗的"即是羲唐化,获我击壤情",就是他当时一种逃避现实而沉醉于空想的精神状态的写照。

灵运离永嘉郡任,便回到始宁墅,逍遥山水,过着他的"岩栖"生活。

始宁墅,是谢玄手里经营起来的一所庄园[七五]。它在始宁县境,左傍太康湖,右滨浦阳江,四面有水,东西有山[七六]。东面,近边有良田澄湖,远处有天台、太平诸山;南面,剡江小江合流于近地,松箴、栖鸡耸岇在远方;西面,扬中、元宾并在小江附近,与山相接;北面,近连大小巫湖,远带澄净如练的江流[七七]。从四面的界至看来,始宁墅是极其广阔的,如《山居赋》所写的:"自园之田,自田之湖,泛滥川上,缅邈水区。"[七八]它的实际面积的数字虽不可得知,想来总不会小于孔灵符的永兴墅[七九]。始宁墅的范围虽说很大,但就它的整个结构来说,是由两个部分组成的,即南山和北山。南山和北山之间,峰崿阻绝,只有水路可通,而两处都有园宅[八〇]。北山,又叫院山,就是谢安高卧的东山,是谢家祖业所在的地方。南山,是灵运自己手里开辟出来的新居[八一]。在这里,沿着河流有两片美田,在山岭的周围有三个苑囿[八二]。灵运对于这个新拓的园地,在《山居赋》中曾有一段描写:

> 考封域之灵异,实兹境之最然。葺骈梁于岩麓,栖孤栋于江源。敞南户以对远岭,开东窗以瞩近田。田连冈而盈畴,岭枕水而通阡[八三]。阡陌纵横,塍埒交经。导渠引流,脉散沟并。蔚蔚丰秋,苾苾香秔。送夏蚤秀,迎秋晚成。兼有陵陆,麻麦粟菽。候时觇节,递薪递熟。供粒食与浆饮,谢工商与衡牧。生何待于多资,理取足于满腹。

于此可知始宁墅包括着平原山区、河流湖沼,它是谢家的小天地。谢家以豪门世族的势头,霸占着这个富饶的"鱼米之乡",并以各色各样的手段,向居住于这一地区及其附近的人民进行着土地兼并,将他们变为谢家的庄客或佃户,造成他们在人格上依附谢家的关系;在一代代的岁月里,谢家剥削着他的庄客和佃户的劳动果实。当谢家的人在官场失意时,便回到这儿吃喝玩乐,骑在这些青黄精瘦的劳动人民头上,哼哼栖逸的高调儿,真所谓"优哉游哉,可以卒岁"!

灵运回到始宁的次年,即景平二年(四二四;这年,灵运四十岁),正月十七日,刘义真被废为庶人,徙于新安郡。二月十四日,被杀。五月二十五日,少帝刘义符被废,幽于吴郡。六月二十四日,被杀于金昌亭。八月间,刘义隆(文帝)自江陵到京,即皇帝位,改元元嘉。这一连串的政局变动,说明刘宋皇朝统治阶级内部即刘裕诸儿之间及刘裕诸儿与托孤功臣之间的矛盾和斗争的激剧。当时,徐羡之、傅亮、谢晦、檀道济等,或许因为势均力敌的关系,谁也不便篡代;或者徐、傅等杀少帝和刘义真,说不定就是刘义隆通过王弘而授意的,才迎刘义隆入奉皇统。他们为了自己的安全和长期的专政,曾结了一个同盟,《宋书·谢晦传》说:

　　初,晦与徐羡之、傅亮谋为自全之计,晦据上流(指荆

州),而檀道济镇广陵,各有强兵[八四],以制持朝廷;羡之,亮于中秉权,可得持久。(《南史·谢晦传》同)

所以元嘉初年,在徐傅等的控制之下,宋文帝是不能有所作为的。在刘义真被杀时,灵运没有得祸,大概因为有谢晦的一重关系,又得力于檀道济的从中斡旋[八五]。

刘宋政局的这一变化,彻底粉碎了谢灵运的企图专政的美梦,由于他又走错了一着棋,在短时期内要在政治上爬起来是完全没有希望了。于是,他把他的精力投到积极地经营庄园上去,他一面加强对庄客佃户的剥削,以增殖更多的财富;一面大兴土木,修营别业,倚山筑室,临江起楼,田南树园,石壁立精舍,制造更好的物质生活条件,做到"傍山带江,尽幽居之美",以供自己的游娱。这在灵运自己看来,不过在旧日事业的基础上略事扩充,正如他在《还旧园作》中所说的:"曩基即先筑,故池不更穿。果木有旧行,壤石无远延。"事实上,除了帝王之家,这样的规模已不算小了。这时,王弘之住始宁沃川[八六],孔淳之居会稽剡县(浙江嵊县)[八七],和始宁墅距离不远;灵运和他们向有交情,政治立场又没有什么不同[八八]。因此,常时跟淳之、弘之混在一道,"纵放为娱,有终焉之志"。灵运的座上客,除王、孔等高人雅士外,还有名僧僧镜[八九]、昙隆、法流等。灵运招待名僧,颇有不惜万金的精神,特地为他们选择风景奇秀的石壁地方,造了一所精舍，又建经台，筑讲堂，立禅室，列僧房[九〇]。他在《山居赋》里也说："建招提于幽峰，冀振锡之息肩。庶镫王之赠席，想香积之惠餐。"派头之大，真不愧当时八百檀越的领袖。灵运和高士名僧游览山水之余，便谈玄说理，作赋吟诗，写下很多的作品[九一]。《宋书》本传说："每有一诗至都邑，贵贱莫不竞写，宿昔之间，士庶皆遍，远近钦慕，名动京师。"他身在山林，而名气却轰动帝京呢！

在这个时期，灵运的族叔谢方明做会稽太守。灵运曾从始宁到会稽，和方明会晤，顺便看看惠连，并在会稽游览一番。谢惠连是个有天才的诗人，极为灵运所称赏，被评为张华一流的人物[九二]。在灵运的心眼中，惠连是谢家的后起之秀，他这时无所不至地奖励提拔惠连，正如谢混当年的造就灵运。碰巧何长瑜也在方明家中，教惠连读书，又为灵运所赏识，以"绝伦"相许。但是，在谢方明的眼中，惠连是个平常的人才，长瑜也没有出人头地的地方。灵运看不惯何长瑜所受的菲薄待遇，就对方明说：

　　阿连才悟如此，而尊作常儿遇之。何长瑜当今仲宣，而饴以下客之食。尊既不能礼贤，宜以长瑜还灵运。

于是和长瑜共归始宁墅，惠连可能同行[九三]。有朋自远方来，这时的始宁墅是不寂寞的。

元嘉三年(四二六;这年,灵运四十二岁)初,刘宋政局又发生了变化。正月里,刘义隆杀徐羡之和傅亮。又用从中攻破的分化政策,拉拢徐傅集团的主要分子檀道济,借他的兵力打谢晦。二月间,谢晦被擒伏诛,徐傅集团被彻底击溃。政局的这一变化,对灵运来说是有利的。

在刘义隆看来,谢灵运是一个必须争取的对象。第一,谢灵运的反徐、傅和刘义隆的反徐、傅,虽说在目的性上并不一致,但从反徐、傅的行动上看,他和刘姓是站在一条战线上的。现在徐、傅等已诛,对灵运应该加以适当的奖励。其次,谢灵运是当时士族人士的代表人物,他的言论和行动,足以导致豪门世族对刘义隆政权的向背作用,亟须取得他的舆论支持。再者,谢灵运有极崇高的学术地位,使他站在御座的旁边,无异在皇权上加一束艳丽夺目的鲜花,将平添不少光彩。因此,刘义隆就一而再地要他出山,到京做秘书监。而灵运呢,对着这个再起的机会,心中虽然感到一种不可言喻的喜悦,但他是懂得摆身份闹气派的道理的,沉着气来一下矜持,还他一个"再召不起"。果然,刘义隆不觉坠其术中,赶紧写了一封亲笔信,使光禄大夫范泰到会稽敦请。灵运这番可扎足面子,乃出就职。其实,刘义隆把谢灵运看作花枝上的绿叶,不过要他起些点缀陪衬作用;而灵运却存着野心,想借此机会进一步猎取专政特权。正如《宋书》本传所说的:"既自以名辈,才能应参时政,初被召,便以此自许。既至,文帝唯以文义见接,每侍上宴,谈赏而已!"由于这个矛盾因素的存在,终于招致了不欢而散的下场头。

灵运到京,就了秘书监的任。顾名思义,他的工作是整理秘阁图书,补足阙文。这时,朝廷以为"晋氏一代,自始至终,竟无一家之史",又派给他一个撰写《晋书》的任务。在刘义隆,也许想通过撰《晋书》,看看灵运对刘宋的真正态度,而灵运也看到皮里阳秋,深知其中的奥妙,还他一个敷衍塞责,"粗立条流,书竟不就"〔九四〕。

不久,灵运迁了侍中。从表面上看,刘义隆待他总算不错,"日夕引见,赏遇甚厚",但是在骨子里,却把他看作檀道济跟前拿鹅毛扇的家伙,是一个不稳分子,无法取得信任的人。元嘉四年(四二七;这年,灵运四十三岁)二月,宋文帝"行幸丹徒,谒京陵"〔九五〕,游北固山。灵运也是随员之一,曾写了一篇《从游京口北固应诏》诗。到这时,灵运已经看得清清楚楚,文帝没有真诚实意待他,不过是一种羁縻手段,而自己倒成了一个不折不扣的弄臣。因此,他经常发牢骚,说怪话。就是在应诏诗里,也透露着不满的情绪,他故意把道(自然)和名教对立起来,说"事为名教用,道以神理超",表明他虽身为宋朝的命官,而思想却应超越刘姓天子统治的范围。至于"顾己枉维縶,抚志惭场苗。工拙各所宜,终以反林巢"〔九六〕,则直率地说出他将不再受利用,仍旧要归隐山林了。

一朝天子一朝臣,自刘义隆亲政,徐、傅、谢、檀的政军同盟被击破以后,政权又落到王昙首、殷景仁等的手里。就社会声望和门阀地位说,他们当然比不上谢灵运,但他们都是刘义隆所亲信的旧日僚佐,岂有不"并见任遇"的。灵运眼看他专政之想又成画饼,一面采用谢混的老办法,加强了和檀道济的联结,以便进一步和王、殷等斗争,全国军队绝大部分在檀道济的掌握中,有挤垮王、殷等的实际力量;一面用消极的游娱,表示对朝廷的不满。《宋书》本传说:

> 灵运意不平,多称疾不朝直。穿池植援,种竹树堇,驱课公役,无复期度。出廊游行,或一日百六七十里,经旬不归。既无表闻,又不请急。

灵运的这种种行动,在殷、王看来不但是目无纲纪,而且志存颠覆:此可忍,孰不可忍,必须加以严厉地制止。而刘义隆考虑到灵运的社会威信过高,还没有明显的逆迹,所犯的又都是一些芝麻绿豆的小事,不便使性发作,就派人暗示他,要他自己主动地提出辞职归养。于是,谢灵运就向刘义隆上了一道表,推说有病,请求去官。刘义隆提笔便批,准他请假回会稽休养。

灵运在将起程回会稽时,上书劝伐河北。(书见《宋书·谢灵运传》,文长不录。)在上书里,他对当时的南北局势作了一番分析，指出目前最有利于收复河朔失地。这并不是灵运喊着热闹热闹，无病呻吟，而是代表着千万人民群众唤出统一祖国的要求，是个坚强如山的不可动摇的意志。当然，灵运这番慷慨上书，是爱国主义思想指导下的一种表现。但是，他在堂皇冠冕的前提下别有用心，也是一个不可否认的事实。这时，刘宋皇朝的军事力量掌握在檀道济的手里，而他原为徐傅集团的骨干分子，不能取得刘义隆真正的信任，朝廷怕他反叛，他怕朝廷诛戮，彼此猜惧疑虑，相互提心吊胆。灵运的劝刘义隆北伐，他的不可告人的目的在于：一方面想借发动收复失地的对外战争，消除朝廷和檀道济之间的火并危机；另一方面是为檀道济找寻一个有利的机会，以便火中取栗，使他在对外战争中既可壮大军事力量，又可增高社会威望，制造内轻外重的局面。灵运明知王、殷等的政治感触是十分敏锐的，刘义隆也不是不识世故的傻瓜，生怕弄巧成拙，一直不敢上陈北伐的建议。现在，趁着请假东归，于临行前放他一炮，看看有什么反应再说。

元嘉五年（四二八；这年，灵运四十四岁）春，清明时节〔九七〕，灵运整驾辞京，向着天那一边白云底下的故乡归去。

灵运再回会稽，依然狂放，"游娱宴集，以夜续昼"。给御史中丞傅隆弹奏一本，得了个"免官"处分，他落得无官一身轻。之后，便在始宁墅住着，与族弟惠连及何长瑜〔九八〕、荀雍〔九九〕、羊璿之〔一〇〇〕等，在一起喝酒吟诗，所谓"以文章赏会，共为山泽之游",当时的人称他们为"四友"。这时,灵运住在南山新居,和惠连的家相隔好些路,所以灵运在《酬从弟惠连》诗中有"凌涧寻我室,散帙问所知"的话。灵运对这段"悟对无厌歇"的生活,认为是过得十分酣畅的,《酬从弟惠连》诗写道:"夕虑晓月流,朝忌曛日驰",在当时已有"时不我与"的惘然之感。这样的生活似乎过得不太长,它以惠连的进京而中断。

灵运既承继了父、祖的偌大产业,自己手里又有一番添置,自然财富雄厚,僮奴众多;开销也吓人的庞大,单是靠他吃饭的义故门生就有数百人呢!他家居时,还是以游山玩水作消遣,正如《宋书》本传所说的:"寻山陟岭,必造幽峻,岩障千重,莫不备尽。"他出游时,爱戴曲柄笠[一〇一],"常着木履,上山则去前齿,下山去其后齿"[一〇二]。有一次,他带了从者数百人,从始宁县南山,砍伐树木,开辟路径,一直到临海地界[一〇三]。临海太守王琇大吓一跳,不知哪里杀出这么多的山贼,弄得惊惶失措,后来知道是灵运游山,一颗鹿跳的心才得到安定。灵运是一个大大有名头的人,王琇不免应酬一番,灵运约他同游深山,琇没有答允。灵运赠琇诗中,有"邦君难地崄,旅客易山行"的话,就是指这件事说的。

在晋宋时代,地主阶级贪婪无厌地进行着土地兼并,就全地区(南中国)的范围说是一种普遍的现象,而情况则以会稽最为严重[一〇四]。灵运自免官后,致富思想比以前更加强炽了,也许未能免俗吧,就以豪右的姿态出现,带着数以百计的手下人,目光炯炯,到处端详着有否可供掠夺的目的物。他在游山的美名的掩饰下,看到山中有好材木,便胡砍乱伐,据为己有。又不间歇地发动功役,借"凿山浚湖"为名,封略湖山,霸占田地,不免要做下一些"妨民害治"的事情。会稽城外的东面,有个回踵湖,灵运看中了,向朝廷提出请求,他要排除湖中的蓄水,把它辟为良田。刘义隆把这事往地方官头上推,命令会稽郡守酌情办理。太守孟𫖮因回踵湖去郭很近,水产又很丰富,如果为一家一姓所独占,将会影响到部分郡民的生活,坚执不与。接着,灵运又求始宁县的岯崲湖为田,又遭到孟𫖮的反对。灵运自然动了肝火,说孟𫖮"非存利民,正虑决湖多害生命"。就在言论中,对孟𫖮展开毁伤性的攻击。

　　孟𫖮是孟昶的阿弟,跟刘穆之的关系极密切[一〇五],在政治上恰好是灵运的反对派,他们早就处于敌对的地位。孟𫖮事佛精恳,是当时佛教界的大檀越,他因钦慕慧览,替他在钟山定林寺造禅室[一〇六],昙摩蜜多跟他同游浙右,就在鄞县(宁波)建寺[一〇七];遣使迎接超进,把他安置于山阴灵嘉寺[一〇八];又于余杭造方显寺,请僧诠住持[一〇九];出守会稽,曾固请置良耶舍同行[一一〇];又提倡译经事业,觉贤译《华严经》,他和褚叔度为檀越[一一一]。灵运和孟𫖮虽同为佛教的信徒,但在佛学思想上却有很大的分歧,灵运是以阐扬道生新创的顿悟说为己任的人,而孟颛可能是持渐悟说者。灵运曾经对孟颛说过：

> 得道应须慧业,丈人〔一一二〕生天当在灵运前,成佛必在灵运后。

在表面上看来,这是一句俏皮话,灵运有意连皮带肉地挖孟颛一下,以别人的痛苦作为自己的欢乐泉源。其实,就这句话的思想内容说,是十分严肃的。这里所说的"慧业",大概就是顿悟的意思。"成佛"就是"涅槃",而"涅槃"与"般若"是一件事的两面,"涅槃"是"般若"所得的境界,而"般若"是"涅槃"所具的智慧。照主顿悟说的灵运看来,"寂鉴微妙,不容阶级",就是说理既不可分,道也不是今天修一部分明天修一部分所能得。因此,灵运觉得孟颛的磨砖成针的做法是可笑的,要成佛是不可能的。这句话体现了唯心主义哲学中两个不同派系即佛家"顿悟"与"渐悟"之争。

灵运在会稽郡城的时候,曾经和王弘之一班人,到千秋亭游玩,喝饱了老酒,把身上衣服脱光,赤条条一丝不挂地大叫大喊,嬉笑怒骂。孟颛受不了灵运等这种带有挑衅意味的放浪举动,便派人前往干涉,灵运大怒说:"身自大呼,何关痴人事!"

灵运和孟颛过去既有政治和思想上的对立,现在又发生了许多摩擦,仇隙一天天地增深,双方已到短兵相接的境地。灵运家人（也许是谢玄的旧时部曲）数百，在地方上极有势力，或者已对孟𫖮出言不逊，甚或做过示威性质的活动。孟𫖮也不甘示弱，索性来个一不做二不休，把"灵运横恣，百姓惊扰"的事实加以扩大，并给他戴上一顶"异志"的帽子，就一面向中央报告（上表），说灵运在造反；一面调动军队布防，以"露板"（布告）公布灵运反状。（孟𫖮的这种做法，很可能是刘义隆等授意的。）孟𫖮确实做得很辣手，灵运也着慌了，他知道这事万万畏避不得，只有横着心肠硬顶才有生路，赶忙连夜进京，用自动投案的办法表明自己并没有造反。当他经过山阴（会稽郡治）时，街头巷尾都放了哨，武装部队沿路巡逻，如临大敌。孟𫖮虽然没有动灵运的手，来个先斩后奏，但情势的紧张，有点使人透不过气来。

灵运到了建康，即诣阙上表，说：

臣自抱疾归山[一一三]，于今三载。居非郊郭，事乖人间，幽栖穷岩，外缘两绝，守分养命，庶毕余年。忽以去月二十八日，得会稽太守臣𫖮二十七日疏云："比日异论喧嗷，此虽相了，百姓不许寂默，今微为其防。"披疏骇惋，不解所由，便星言奔驰，归骨陛下。及经山阴，防卫彰赫，彭排马枪，断截衢巷，侦逻纵横，戈甲竟道，不知微臣罪为何事。及见𫖮，虽曰见亮，而装防如此，唯有罔惧。臣昔忝近侍，豫蒙天恩。若其罪迹炳明，文字有证，非但显戮司败，以正国典，普天之下,自无容身之地。今虚声为罪,何酷如之! 夫自古逸谤,圣贤不免,然致谤之来,要有由趣。或轻死重气,结党聚群;或勇冠乡邦,剑客驰逐。未闻俎豆之学,欲为逆节之罪;山栖之士,而构陵上之衅。今影迹无端,假谤空设,终古之酷,未之或有。匪吝其生,实悲其痛,诚复内省不疚,而抱理莫申。是以牵曳疾病,束骸归款。仰凭陛下天鉴曲临,则死之日,犹生之年也。臣忧怖弥日,赢疾发动,尸存恍惚,不知所陈!

在这道表里,"未闻俎豆之学"的一段话,说得十分俏皮,又近人情又动听。刘义隆觉得孟𫖮这样的做法,有些近乎幼稚,为了顾全视听,不好办灵运叛逆的罪名,便悄悄以"见诬"二字销案。顺便把灵运留在京里,就近察看。这一年是元嘉七年(四三〇)[一四],灵运四十六岁。

也是无巧不成话,当灵运被迫入京时,北凉玄始十年(刘宋武帝永初二年,四二一)昙无谶译的《大般涅槃经》,恰好传到建康[一五]。当时南方的名僧如慧严、慧观等,都认为这个译本"品数疏简",文字又过于朴质,对于初学的人,"难以措怀",倡议加以修改[一六]。谢灵运既为佛教界的大檀越,又是学术界的名流,文章写得漂亮不用说,语言训诂学也极有根柢[一七],能够有这样优越条件的人物参加工作,真是译经事业的荣幸。因此,慧严等便拉他同修《大般涅槃经》;而灵运也因此经和道生一系的说法相符合,很兴奋地接受了这个任务。他们依法显所得的《泥洹》六卷本,将北本前五品分为十七品,对于不生动的文字,也略加点窜[一八]。《大般涅槃经》原为四十卷,世称北本;经谢灵运等修改后,成为三十六卷,世称南本。南北最大的差别是前五品品目的不同,文字上修改得不太多[一九]。

元嘉八年(四三一;这年,灵运四十七岁)的春天[一二〇],灵运出任临川内史。他从石首城[一二一]出发,乘船溯江西上,跟亲友们分别时,想起前回方山送行的情况,历历如在目前,不觉动了感慨:"重经平生别,再与朋知辞!"[一二二]

一路上,风涛奔腾,洲岛回合,他对于水上的旅途生活,着实有点厌倦。灵运把谗人罗织的手法,比作熟练技工的织作文锦,那么挖尽心思地凭空制造,自然可以翻出许多为神鬼所惊叹的新花样。这回,他虽说幸而没有断送老头皮,但已清楚地意识到自己的前途,恰与目前江上这一叶小舟相似:"故山日已远,风波岂还时。迢迢万里帆,茫茫终何之?"如此随波飘荡,总不会有好的归宿。由于他自己身世的坎坷,便怀想起古时在江畔行吟的屈原,同情着他的沉痛遭遇,彼此所处的时代虽不相同,而怀才被逐的境况可说一样;屈原思恋郢都(湖北江陵),灵运回忆故园,都为归虑所萦,都有满腹的诉说不完的愤懑。当灵运捱不过这种凄苦思绪侵袭时,也曾强颜作欢,或促管抚弦,借音乐抒写感情；或攀崖牵叶，以登临排遣愁闷。但是，一曲歌罢，思念的心情更切；而游览名胜古迹的结果，也往往带来事往言存的空虚〔一二三〕。

灵运在初发石首城时，就存着此行必须快游一番的打算，所谓"游当罗浮行，息必庐霍期。越海陵三山，游湘历九嶷"。他到临川后，果然把政事丢在脑后，"在郡游放，不异永嘉"。因为不恤民事，又给监察官纠弹。元嘉九年九月之前〔一二四〕，司徒刘义恭便以莫须有的罪名，派遣随州从事郑望生到临川逮捕灵运。灵运这时等于一只被关上门儿打的狗，被迫得走投无路，在情势危促时，便铤而走险，来一个出于无奈的反噬，不管三七二十一，反而把郑望生捉了起来。灵运在意气用事之下，也不考虑一下他在客观上具备叛逆的条件没有，居然对抗朝廷，兴兵自卫。这个拒捕性质的似同儿戏的叛乱，军事规模自然很微小，组织力量也极其薄弱，在刘宋政府以全力追讨之下，很快地就被扑灭了。灵运也无处可逃，终于被擒，或即被押回建康，送廷尉治罪。廷尉奏："灵运率部众反叛，论正斩刑。"在灵运的定罪问题上，刘氏皇室内部曾有不同的意见，刘义隆采取缓和的做法，借"爱其才"的漂亮话，暂时保全他的性命，予以免官的处分，再找错儿开他的刀；而彭城王刘义康却并不讲究杀的技术，认为不宜再加宽恕，爽快一干二净就此将他杀掉，所以坚持廷尉的奏请。最后，刘义隆大概考虑到把事情做得太赤裸，要引起士族的舆论的攻

击,乃回环转节地下诏说:

> 灵运罪衅累仍,诚合尽法。但谢玄功参微管,宜宥及后嗣,可降死一等,徙付广州。

大约是元嘉九年,"岁亦告暨"(《孝感赋》语)的时节,灵运带着家小,经庐江,出彭蠡,逾大庾而赴广州。在路上,他写下《岭表赋》。到广州,又写了《感时赋》。在《感时赋》中,流露着一种清晰的预感:觉得刘义隆这个看来仁至义尽的处分,并不足以说明自己的事儿已经了结,而恰恰相反,它正意味着真正不幸的开始。

接着,刘义康等即进行杀着的部署。秦郡府将宗齐受,因事到涂口去,行经桃墟村,看见七人在小路上没边际的瞎扯。齐受觉得这伙人的行动鬼祟,十九是歹徒。"还告郡县,遣兵随齐受掩讨",经过一番格战,将他们一个个活捉,丢在监牢里。其中有个叫赵钦的盗犯,山阳县人,他供说:

> 同村薛道双,先与谢康乐共事。以去九月初,道双因同村成国报钦云:先作临川郡、犯事徙送广州谢,给钱令买弓箭刀楯等物,使道双要合乡里健儿,于三江口篡取。谢若得者,如意之后,功劳是同。遂合部党,要谢不及。既还饥馑,

缘路为劫盗。

赵钦的这套口供，很可能出于刘义康爪牙的示意的扳诬。有司就根据赵钦的口供，奏请依法收治。刘义隆看到事机已酝酿成熟，可就不客气了。诏于广州行弃市刑，一代学人就此血染黄土。灵运本是个美须公，临刑时，把他的美须施为南海祇洹寺维摩诘的胡须[一二五]。还作了一首诗，说：

  龚胜无余生，李业有终尽。嵇公理既迫，霍生命亦殒。凄凄凌霜叶，网网冲风菌。邂逅竟几何，修短非所愍。送心正觉前，斯痛久已忍。恨我君子志，不获岩上泯！

从"斯痛久已忍"这句诗中，可以看出灵运早就预料到他总有一天要走到这个惨痛不堪的地步。这一年是元嘉十年（四三三），灵运年四十九岁。

  概括地说，谢灵运一生的政治活动，可以分为三个阶段。第一阶段，他追随着刘毅、谢混反对刘裕的集权和篡晋，虽不算刘谢集团的主要角色，倒也尽了一点摇旗呐喊的力量。刘、谢失败后，由于刘裕实施团结士族的政策，他总算没有遭受严重的打击，但也无法泯除这条政治上的鸿沟。第二阶段，在宋受晋禅后，灵运为了王谢旧族的利益，他不能不钻到刘氏皇室的内部，跟有可能继承皇统的刘义真拉上了关系,为获取政治权力铺平了道路。又由于刘裕的死,刘宋皇朝幼主与顾命功臣之间发生了尖锐的斗争,徐、傅等为了持久秉权,不惜杀义符、义真,灵运因为是义真的入幕之宾,也尝到一点倾轧的滋味。第三阶段,在刘义隆诛徐、傅等后,灵运为了和王昙首、殷景仁辈争专政的利益,又和檀道济穿裤连裆的,想用刘裕发迹的故智,借北伐的好事组织和集中军事力量,制造内轻外重的形势。檀道济原为徐傅集团的重要人物,刘义隆把他拉过来,不过一时利用,并不以推心置腹的亲信看待〔一二六〕。自谢晦的势力被击溃后,刘宋的军事力量即在檀道济的掌握中,刘义隆已不能高枕无忧,又加上灵运这种鲜花丛中藏着毒蛇的做法,刘氏皇室不能不采取严厉镇压的手段。对檀道济既暂时不便发作,只有设法先对付为他划策的谢灵运。他们用杀大臣的老一套办法,即先布置告密,借故免官削爵;再逼你表现一些可以算得上叛逆的行为,而予以逮捕法办;又假仁假义地降死外徙,废为庶民;再给你套上一个圈子,随便撮点罪名在头上,于是水到渠成,一刀杀脱。谢灵运就在这个办法下,被刘义隆有计划、有步骤地干掉。《南史·谢灵运传论》说:"灵运才名,江左独振,而猖獗不已,自致覆亡。"所说的"猖獗不已",不能理解作"狂放"或"傲物"这一类的行为,应该指他在政治上对刘氏政权一贯表现不老实的态度而说的,只有这样认识才不致为表面现象所迷糊,才能接触到问题的核心和本质。其实灵运的真正罪状，不过"志凶辞丑"四字（见注八五），所谓"志凶"，就是为檀道济想出对刘氏皇权含有倾覆性的自安之计；所谓"辞丑"，就是以言论影响和破坏朝政。灵运一贯地为反对刘氏皇权而"猖獗"，不能说他不识时势，看不清当前政局的发展形势，有意地想表现一下只手挽乾坤的本领；他从士族，尤其是谢家切身的利益上考虑，必然要走上这样的一条道路。灵运在临川被收时，写诗道：

韩亡子房奋，秦帝鲁连耻。本自江海人，忠义感君子。

要说他忠于晋室，是谁都不会相信的。但是，因为晋室的灭亡，改朝换代的结果，给士族带来了许多不利，因而产生一种喜旧怨新的思想感情；到穷途末路时，难怪要写出这样的诗。灵运的被杀，是晋宋时代统治阶级内部斗争，即新兴军阀势力和豪门世族在斗争过程中必然要发生的悲剧。

灵运被徙广州时，他的儿子凤、孙子超宗同到岭南。凤早亡。超宗，元嘉末年得还。超宗的思想性格，简直和灵运没有两样。他"好学有文辞，盛得名誉"，宋齐之际，在文学艺术界有很高的地位。因张敬儿事被株连，徙越嶲（四川西昌），行至豫章（南昌），被迫自尽。超宗二子，才卿、几卿。才卿早卒，子藻。几卿，是个"博学有文采"的人，详悉故实，在齐梁间，声名籍甚。

(超宗、几卿,《南史》卷十九有传,请参看。)

关于灵运的生平事迹,因为搜集不到更多的材料,就不可能作较有系统又有重点的叙述;只能就所知的一些零星的片断记载,绘出这样一个不够完整的历史形象的轮廓。接着,就谈谈他在文学、艺术方面的成就和思想、著作方面的情况吧!

灵运的父亲谢瑍是个凡庸的人,在谢家势力炙手可热的太元时代,他也默默无所表现,给人以没出息的印象。而灵运呢,幼便颖悟,聪明绝顶,谢玄对他孙儿的"小时了了",在惊异中迸出虹采的喜悦,曾对亲知们说:

我乃生瑍,瑍那得生灵运!〔一二七〕

老祖父的锐利眼光,第一个看出灵运是个天才。

一个天才,必须经过相当的教育和锻炼才有成就。从主观意志来说,"灵运少好学,博览群书",他肯下苦功夫啃书本子,很有努力向学的精神。再从客观的时代、环境说,对天才的灵运的造就,更提供了许多极其有利的条件。

在谢灵运时代,文化科学界一点也不沉寂,文学界,陶渊明在写着冲淡闲远的诗作,颜延之也在创作铺锦列绣的篇什,谢混、谢惠连又正为山水诗的发展作出一定的努力和贡献,刘义庆编撰了名著《世说新语》;艺术界,宗炳使山水画得到了独立的地位,王凝之等以书法名世;史学界,范晔完成了大部头的《后汉书》写作,裴松之替陈寿《三国志》作了极有价值的注;科学界,何承天革新了历法,祖冲之在机械工程方面留下许多新发明;思想界,道生创立了顿悟说,僧肇发表了《物不迁》、《不真空》诸论文;翻译界,昙无谶、鸠摩罗什等译出了大量的佛教经典,在这样一个百花齐放的时代,它给谢灵运的启发和影响是极为重大的。

在封建社会里,被统治、被压迫的劳动人民吃不饱穿不暖,极少受教育的机会,文化学术是统治阶级的专利品。当时的谢家,是社会上数一数二的高门,富埒帝皇,有钱为子弟敦聘名师,家里又富有藏书,而子弟们也就在饱暖多暇中养成一种读书的风气。他们有闻名的乌衣诗酒之游,有时通过评论古人的优劣,而从中吸取"立身处世"的教训[一二八];有时在衡量自家人的抱负,也有不同的看法[一二九];有时以寻摘《毛诗》、《楚辞》的佳句的方式,进行测验文学欣赏的程度从而提高写作技术[一三〇];有时跟宾客谈论名理,不是整天废餐,就是通宵不眠[一三一]。灵运的天才,在这样良好的家庭环境中得到了培养和发展。他在长辈谢混谆谆教诲下,在兄弟宣远等如琢如磨中,终于达到"文章之美,江左第一"的地步。灵运是个天才诗人,没有人不承认吧[一三二]?他自己也觉得他是天才,曾说:"天下有才一石,曹子建独得八斗,我得一斗,自古及今共分一斗。"在这个颇饶风趣的天才分配论中,他是何等地推崇建安诗人曹植,又多么地自负不凡啊！虽然有人觉得他识不足[一三三]，但究竟无损于才有余。

不错，灵运的诗篇是划时代的，他在中国诗的发展史上开创了山水诗的优良传统，留下不可磨灭的业绩（关于这方面请参看本书前言，不复重说）。就文章说，也是晋宋间的大手笔，作品如《撰征赋》《山居赋》《辨宗论》《远法师诔》等，都是一代巨制，不愧为一大文豪。

灵运不仅是诗翁文豪，而且是书画家。谢家着实出过一些能书善画的人，在灵运的前辈中，谢尚、谢安、谢万兄弟都是工书的，而尤以谢安为知名。谢安的书法是跟大名鼎鼎的王羲之学的，羲之曾对他说："卿是解书者，然知解书者尤难。"可见谢安在字的艺术上的高度造诣，已获得羲之心神上的默契。谢安的字，以行书最为当行出色，隶书、草书也很好，被唐张怀瓘评为"妙品"[一三四]。尚、安、万是谢玄的父辈，灵运出世时，均已先后去世，已不及亲承教诲了。而谢道蕴、谢方明也是善书的[一三五]，为灵运所及见，当不乏亲炙的机会，受到一定的影响。再说，灵运的母亲刘氏，是王献之（字子敬，羲之的儿子）的外甥，耳提面命，教益更深。梁虞龢说他"能书而特多王法"[一三六]，不是无稽之谈，而是根据一定的历史事实说的。可见灵运的擅长书法，是有家学渊源的。南齐王僧虔《论书》说：

谢灵运书乃不伦，遇其合时，亦得入流。昔子敬上表，

> 多于中书杂事中,皆自书,窃易真本,相与不疑。元嘉初,方就索还。上谢太傅殊礼表,亦是其例。亲闻文皇说此。(张彦远《法书要录》卷一引)[一三七]

这说明了谢灵运的字是循着王献之、谢安的路子学的。灵运曾以自己的仿制品调换子敬的真迹,当时的人竟辨认不出,可见学得到家了。灵运在二十岁左右,他的书法就已博得社会名流的极口称赏了。有一次,谢瞻(宣远)作了一首《喜霁诗》,灵运手书,谢混朗诵,被在座的王弘称为三绝[一三八]。

灵运既作得一手好诗,又写得一笔好字;他的诗文初稿经过修改后,由自己亲手誊写,被宋文帝誉为二宝。刘义隆本身是个书家,又有帝皇之尊,要不是灵运的诗书"皆兼独绝"的话,是不会轻易地加上这样高的评价的。

灵运又是一个能画的人,可惜人间已找不到他的作品了。唐会昌五年后,浙西甘露寺天王堂外壁,还存有谢灵运画的菩萨六壁[一三九]。这则记载极其简寥,不能判断灵运除画人物外,是否也画山水?现在,既没有遗迹可供欣赏,又缺乏文献以资参考,关于他的画的艺术水平,也就无从估计了。

灵运的思想怎样呢?简单地说,他的思想包括着儒、道、佛三家思想的成分,而以道家思想为主。

自汉武帝"黜百家,尊儒术",儒家的思想占了统治地位。之后，中国的读书人（知识分子），没有不受儒家思想的影响的。灵运自幼即读"圣贤"书，他的思想中含有儒家思想的成分是不用说的了。灵运常说："六经典文，本在济俗为治；必求灵性真奥，岂得不以佛经为指南耶！"〔一四〇〕十分明显，他认识到"在济俗为治"上，儒家的思想是能够更好地为统治阶级服务的。

晋宋之际，由于士族的渐趋没落，玄学之风稍稍戢止，而流风余韵犹存。自太元以后，谢家可以说是玄学的堡垒，谢安、谢玄是当时极负盛名的玄学家，《世说新语》中很有一些关于他们谈玄说理的记录。魏晋时代的玄学，是老庄哲学的继续和发展。老庄的思想，是经过名家而又超过名家的。因此，名家之学，就玄学家说是一门必修的课程。谢安年少时，曾向阮裕请教过《白马论》〔一四一〕；谢玄对于名学，也有湛深的研究〔一四二〕。《世说新语·文学》篇刘孝标注引《谢玄别传》说："玄能清言，善名理。"所谓"善名理"，就是《庄子·天下》篇注说的"能辩名析理"。在玄学方面，灵运是接着他祖父谢玄的传统的，他对《老》、《庄》、《易》固然很有心得，于名家之学也极有底子。因此，灵运跟他的祖父一样，是个"能清言，善名理"的人。因为他有过逻辑训练，学会了分析事理，又有高度的文化修养，知识十分渊博，一张嘴会讲会说，得到"辩博"的称誉。有一次，跟王惠谈论，辞义锋起，获得荀伯子的赞美，至以"万顷陂"比拟他的才辩〔一四三〕。谢家可够得上说是"玄学世家"，从谢玄到灵运，又到灵运的曾孙几卿，六七代都以"长玄学"见誉当世〔一四四〕。毫无疑义，道家思想对灵运思想的影响是极深的，灵运的整个世界观中，道家思想的成分，它的比重可能大于儒、佛二家的思想。

灵运的一生，和佛教徒可以说真有因缘，他和慧琳友善，同为刘义真的入幕之宾；曾见慧远于匡庐，为凿流池；同法勖、僧维遨游永嘉，徜徉山水之间；与昙隆、法流共游崿嵊，认为是"一日千载"的欣遇。灵运耽味释典，对佛典曾下过一些功夫，著《辨宗论》，阐明道生的顿悟说；与慧严等修改《大般涅槃经》，又尝注《金刚般若》〔一四五〕，这些都说明他对佛学也做出过一定的成绩。不过，他研究佛学的目的，似乎在于吸收佛经中的玄理来扩充玄学的领域，为清谈投下一注资本。因此，就佛教哲学的发展上说，他并没有留下什么值得注意的贡献。他对佛教的真正功绩，却在于光大佛法这方面。在晋宋之间，灵运是清信檀越八百许人中的领袖人物〔一四六〕。由于他的竭力提倡涅槃之学、顿悟之说，引起了当时学术思想界对这些问题的注意，掀动了论争的浪潮。因此，灵运与晋宋之际的佛教有极其深密的关系，而他的思想也很自然地添注了佛家思想的成分了。灵运的《辨宗论》，是一篇很有价值的论文，它的主要内容，是发明道生的顿悟义〔一四七〕。在灵运这个时代里，有一部分佛学家讲佛学，多用《老》《庄》书中的"有"与"无"、"动"与"静"、"无为"与"有为"等观念，他们认为佛家的"真如"与"生灭法"恰当道家哲学中的"有"

与"无","常"与"无常"恰当道家哲学中的"动"与"静","涅槃"与"生死"恰当道家哲学中的"无为"与"有为",因此他们所讲的佛学,带有很浓郁的玄学气息。僧肇的《肇论》,就是这一类佛学家的作品的代表。僧肇的《物不迁论》拟统一动与静的对立,《不真空论》拟统一有与无的对立,《般若无知论》拟统一有为与无为的对立。当时的佛学大师为了更有效地宣传佛家思想,采取配合士大夫们口味的做法,是十分明智的,也获得相当的效果。事实很为明显,灵运的《辨宗论》就是在深受其影响下产生的。他企图通过顿悟说的阐述,找出理论根据来折中孔、释,把佛家和儒教的对立统一起来,这就是他写《辨宗论》的目的。(《辨宗论》是一篇哲学论文,与文学甚少关系,它所讨论的问题,没有在此详说的必要。)

概括地说,灵运的思想成分虽然很庞杂,儒、道、佛三家的思想都有,但就他的思想本质说,他是一个彻头彻尾的唯心主义者,并在宣扬和发展唯心主义思想方面,作过相当的努力,也起过一定的作用,《辨宗论》就是强有力的说明。

灵运是诗翁、文豪、艺术家,又是哲学大师,他写了许多作品,真够得上说著作等身。他的著作见于著录的,计有下列二十一种:

(1)《要字苑》一卷 《隋书·经籍志》一著录,已佚。

(2)《晋书》三十六卷 《隋书·经籍志》二、《旧唐书·经籍志》上、《新唐书·艺文志》二均著录,已佚。《初学记》、《太平御览》引有数则。倘《太平御览》系直接引用原书的话,则此书宋初尚存[一四八]。

(3)《游名山志》一卷　《隋书·经籍志》二著录,已佚。现有辑本[一四九]。

(4)《居名山志》一卷　《隋书·经籍志》二著录,已佚。

(5)《赋集》九十二卷　《隋书·经籍志》四著录,已佚。

(6)《诗集》五十卷　《隋书·经籍志》四、《旧唐书·经籍志》下、《新唐书·艺文志》四均著录,已佚。

(7)《诗集钞》十卷　《隋书·经籍志》四、《旧唐书·经籍志》下、《新唐书·艺文志》四均著录,已佚。

(8)《杂诗钞》十卷,录一卷　《隋书·经籍志》四著录,已佚。

(9)《诗英》九卷　《隋书·经籍志》四著录,已佚。《旧唐书·经籍志》下、《新唐书·艺文志》四作十卷。

(10)《回文集》十卷　《隋书·经籍志》四著录,已佚。《旧唐书·经籍志》下、《新唐书·艺文志》四均作《回文诗集》一卷。

(11)《七集》十卷　《隋书·经籍志》四、《新唐书·艺文志》四均著录,已佚。

(12)《设论连珠》十卷　《隋书·经籍志》四著录,已佚。《旧唐书·经籍志》下、《新唐书·艺文志》四均作《设论集》五卷,

《连珠集》五卷。

(13)《策集》六卷 《旧唐书·经籍志》下著录,已佚。

(14)《晋元氏宴会游集》四卷,伏滔、袁豹、谢灵运等撰《旧唐书·经籍志》下著录,已佚。

(15)《新撰录乐府集》十一卷 《旧唐书·经籍志》下著录,《新唐书·艺文志》一作《新录乐府集》十一卷,已佚。

(16)《四部目录》 《隋书·经籍志序》说:"宋元嘉八年,秘书监谢灵运造《四部目录》,大凡六万四千五百八十二卷。"阮孝绪《七录序》说:"宋秘书监谢灵运、丞王俭,齐秘书丞王亮、监谢朏等,并有新进,更撰目录。宋秘书殷淳撰《大四部目》。俭又依《别录》之体,撰为《七志》,其中朝遗书收集稍广,然所亡者犹大半焉。"(《广弘明集》卷三,《大正藏经》第五十二卷,页一〇九)

(17)《十四音训叙》 见《高僧传》卷七《慧叡传》,已佚。参看本传注〔一一七〕。

(18)《金刚般若经注》 见《文选》李善注及《广弘明集》引《金刚经集注序》,已佚。参看本传注〔一四五〕。

(19)《大般涅槃经》三十六卷 现存,收入《大正藏经》第十二卷。

(20)《补谢灵运诗集》一百卷,宋侍中张敷、袁淑补 《隋书·经籍志》四著录,已佚。

(21)宋临川内史《谢灵运集》十九卷 已佚,现有辑本。参看《前言》六。

灵运的著作不能算太少,而几乎全部散亡,这是诗人身后的不幸,也是我们文学艺术界的一大损失。但是,就现存的一鳞半爪看来,他的诗文简直像幽蓝天际的一颗明星,永远发着瑰丽的光彩。

### 注释

〔一〕《宋书·谢弘微传》说:"灵运,小名客儿。"《南史·谢弘微传》也说:"客儿,灵运小名也。"

〔二〕梁虞龢《论书表》说:"谢灵运母刘氏,子敬之甥,故灵运能书,而特多王法。"(张彦远《法书要录》卷二引)

〔三〕《宋书》、《南史·谢灵运传》都没有记载他的生年,只说在广州被杀,"时(宋)元嘉十年(四三三),年四十九"。据此推算,故知生于太元十年。

〔四〕此节根据钟嵘的记载,《诗品》卷上谢灵运条说:"初,钱塘杜明师夜梦东南有人来,入其馆。是夕,即灵运生于会稽。旬日而谢玄亡。其家以子孙难得,送灵运于杜治养之。十五方还都,故名客儿。"文中说"旬日而谢玄亡"是错的,大概是谢安的误记。司马光《资治通鉴》及《晋书·谢玄传》,都说太元十三年正月,玄死于会稽,时灵运已四岁。据《通鉴》的记载,谢安卒于太元十年八月二十二日,恰好与钟嵘的说法相合,可证钟嵘记错了人。

〔五〕《宋书·谢弘微传》说:"(混)常云:阿远刚躁负气,阿客

博而无检。"(《南史·谢弘微传》同)

〔六〕《诗品序》说:"谢客为元嘉之雄,颜延年为辅。"

〔七〕谢灵运《道路忆山中》诗说:"越客肠今断。"

〔八〕见《宋书·谢灵运传》。丘渊之《新集录》曰:"灵运,陈郡阳夏人。"(见《世说新语·言语》篇刘孝标注引)

〔九〕《文选》卷三十八,任彦昇《为萧杨州作荐士表》李善注引。按灵运死于元嘉十年,上距刘宋立国不到二十年,在这个时期里,未闻宋政府和私家有修《宋书》的事情;如系徐爰、沈约等修的《宋书》,又为灵运所不及见,如何能为作序?而灵运曾修《晋书》,这两句话又体现了两晋时代门阀社会的实际情况,"宋书序"可能是"晋书序"之误。惟李善此注为单文孤证,没有别的文献可资参考。

〔一○〕东方八郡,据《通鉴·晋纪》隆安三年所载,为会稽(浙江绍兴)、吴郡(江苏苏州)、吴兴(浙江湖州)、义兴(江苏宜兴)、临海(浙江临海)、永嘉(浙江温州)、东阳(浙江金华)、新安(浙江淳安),占有江苏、浙江二省的大部地区。

〔一一〕《宋书·谢方明传》说:"孙恩重没会稽,谢琰见害,恩购求方明甚急。方明于上虞载母妹奔东阳,由黄蘖峤出鄱阳,附载还都,寄居国子学。流离险厄,屯苦备经。"(《南史·谢方明传》同)

〔一二〕《宋书·谢方明传》说:"方明合门遇祸,资产无遗,而营举凶事,尽其力用,数月之间,葬送并毕。"(《南史·谢方明传》同)

〔一三〕《丹阳记》曰:"乌衣之起,吴时乌衣营处所也。江左初立,琅邪诸王所居。"(见《世说新语·雅量》篇刘孝标注引)

〔一四〕《宋书·蔡兴宗传》说:"元嘉初,中书舍人秋当诣太子詹事王昙首,不敢坐。其后中书舍人王弘为太祖所爱遇,上谓曰:'卿欲作士人,得就王球坐,乃当判耳。殷刘并杂,无所知也。若往诣球,可称旨就席。'球举扇曰:'若不得尔。'弘还,依事启闻,帝曰:'我便无如此何!'"

〔一五〕见《南史·谢弘微传》。

〔一六〕见《南史·谢举传》。

〔一七〕见《晋书·谢玄传》。《世说新语·假谲》篇说:"谢遏(玄)年少时好著紫罗香囊,垂覆手,太傅患之,而不欲伤其意,乃谲与赌,得即烧之。"

〔一八〕《晋书·谢安传》说:"每携中外子侄,往来游集,肴馔亦屡费百金,世颇以此讥焉,而安殊不以屑意。"

〔一九〕《南史·谢弘微传》说:"上以弘微能膳羞,每就求食,弘微与亲旧经营。及进之后,亲人问上所御,弘微不答,别以余语酬之。"

〔二〇〕《南史·谢裕传》说:"景仁性矜严整洁,居宇净丽,每唾辄唾左右人衣,事毕即听一日浣濯。每欲唾,左右争来受之。"

〔二一〕《晋书·谢安传》:"性好音乐,……及登台辅,期丧不废乐。"《世说新语·任诞》篇刘孝标注引《晋阳秋》说:"(谢)尚性通任,善音乐。"

〔二二〕《世说新语·任诞》篇说:"王长史、谢仁祖同为王公掾。长史云:'谢掾能作异舞。'谢便起舞,神意甚暇。"刘孝标注引《语林》曰:"谢镇西酒后于槃案间,为洛市肆工鸲鹆舞,甚佳。"《世说新语·容止》篇说:"或以方谢仁祖不乃重者,桓大司马曰:'诸君莫轻道,仁祖企脚北窗下弹琵琶,故自有天际真人想。'"刘注:《晋阳秋》曰:"尚善音乐。"《裴子》云:"丞相尝曰:'坚石挈脚枕琵琶,有天际想。'"坚石,尚小名。

〔二三〕《宋书·五行志》:"陈郡谢灵运有逸才,每出入,自扶接者常数人。民间谣曰:'四人絜衣裙,三人捉坐席'是也。此盖不肃之咎,后坐诛。"

〔二四〕见谢灵运《游名山志》(《太平御览》卷九四二引)。

〔二五〕见张溥本《谢康乐集》卷一《答弟书》。

〔二六〕《宋书·谢瞻传》说:"灵运好臧否人物,混患之,欲加裁折,未有方也。谓瞻曰:'非汝莫能。'乃与晦、曜、弘微等共游戏,使瞻与灵运共车,灵运登车,便商较人物,瞻谓之曰:'秘书早亡,谈者亦互有同异。'灵运默然,言论自此哀止。"(《南史·谢瞻传》同)

〔二七〕《晋书·谢安传》说:"及(简文)帝崩,温入赴山陵,止新亭,大陈兵卫,将移晋室。呼安及王坦之,欲于坐害之。坦之甚惧,问计于安。安神色不变,曰:'晋祚存亡,在此一行。'既见温,坦之流汗沾衣,倒执手板。安从容就席,坐定,谓温曰:'安闻诸侯有道,守在四邻,明公何须壁后置人邪?'温笑曰:'正自不能不尔耳。'遂笑语移日。"(按《谢安传》此节,系根据《世说新语·雅量》篇桓公伏甲设馔条及刘孝标注引《晋安帝纪》、宋明帝《文章志》综合而成,因其叙述扼要,故舍原始材料而用此。)

〔二八〕关于淝水之战的经过,参看《通鉴·晋纪》太元八年。

〔二九〕关于孙恩起义经过,参看《通鉴·晋纪》隆安二年至元兴元年记载。

〔三〇〕桓玄叛乱及刘裕平定叛乱的经过,参看《通鉴·晋纪》隆安二年至义熙元年记载。

〔三一〕《通鉴·晋纪》义熙六年(四一〇)说:"司马国璠及弟叔璠、叔道奔秦。秦王兴曰:'刘裕方诛桓玄,辅晋室,卿何为来?'对曰:'裕削弱王室,臣宗族有自修立者,裕辄除之。方为国患,甚于桓玄耳!'"

〔三二〕刘裕灭南燕经过,参看《通鉴·晋纪》义熙六年记载。

〔三三〕刘裕灭后秦经过,参看《通鉴·晋纪》义熙十三年记载。

〔三四〕语见《通鉴·晋纪》义熙十三年。

〔三五〕《南史·谢晦传说》:"时谢混风华为江左第一,尝与晦俱在武帝前,帝目之曰:'一时顿有两玉人耳!'"

〔三六〕《南史·谢方明传》说:"丹阳尹刘穆之权重当时,朝野辐凑,其不至者,唯混、方明、郗僧施、蔡廓四人而已。穆之甚恨。及混等诛后,方明、廓来往造穆之,穆之大悦,白武帝曰:'谢方明可谓名家驹,及蔡廓直置,并台鼎人,无论复有才用!'"按穆之是刘裕的心腹,他的行动就是刘裕的意志;谢混等打击穆之,是反对刘裕的一种手段。自谢混、郗僧施被诛后,一方面由于方明、蔡廓的低头,一方面也由于刘裕采取了拉拢豪门的措施,方明等才得以保全性命。

〔三七〕《晋书·刘毅传》说:"毅刚猛沉断,而专肆很愎,与刘裕协成大业,而功居其次,深自矜伐,不相推伏。及居方岳,常怏怏不得志。裕每柔而顺之,毅骄纵滋甚。每览史籍,至蔺相如降屈于廉颇,辄绝叹以为不可能也。尝云:'恨不遇刘项,与之争中原。'……既出西藩,虽上流分陕,而顿失内权,又颇自嫌事计,故欲擅其威强,伺隙图裕。"《宋书·刘穆之传》也说:"穆之曰:'……刘孟诸公,与公(刘裕)俱起布衣,共立大义,本欲匡主成勋,以取富贵耳!事有前后,故一时推功,非为委体心服,宿定臣主之分也。力敌势均,终相吞咀。'"

〔三八〕《晋书·刘毅传》说:"初,裕征卢循凯归,帝大宴于西池,有诏赋诗。毅诗云:'六国多雄士,正始出风流。'自知武功不竞,故示文雅有余也。"《宋书·张邵传》说:"刘毅为亚相,爱才好士,当世莫不辐凑,独邵不往。或问之,邵曰:'主公(刘裕)命世人杰,何烦多问。'"(《通鉴·晋纪》义熙五年同)《宋书·武帝纪中》也说:"毅与公俱举大义,兴复晋室,自谓京城、广陵,功业足以相抗,虽权事推公而心不服也。毅既有雄才大志,厚自矜许,朝士素望者多归之。与尚书仆射谢混、丹阳尹郗僧施并深相结。……既知毅不能居下,终为异端,密图之。"

〔三九〕《宋书·刘穆之传》说:"义熙三年(四〇七),扬州刺史王谧薨。高祖次应入辅,刘毅等不欲高祖入,议以中领军谢混为扬州。或欲令高祖于丹徒领州,以内事付尚书仆射孟昶。遣尚书右丞皮沈以二议咨高祖。沈先见穆之,具说朝议。穆之伪起如厕,即密疏白高祖曰:'皮沈始至,其言不可从。'高祖既见沈,且令出外,呼穆之问曰:'卿云沈言不可从,其意何也?'穆之曰:'……扬州根本所系,不可假人。前者以授王谧,事出权道,岂是始终大计,必宜若此而已哉!今若复以他授,便应受制于人,一失权柄,无由可得。而公功高勋重,不可直置,疑畏交加,异端互起,将来之危难,可不熟念。今朝议如此,宜相酬答,必云在我,厝辞又难。唯应云神州治本,宰辅崇要,兴丧所阶,宜加详择。此事既大,非可悬论,便蹔入朝,共尽同异。公至京,彼必不敢越公更授余人明矣。'高祖从其言,由是入辅。"(按刘裕入辅事,《宋书·武帝纪上》、《晋书·安帝纪》、《通鉴·晋纪》都说是义熙四年。)

〔四〇〕《晋书·刘毅传》说:"毅具舟船讨之,将发而疾笃,内外失色。朝议欲奉乘舆北就中军刘裕,会毅疾瘳,将率军南征,裕与毅书曰:'吾往与妖贼战,晓其变态。今修船垂毕,将居前扑之。克平之日,上流之任,皆以相委。'又遣毅从弟藩往止之。毅大怒,谓藩曰:'我以一时之功相推耳,汝便谓我不及刘裕也。'投书于地,遂以舟师二万发姑孰。"(《通鉴·晋纪》义熙六年所载略同)从此可以看出,卢循向建康进兵时,刘毅托病观望,等刘裕提出条件,他才发兵抵抗的。

〔四一〕《通鉴·晋纪》三十七说:"刘毅固求追讨卢循,长史王诞密言于刘裕曰:'毅既丧败,不宜复使立功。'裕从之。"

〔四二〕《通鉴·晋纪》三十八说:"毅表求至京口辞墓,裕往会之于倪塘。宁远将军胡藩言于裕曰:'公谓刘卫军终能为公下乎?'

裕默然久之,曰:'卿谓何如?'藩曰:'连百万之众,攻必取,战必克,毅以此服公。至于涉猎传记,一谈一咏,自许以为雄豪,以是搢绅白面之士辐凑归之。恐终不为公下,不如因会取之。'裕曰:'吾与毅俱有克复之功,其过未彰,不可自相图也。'"《宋书·胡潘传》也说:"毅初当之荆州,表求东道还京辞墓。去都数十里,不过拜阙,高祖出倪塘会之。藩劝于坐杀毅,高祖不从。至是谓藩曰:'昔从卿倪塘之谋,无今举也。'"

〔四三〕《通鉴·晋纪》三十八说:"及败于桑落,知物情已去,弥复愤激。裕素不学,而毅颇涉文雅,故朝士有清望者多归之,与尚书仆射谢混、丹阳尹郗僧施深相凭结。僧施,超之从子也。毅既据上流,阴有图裕之志,求兼督交、广二州,裕许之。毅又奏以郗僧施为南蛮校尉,后军司马毛修之为南郡太守,裕亦许之。"郗僧施是刘毅的智囊,《晋书·刘毅传》说:"又谓郗僧施曰:'昔刘备之有孔明,犹鱼之有水。今吾与足下,虽才非古贤,而事同斯言。'"

〔四四〕《晋书·刘毅传》说:"毅至江陵,乃辄取江州兵及豫州西府文武万余,留而不遣。"罪刘、谢的诏中也说:"江州非复所统,而辄徙兵众,略取军资,驱斥旧戍,厚树亲党。西府二局,文武盈万,悉皆割留,曾无片言。"(见《刘毅传》)

〔四五〕《通鉴·晋纪》三十八说:"裕问毅府谘议参军申永曰:'今日何施而可?'永曰:'除其宿衅,倍其惠泽,贯叙门次,显擢才能,如此而已!'裕纳之。"

〔四六〕据《高僧传·慧远传》说慧远于苻秦建元九年,即苻丕寇襄阳时东下,以此推算,到义熙十三年(四一七)已四十余载。按苻丕寇襄阳,据《通鉴》是太元四年(三七九),以此推算,至远公死时约三十七八年。故知建元九年东下说不可靠,今定为太元四年。

〔四七〕张野《远法师铭》曰:"沙门释惠远,雁门楼烦人,本姓贾氏,世为冠族。……襄阳既没,振锡南游,结宇灵岳,自年六十,不复出山。……年八十三而终。"(《世说新语·文学》篇刘注引)

〔四八〕唐法照《净土五会念佛诵经观行仪》卷中说:"晋时,有庐山远大师与诸硕德及谢灵运、刘遗民一百二十三人,结誓于庐山,修念佛三昧,皆见西方极乐世界。"(《大正新修大藏经》卷八十五,页一二五五,敦煌本)唐迦才《净土论序》说:"上古之先匠远法师、谢灵运等,虽以金期西境,终是独善一身,后之学者,无所承习。"(《大正藏经》卷四十七,页八三)唐飞锡《念佛三昧宝王论》卷中说:"远公从佛陀跋陀罗三藏授念佛三昧,与弟慧持,高僧慧永,朝贤贵士,隐逸清信宗炳、张野、刘遗民、雷次宗、周续之、谢灵运、阙公则等一百二十三人,凿山为铭,誓生净土。"(《大正藏经》卷四十七,页一四〇)文谂少康《往生西方净土瑞应传》说:"有朝士谢灵运、高人刘遗民等,并弃世荣,同修净土,信士都有一百二十三人,于无量寿像前,建斋立誓,遗民著文赞诵。"(《大正藏经》卷五十一,页一〇四)

〔四九〕慧远等庐山立誓,通常说在太元十五年。《高僧传·慧远传》载刘遗民立誓愿文有"维岁在摄提格七月戊辰朔二十八日乙未"的话,依陈垣《二十史朔闰表》查对,太元十五年虽为寅年,而七月朔系丁未,元兴元年壬寅七月朔乃为戊辰,故定为元兴元年。

〔五〇〕《国清百录》卷二智者大师《述匡山寺书》说:"东林之寺,远自创般若、佛影二台,谢灵运穿凿流池三所,梁孝元构造重阁,庄严寺宇,即日宛然。"而《(晋)王答匡山书》亦有"慧远法师胜依结构,谢客梁元穿池重阁"的话(《大正藏经》卷四十六,页八〇五)。至于《佛祖统纪》卷三十六说:"谢灵运负才傲物,一见师肃然心服,为凿东西二池种白莲,因名白莲社。灵运尝求入社,师以其心杂止之。"(《大正藏经》卷四十九,页三四三)东拉西凑,显系附会,因穿池与种莲无必然的关系,池种白莲与立白莲社亦无必然的关系。

〔五一〕《佛影铭序》说:"道秉道人,远宣意旨,命余制铭,以充刊刻。"(见《广弘明集》卷十五)

〔五二〕《佛影铭》中有"法显道人,至自祇洹,具说佛影,偏为灵奇"的话,而法显系于义熙九年秋冬间到建康,则此铭当成于法显到宋都之后。

〔五三〕世俗相传,谓远公与十八高贤立白莲社,入社者百二十三人,外有不入社者三人,可考的有三十七人(参看志磐《佛祖统纪》卷十六)。单就这些人的生存年代看,就很有问题,如阙公则,据《法苑珠林》引《冥祥记》,说死于晋孝武帝时(三七三——三九六)。又如陆修静,据唐吴均《简寂先生陆君碑》,说他在元徽五年(四七七)羽化,年七十二,则修静生于晋义熙二年,远公死时,他不过十一二岁,庐山立誓时,他还没有出世呢。再如不入社三人中的范宁,据吴荣光《历代名人年谱》,说死于隆安五年(四〇一),恰好在立誓前的一年,不必等立誓就往生西天了。从这些白莲社的人物看来,老的太老,少的太少,乱拉杂凑的痕迹十分显著。白莲社的妄伪依托,即此一点已够说明。因此事与本传无多大关系,不作详细的考证了。

〔五四〕《高僧传·慧远传》说慧远卒于晋义熙十二年,八十三岁;《世说新语》注引张野《远法师铭》也说年八十三(文谂《往生西方净土瑞应传》同)。而谢灵运《远法师诔》(见《广弘明集》卷二十三),则说远公卒于义熙十三年八月六日,年八十四。因没有别的资料可资参证,不能断定哪一说对。

〔五五〕"仲冬"的"冬"字,可能是"秋"字之误。

〔五六〕灵运做世子左卫率的时间,《宋书》、《南史》本传都无记载,此据《晋书·谢玄传》。

〔五七〕灵运杀桂兴在哪一年,史无明文。《宋书·王弘传》列奏弹灵运事于迁尚书仆射后,据《宋书·武帝纪》,王弘为尚书仆射在义熙十四年六月;《晋书·谢玄传》说灵运"永(应作元)熙中,为刘裕世子左卫率",而《南史》、《宋书》本传"坐辄杀门生免官"一事,排列于"世子左卫率"之后,以此推考,当在元熙年间。

〔五八〕《宋书·王弘传》说:"奏弹谢灵运曰:'臣闻闲厥有家,垂训《大易》;作威专戮,致诫《周书》。斯典或违,刑兹无赦。世子左卫率、康乐县公谢灵运,力人桂兴淫其嬖妾,杀兴江涘,弃尸洪流。事发京畿,播闻遐迩。宜加重劾,肃正朝风。案世子左卫率、康乐县公谢灵运,过蒙恩奖,频叨荣授,闻礼知禁,为日已久,而不能防闲阃闱,致兹纷秽,罔顾宪轨,忿杀自由。此而勿治,典刑将替。请以见事免灵运所居官,上台削爵土,收付大理治罪。御史中丞都亭侯王淮之,显居要任,邦之司直,风声噂嗒,曾不弹举。若知而弗纠,则情法斯挠;如其不知,则尸昧已甚。岂可复预班清阶,式是国宪。请免所居官,以侯还散辈中。内台旧体,不得用风声举弹。此事彰赫,曝之朝野,执宪蔑闻,群司循旧,国典既颓,所亏者重。臣弘忝承人乏,位副朝端,若复谨守常科,则终莫之纠正。所以不敢拱默,自同秉彝。违旧之愆,伏须准裁。'高祖(刘裕)令曰:'灵运免官而已,余如奏。端右肃正风轨,诚副所期,岂拘常仪。自今为永制。'"(参看《宋书·王淮之传》、《南史·王弘传》)

〔五九〕《宋书·蔡廓传》说:"世子左卫率谢灵运辄杀人,御史中丞王淮之坐不纠免官。高祖以廓刚直不容邪枉,补御史中丞。"(《南史·蔡廓传》同)

〔六〇〕《宋书·武帝纪》:"诏曰:'晋氏封爵,咸随运改。至于德参微管,勋济苍生,爱人怀树,犹或勿翦,虽在异代,义无泯绝。降杀之仪,一依前典。可降始兴公封始兴县公,卢陵公封柴桑县公,各千户;始安公封荔浦县侯,长沙公封醴陵县侯,康乐公可即封县侯,各五百户,以奉晋故丞相王导、太傅谢安、大将军温峤、大司马陶侃、车骑将军谢玄之祀。其宣力义熙,豫同艰难者,一仍本秩,无所减降。"(《南史·宋本纪》、《通鉴·宋纪》所载略同)

〔六一〕《宋书·刘义真传》说:"高祖始践阼,义真意色不悦。

侍读博士蔡茂之问其故,义真曰:'安不忘危,休泰何可恃。'"

〔六二〕颜延之,《宋书》卷七十三、《南史》卷三十四有传,请参看。

〔六三〕慧琳,道渊弟子,本姓刘,秦郡秦县人,住建康冶城寺(事迹附见《高僧传》卷七《道渊传》)。他和谢家极有关系,是谢弘微的座上客(事见《宋书·谢弘微传》)。元嘉十年左右,他写了一篇《白黑论》(一名《均善论》,载《宋书》九十七《天竺迦毗黎国传》中)。当时的僧人都认为他贬黜释教,欲加摈斥;由于得到宋文帝的保护,才算没有事儿。慧琳是一个政治和尚,为宋文帝所信任,在元嘉时代是一个权要人物,势倾朝野。

〔六四〕少帝,名义符,小字车兵,刘裕长子。永初三年五月,即帝位。次年,改元景平元年(四二三)。二年五月廿五日,被废。六月廿四日,被杀于金昌亭。

〔六五〕《宋书·颜延之传》说:"出为始安太守,领军将军谢晦谓延之曰:'昔荀勖忌阮咸,斥为始平郡。今卿又为始安,可谓二始。'黄门郎殷景仁亦谓之曰:'所谓俗恶俊异,世疵文雅。'"

〔六六〕谢灵运赴永嘉郡的日脚,史书没有记载。他有一首诗,题为《永初三年七月十六日之郡初发都》,很明白地指出赴郡日期。诗中有"述职期阑暑,理棹变金素"的话,可知他本想于六月间赴任的,迟迟未行,到秋初才动身,至于为什么等待,就不可得知了。

〔六七〕方山,在今南京附近,是晋宋时代建康东面的一个水码头。《世说新语·方正》篇说:"阮光禄(裕)赴山陵,至都不往殷、刘许,过事便还。诸人相与追之,阮亦知时流必当逐己,乃遘疾而去,至方山不相及。"

〔六八〕《通鉴·晋纪》三十三说:"(孙)恩据会稽,自称征东将军,逼人士为官属,号其党曰'长生人'。民有不与之同者,戮及婴孩,死者什七八。醢诸县令以食其妻子,不肯食者辄支解之。所过掠财产,烧邑屋,焚仓廪,刊木烟井。"

〔六九〕《登池上楼》说:"徇禄及穷海,卧疴对空林。衾枕昧节候,褰开暂窥临。"空林是冬日的景象,可知他于永初三年冬卧病,到次年春天才好。

〔七〇〕现存的谢灵运的诗篇,以永嘉纪游之作为多。

〔七一〕谢灵运《辨宗论》载《广弘明集》卷十八(《大正藏经》第五十二卷)。谢灵运《答王卫军(即王弘,字休元)问辨宗论书》中,有"海峤岨回,披叙无期"的话;《辨宗论》又说:"余枕疾务寡,颇多暇日",可以说明它是灵运在永嘉时的作品。

〔七二〕谢灵运于《辨宗论》中提到"同游诸道人";在《答王卫军问辨宗论书》中,又有"幽僻无事,聊与同行道人共求其衷"的话,所说的诸道人,大概指与灵运问难的法勖、僧维、慧骥等(见《辨宗论》)。

〔七三〕《初去郡》诗说:"牵丝及元兴,解龟在景平。"按元兴为东晋安帝年号,元年为公元四〇二年,时灵运十八岁。景平元年为公元四二三年,灵运三十九岁,前后二十二载。《过始宁墅》说:"违志似如昨,二纪及兹年。"《之郡初发都》说:"从来渐二纪,始得傍归路。"所说都是相合的。

〔七四〕《初去郡》诗有"庐园当栖岩"的话。

〔七五〕《山居赋》说:"选自然之神丽,尽高栖之意得。"自注说:"余祖车骑,建大功淮肥,江左得免横流之祸。后及太傅既薨,建图已辍,于是便求解驾东归,以避君侧之乱。废兴隐显,当是贤达之心,故选神丽之所,以申高栖之意。经始山川,实基于此。"《述祖德诗》二也说:"贤相谢世运,远图因事止。高揖七州外,拂衣五湖里。随山疏浚潭,傍岩艺枌梓。遗情舍尘物,贞观丘壑美。"根据灵运自己所说的,虽不能相信谢玄在远图事止后,才积极地经营始宁墅,但它是谢玄手里开辟起来的,则无可置疑。

〔七六〕《山居赋》说:"其居也,左湖右江,往渚还汀,面山背阜,东阻西倾。"自注说:"'往渚还汀',谓四面有水;'面山背阜',亦谓东西有山。"

〔七七〕请参看《山居赋》"其居也左湖右江"一段及自注。

〔七八〕《水经注》说:"浦阳江自嶕山东北径太康湖,车骑将军谢玄田居所在,右滨长江,左傍连山,平陵修通,澄湖远镜。于江曲起楼,楼侧悉是桐梓,森耸可爱,居民号为桐亭楼。楼两面临江,尽升眺之趣,芦人渔子泛滥满焉。湖中筑路,东出趋山,路甚平直。山中有三精舍,高薨凌虚,垂檐带空,俯眺平林,烟杳在下,水陆宁晏,足为避地之乡矣!"郦道元这段话,颇能描出始宁墅的轮廓。

〔七九〕《南史·孔靖传》说:"灵符(靖子)家本丰富,产业甚广,又于永兴立墅,周回三十三里,水陆地二百六十五顷,含带二山,又有果园九处。"

〔八〇〕《山居赋》说:"若乃南北两居,水通陆阻。"自注说:"两居,谓南北两处,各有居止。峰崿阻绝,水道通耳。"

〔八一〕《山居赋》自注说:"南山,是开创卜居之处也。"在这一段自注里,有关于南山的详细描述,文繁不录,请参看。

〔八二〕《山居赋》说:"南山则夹渠二田,周岭三苑。"又说:"北山二园,南山三苑。"在这些苑囿中,种植着桃李杏栗等各种品种的果树,以及供欣赏的花木。

〔八三〕《山居赋》自注说:"茸室在宅里山之东麓。东窗瞩田,兼见江山之美。三间故谓之骈梁。门前一栋枕岘上,存江之岭(?),南对江上远岭。此二馆属望,殆无优劣也。"《田南树园》诗也说:"卜室倚北阜,启扉面南江。激涧代汲井,插槿当列墉。群木既罗户,众山亦对窗。靡迤趋下田,迢递瞰高峰。"可与《山居赋》所说的参看。

〔八四〕《宋书·谢晦传》说:"少帝既废,司空徐羡之录诏命,以晦行都督荆湘雍益宁南北秦七州诸军事、抚军将军、领护南蛮校尉、荆州刺史,欲令居外为援,虑太祖(刘义隆)至,或用别人,故遽有此授。精兵旧将悉以配之,器仗军资甚盛。"(《南史·谢晦传》略同)《南史·谢晦传论》说:"加以身处上流,兵权总己,将欲以外制内,岂人主所久堪乎?向令徐、傅不亡,道济居外,四权制命,力足相侔,刘氏之危则有逾累卵。"

〔八五〕宋元嘉十三年(四三六)三月,收檀道济付廷尉,诏中有

"谢灵运志凶辞丑,不臣显著,纳受邪说,每相容隐"的话。

〔八六〕《宋书·隐逸传·王弘之传》说:"始宁沃川有佳山水,弘之又依岩筑室。谢灵运、颜延之并相钦重。"(《南史·王弘之传》同;《太平御览》卷五○四引作"沈州",或误。)

〔八七〕《宋书·隐逸传·孔淳之传》说:"居会稽剡县,性好山水,每有所游,必穷其幽峻,或旬日忘归。"

〔八八〕《宋书·隐逸传·王弘之传》说:"灵运与庐陵王义真笺曰:'会境既丰山水,是以江左嘉遁,并多居之。但季世慕荣,幽栖者寡,或复才为时求,弗获从志。至若王弘之拂衣归耕,逾历三纪;孔淳之隐约穷岫,自始迄今;阮万龄辞事就闲,纂成先业;浙河之外,栖迟山泽,如斯而已。既远同羲唐,亦激贪厉竞。殿下爱素好古,常若布衣,每意昔闻,虚想岩穴。若遣一介,有以相存,真可谓千载盛美也。"(《南史·王弘之传》略同)《孔淳之传》又说:"元嘉初,复征为散骑侍郎,乃逃于上虞县界,家人莫知所之。"可见王弘之、孔淳之都是倾附刘义真的,在徐、傅当权执政时不敢出仕。

〔八九〕《高僧传》卷七《僧镜传》:"又东适上虞徐山。……陈郡谢灵运以德音致款。"(《大正藏经》卷五十)

〔九○〕《山居赋》说:"择良选奇,翦榛开径,寻石觅崖。四山周回,双流逶迤。面南岭,建经台;倚北阜,筑讲堂;傍危峰,立禅室;临浚流,列僧房。"大概是指石壁精舍。

〔九一〕《山居赋》这一名著,就是在这个时期写成的;诗篇更多,参看诗选目。

〔九二〕惠连,谢方明的儿子。《南史·谢惠连传》说:"灵运见其新文,每曰:'张华重生,不能易也。'"

〔九三〕这节根据《宋书》、《南史》本传。按惠连生于公元三九七年,这时已近三十岁,没有从何长瑜读书的道理,疑史书系年有误。

〔九四〕《宋书》本传说"书竟不就",大概是指全史说的。其实谢灵运《晋书》曾写成一部分,《隋书·经籍志》(二)说:"《晋书》三十六卷,宋临川内史谢灵运撰。"有著录可征。此书早佚,《太平御览》诸书有引文,兹辑于左,以见一斑。(一)《晋书·禅位表》曰:"夫唐虞内禅,无兵戈之事,故曰文德。汉晋外禅,有剪伐之事,故曰顺名。以名而言,安得不僣称以为禅代耶!"(《文选》卷四十九干令升《晋纪论晋武帝革命》李善注引)(二)谢灵运《论》曰:"世祖(司马炎)受命,祯祥屡臻。苛慝不作,万国欣戴。远至迩安,德足以彰。天启其运,民乐其功矣。反古之道,当以美事为先。今五等罔刑,并田王制,凡诸礼律,未能是正,而采择嫔媛不拘华门者。昔武王伐纣,归倾宫之女,不以助纣为虐。而世祖平皓,纳吴妓五千,是同皓之弊。妇人之封,六国乱政,如追赠外曾祖母,违古之道。凡此非事,并见前书,诚有点于徽猷,史氏所不敢蔽也。"(《太平御览》卷九十六,页七引)(三)《晋书》曰:"秦有太尉,掌兵。汉仍修之,或置或省。是故司马之官,主九伐之职。"(《太平御览》卷二百七,页四及《初学记》卷十一引)(四)《晋书》曰:"古者重武事,贵射御,取其捷御如仆,各置一人,尚书六人,谓之八座。参摄百揆,出纳王命,古元凯之任也。"(《太平御览》卷二百十一,页二及《初学记》卷十一引)(五)《晋书》曰:"汉官,尚书为中台,御史为宪台,谒者为外台,是谓三台。后汉蔡邕以侍御史转持书御史,迁尚书,三日之间,周历三台(上二十四字依《通典》卷二十四引补)。自汉罢御史大夫,而宪台犹置,以丞为台主,中丞是也。"(《太平御览》卷二百二十六,页一及《初学记》卷十二引)(六)《晋书》曰:"刘曜、王弥入于京都,焚烧宫庙,六宫幽辱。愍怀太子妃拔刀拒贼曰:'吾皇太子妃,义不为逆胡所污。'遂见害。"(《太平御览》卷四百三十九,页二引)(七)《晋书》曰:"元康二年,巴西界竹花紫色,结实如麦。"(《太平御览》卷九百六十二,页二及《初学记》卷二十八引)(八)《晋书》曰:"以其总掌禁中书记,谓之中书。"(九)《晋书》曰:"汉成帝已后,无复中书之职。"(均见《初学记》卷十一引)(十)《晋书》曰:"孝武节奢饰,禁绢扇。"(《初学记》卷二十五引,《北堂书钞》卷一百三十四及《白氏六帖》卷十四引略同)

〔九五〕《宋书·文帝纪》语。

〔九六〕参看《从游京口北固应诏》诗注。

〔九七〕《入东道路诗》有"整驾辞金门……属值清明节"的话,可以证明他是这年清明时节离京东归会稽的。

〔九八〕何长瑜,东海人。事迹见《宋书·谢灵运传》,说:"长瑜文才之美,亚于惠连,雍、璱之不及也。临川王义庆招集文士,长瑜自国侍郎至平西记室参军。尝于江陵寄书与宗人何勖,以韵语序义庆州府僚佐云:'陆展染鬓发,欲以媚侧室。青青不解久,星星行复出。'如此者五六句,而轻薄少年遂演而广之,凡厥人士,并为题目,皆加剧言苦句,其文流行。义庆大怒,白太祖,除为广州所统曾城令。及义庆薨,朝士诣第叙哀,何勖谓袁淑曰:'长瑜便可还也?'淑曰:'国新丧宗英,未宜便以流人为念。'庐陵王绍镇寻阳,以长瑜为南中郎行参军,掌书记之任。行至板桥,遇暴风溺死。"《隋书·经籍志》四有平南将军《何长瑜集》八卷。已佚。冯氏《诗纪》辑存《嘲府僚诗》、《离合诗》各一首。

〔九九〕荀雍,字道雍,颍川人,官至员外散骑郎。事迹附见《宋书·谢灵运传》(《南史》同)。《隋书·经籍志》四有宋员外郎《荀雍集》二卷,小字注曰:"梁四卷。"已佚。《旧唐书·经籍志》、《新唐书·艺文志》均著录,作《荀雍集》十卷。冯氏《诗纪》辑存《临川亭》诗一首。

〔一〇〇〕羊璿之,字曜璠,泰山人。做过临川内史,得到司空、竟陵王诞的厚遇,诞败,坐诛。事迹附见《宋书·谢灵运传》(《南史》同)。

〔一〇一〕《世说新语·言语》篇说:"谢灵运好戴曲柄笠,孔隐士(淳之)谓曰:'卿欲希心高远,何不能遗曲盖之貌?'谢答曰:'将不畏影者,未能忘怀。'"

〔一〇二〕语见《宋书·谢灵运传》,《南史·谢灵运传》、《太平御览》卷六九八(页三)引同。

〔一〇三〕此据《宋书·谢灵运传》。谢灵运《昙隆法师诔》中,有"缅念生平,同幽共深。相率经始,偕是登临。开石通涧,剔柯疏林。远眺重叠,近瞩岖嵚"。可以从他自己口里的话,证明此事不虚。

〔一〇四〕《宋书·蔡兴宗传》说:"会稽多诸豪右,不遵王宪。又幸臣近习,参半宫省,封略湖山,妨民害治。……王公妃主邸舍相望,桡乱在所,大为民患,子息滋长,督责无穷。"

〔一〇五〕孟𫖮,《晋书》、《宋书》无传,事迹附见《南史·谢灵运传》,说:"孟𫖮字彦重,平昌安丘人,卫将军昶弟也。昶、𫖮并美风姿,时人谓之双珠。昶贵盛,𫖮不就辟。昶死后,𫖮历侍中、仆射、太子詹事、散骑常侍、左光禄大夫。尝就徐羡之因叙关、洛中事,𫖮叹刘穆之终后便无继者,王弘亦在,甚不平,曰:'昔魏朝酷重张郃,谓不可一日无之。及郃死,何关兴废?'𫖮不悦,众宾笑而释之。后卒于会稽太守。"并参看《晋书》卷九十六《孟昶妻周氏传》。

〔一〇六〕《高僧传》卷十一《慧览传》说:"宋文请下都,止钟山定林寺。……吴兴沈演、平昌孟𫖮,并钦慕道德,为造禅室于寺。"(《大正藏经》第五十卷)

〔一〇七〕《高僧传》卷三《昙摩蜜多传》说:"会稽太守平昌孟𫖮,深信正法,以三宝为己任,素好禅味,敬心殷重。及临浙右,请与同游,乃于鄮县之山建立塔寺。"(《大正藏经》第五十卷)

〔一〇八〕《高僧传》卷七《超进传》说:"时平昌孟𫖮守在会稽,藉甚风猷,乃遣使迎接,安置山阴灵嘉寺。"(《大正藏经》第五十卷)

〔一〇九〕《高僧传》卷七《僧诠传》说:"平昌孟𫖮于余杭立方显寺,请诠居之。"(《大正藏经》第五十卷)

〔一一〇〕《高僧传》卷三《畺良耶舍传》说:"平昌孟顗承风钦敬,资给丰厚。顗出守会稽,固请不去。"(《大正藏经》第五十卷)

〔一一一〕梁僧祐《出三藏记集》卷九《华严经记》说:"《华严经》,以晋义熙十四年,岁次鹑火,三月十日,于扬州司空谢石所立道场寺,请天竺禅师佛度跋陀罗手执梵文,译胡为晋,沙门释法业亲从笔受。时吴郡内史孟顗、右卫将军褚叔度为檀越。至元熙二年六月十日出讫。"(《大正藏经》第五十五卷,页六一)

〔一一二〕"丈人",《宋书·谢灵运传》作"文人",从意义上看是错的,今依《南史·谢灵运传》。《太平御览》卷六五四引《宋书·谢灵运传》作"丈人",而卷四九八及元念常《佛祖历代通载》卷八(《大正藏经》第四十九卷,页五三五)所引均作"文人",大概是根据的本子不同。宋志磐《佛祖统纪》卷三十六引作"丈夫"(《大正藏经》第四十九卷,页三四三),显系错误。

〔一一三〕《酬从弟惠连》诗,有"寝瘵谢人徒"的话。《答范光禄书》说:"灵运脚诸疾,比春更甚忧虑。"可见灵运有肺痨、脚病诸疾。

〔一一四〕孟顗上表控告灵运有"异志"一事,《宋书》、《南史》都未注明事情发生的年月。按灵运于元嘉五年春归会稽,自陈表中,又有"臣自抱疾归山,于今三载"的话,故断为元嘉七年的事。

〔一一五〕硕法师《三论游意义》说:"竺道生师,涅槃未至汉地时,看六卷《泥洹》一阐提成佛。尔时国中诸大德云《泥洹》无言阐提成佛故,而生师独言阐提成佛,是故诸大德摈生师虎山五百里也。晋末,初宋元嘉七年,《涅槃》至阳(杨)州。尔时,里山慧观师

令唤生法师讲此经也。"(《大正藏经》第四十五卷,页一二二)

〔一一六〕《高僧传》卷七《慧严传》说:"《大涅槃经》初至宋土,文言致善,而品数疏简,初学难以措怀。严乃共慧观、谢灵运等,依《泥洹》本加之品目,文有过质,颇亦治改,始有数本流行。"(《大正藏经》第五十卷,页三六八)

〔一一七〕《高僧传》卷七《慧叡传》说:"陈郡谢灵运笃好佛理,殊俗之音多所达解,乃谘叡以经中诸字并众音异旨,于是著《十四音训叙》,条列梵汉,照然可了,使文字有据焉。"(《大正藏经》第五十卷,页三六七)

〔一一八〕唐元康《肇论疏》上说:"谢灵运文章秀发,超迈古今。如《涅槃》元来质朴,本言'手把脚蹈,得到彼岸',谢公改云:'运手动足,截流而度。'又如作诗云:'白云抱幽石,碧篠媚清涟。'又'云日相辉映,空水共澄鲜。'此复何由所及。"(《大正藏经》第四十五卷,页一六二)

〔一一九〕《大般涅槃经》,昙无谶译的四十卷本(北本)和慧严等改订的三十六卷本(南本),现均收入《大正藏经》第十二卷中。要知道这两个本子的异同,请参看。

〔一二〇〕灵运为临川内史的年月,《宋书》、《南史》等没有记载。按元嘉七年,灵运与慧严等共修《大般涅槃经》;他的《入彭蠡湖口》诗,有"春晚绿野秀"之句;《道路忆山中》诗,又有"含悲忘春暖"的话,以此推断,当为元嘉八年的春天。

〔一二一〕参看《初发石首城》注〔一〕。

〔一二二〕《初发石首城》诗的句子。

〔一二三〕此节内容,采自《初发石首城》、《道路忆山中》、《入彭蠡湖口》诸诗。

〔一二四〕《通鉴·宋纪》四宋元嘉十年,对灵运元嘉五年东归后的史实,有一段完整的叙述,中说:"是岁,司徒遣使随州从事郑望生收灵运。"可知司马光等认为此事在元嘉十年。但据《宋书·谢灵运传》所载的赵钦的供词,当在九年九月之前。

〔一二五〕刘悚《隋唐嘉话》下说:"晋谢灵运须美,临刑,施为南海祇洹寺维摩诘须。寺人保惜,初不亏损。中宗朝,安乐公主五日斗百草,欲广其物色,令驰驿取之,又恐为他人所得,因剪弃其余,遂绝。"(韦绚《刘宾客嘉话录》、曾慥《类说》卷二十六及卷五十四引同)

〔一二六〕《南史·檀道济传》说:"上将诛徐羡之等,召道济欲使西讨。王华曰:'不可。'上曰:'道济从人者也,曩非创谋,抚而使之,必将无虑。'"

〔一二七〕这两句话,《宋书》、《南史》、《晋书》所记,语气都不相同。《南史·谢灵运传》说:"我乃生瑍,瑍儿何为不及我!"《晋书·谢玄传》说:"瑍少不惠,而灵运文藻艳逸。玄尝称曰:'我尚生瑍,瑍那得不生灵运。'"(按灵运四岁时,谢玄即去世,灵运的以诗名世,他自然看不到。传中说"灵运文藻艳逸",是一句一般的说明句子,它虽排列在"玄尝称曰"的上面,但不表示时间的次序。)

〔一二八〕《南史·谢瞻传》说:"后因宴集,灵运问晦:'潘、陆与贾充优劣?'晦曰:'安仁谄于权门,士衡邀竞无已,并不能保身,自求多福。公闾勋名佐世,不得为并。'灵运曰:'安仁、士衡才为一时之冠,方之公闾,本自辽绝。'瞻敛容曰:'若处贵而能遗权,斯则是非不得而生,倾危无因而至。君子以明哲保身,其在此乎!'"《世说新语·品藻》篇又说:"谢遏诸人共道竹林优劣,谢公云:'先辈初不臧贬七贤。'"

〔一二九〕《世说新语·轻诋》篇说:"谢太傅谓子侄曰:'中郎(谢万)始是独有千载!'车骑(谢玄)曰:'中郎衿抱未虚,复那得独有?'"

〔一三〇〕《世说新语·文学》篇说:"谢公因子弟集聚,问:'《毛诗》何句最佳?'遏称曰:'昔我往矣,杨柳依依;今我来思,雨雪霏霏。'公曰:'"訏谟定命,远猷辰告。"谓此句偏有雅人深致!'"《言语》篇又说:"谢太傅寒雪日内集,与儿女讲论文义。俄而雪骤,公欣然曰:'白雪纷纷何所似?'兄子胡儿(谢朗)曰:'撒盐空中差可拟。'兄女(道蕴)曰:'未若柳絮因风起。'公大笑乐。即公大兄无奕女,左将军王凝之妻也。"

〔一三一〕《世说新语·文学》篇说:"林道人(支道林)诣谢公。东阳(谢朗)时始总角,新病起,体未堪劳;与林公讲论,遂至相苦。母王夫人在壁后听之,再遣信令还,而太傅留之。王夫人因自出云:'新妇少遭家难,一生所寄,唯在此儿!'因流涕抱儿以归。谢公语同坐曰:'家嫂辞情忼慨,致可传述,恨不使朝士见。'"又说:"谢车骑(玄)在安西(谢奕)艰中,林道人往就语,将夕乃退。有人道上见者,问云:'公何处来?'答云:'今日与谢孝剧谈一出来!'"

〔一三二〕《文选人名录》说:"谢灵运幼而聪慧,善属文,举笔立成。文章之盛,独绝当时。"(《太平御览》卷六〇二引)但也有不同的说法,《南史·颜延之传》说:"延之与陈郡谢灵运俱以辞采齐名,而迟速县绝。文帝尝各敕拟乐府《北上篇》。(北,《太平御览》卷五八六,页四引作'比'。)延之受诏便成,灵运久之乃就。"

〔一三三〕《高僧传》卷七《僧苞传》说:"时王弘、范泰闻苞论议,叹其才思,请与交言。仍屈住祇洹寺,开讲众经,法化相续。陈郡谢灵运闻风而造焉,及见苞神气,弥深叹服。或问曰:'谢公何如?'苞曰:'灵运才有余而识不足,抑不免其身矣!'"(《大正藏经》第五十卷,页三六九)

〔一三四〕张怀瓘《书断》卷中说:"谢安……学草正于右军。右军云:'卿是解书者,然知解书者尤难。'安石尤善行书,亦犹卫洗马风流名士,海内所瞻。王僧虔云:谢安得入能书品录也。安石隶行草入妙。兄尚,字仁祖;弟万,字万石,并工书。"(唐张彦远《法书要录》卷八引)

〔一三五〕谢道蕴,无奕女,谢玄妹。他的书法,唐李嗣真《书后品》评为中下品,与谢灵运同品(见《法书要录》卷三引)。窦臮《述书赋》说:"后见三谢两张,连辉并俊。若夫小王风范骨秀,灵运快利不拘,威仪或摈,犹飞湍激矢,电注雷震。方明宽和,隐媚且润,如幽闲女德,礼教士胤。"(见《法书要录》卷五引)

〔一三六〕语见注〔二〕。灵运书法,梁庾肩吾《书品论》列于下

之上。(见《法书要录》卷二引)

〔一三七〕《法书要录》卷八引张怀瓘《书断》中谢灵运条引王僧虔语略同。

〔一三八〕《南史·谢瞻传》说:"与从叔混、族弟灵运俱有盛名。尝作《喜霁诗》,灵运写之,混咏之。王弘在坐,以为三绝。"

〔一三九〕张彦远《历代名画记》卷三记两京外州寺观画壁说:"会昌五年,武宗毁天下寺塔……先是宰相李德裕镇浙西,创立甘露寺,唯甘露不毁。取管内诸寺画壁置于寺内。大约有:……谢灵运菩萨六壁,在天王堂外壁。"可见谢灵运这六幅壁画,原不在甘露寺,系从他寺移来。

〔一四〇〕语见《高僧传》卷七《慧严传》(《太平御览》卷六五三,页四引同)。

〔一四一〕《世说新语·文学》篇说:"谢安年少时,请阮光禄(裕)道《白马论》。为论以示谢,于时谢不即解阮语,重相咨尽。阮乃叹曰:'非但能言人不可得,正索解人亦不可得。'"

〔一四二〕《世说新语·文学》篇说:"司马太傅(孚)问谢车骑(玄):'惠子其书五车,何以无一言入玄?'谢曰:'故当是其妙处不传。'"

〔一四三〕《太平御览》卷六一七引《宋书》说:"谢灵运辩博,辞义锋起。王惠尝与之谈,时然后言。时荀伯子在座,退而告人曰:'灵运固自萧散,直上王郎,有如万顷陂焉!'"

〔一四四〕《世说新语·文学》篇刘注引《中兴书》曰:"(谢)朗博

涉有逸才,善言玄理。"《南史·谢几卿传》说:"年十二,召补国子生。齐文慧太子自临策试,谓王俭曰:'几卿本长玄理,今可以经义访之。'俭承旨发问,几卿辩释无滞,文慧大称赏焉。"

〔一四五〕《文选》卷五十九王简栖《头陀寺碑文》李善注说:"谢灵运《金刚般若经注》曰:'诸法性空,理无乖异,谓之为如会如解,故名如来。'"《广弘明集》卷二十二唐李俨《金刚般若经集注序》:"秦世罗什、晋室谢灵运、隋代昙琛、皇朝慧净法师等,并器业韶茂,博雅洽闻,耽味兹典,俱为注释,研考秘赜,咸骋异义。"(《大正藏经》第五十二卷,页二六〇)

〔一四六〕慧达《肇论序》说:"清信檀越谢灵运等八百许人。"(《大正藏经》第四十五卷,页一五〇)

〔一四七〕《宋书》九十七《天竺迦毗黎国传》说:"宋世名僧有道生,……及长有异解,立顿悟义,时人推服之。"陆澄《法论目录》说:"沙门竺道生执顿悟,谢康乐灵运《辩宗》述顿悟。"(梁僧祐《出三藏记集》引,《大正藏经》第五十五卷)慧达《肇论疏》也说:"谢康乐灵运《辩宗》,述生师顿悟也。"由此可知顿悟说是道生的创见,而为灵运所发扬。现在,道生的论文已佚,灵运此论是研究顿悟说的最好材料。(《涅槃集解》卷一引道生序文的话,也可略见其旨。)

〔一四八〕参看注〔九四〕。《梁书》卷五十二《止足传》说:"谢灵运《晋书·止足传》,先论晋世文士之避乱者,殆非其人,唯阮思旷遗荣好遁,远殆辱矣。"于此可见谢灵运《晋书》有《止足传》。刘知幾《史通》卷四《论赞篇》说:"谢灵运之虚张高论,玉卮无当,曾何足云。"于此可见谢灵运《晋书》开元初尚存,子玄曾看到过。

〔一四九〕现在的《游名山志》,是从《文选》李善注、《太平御览》中辑出的辑本。张溥《汉魏六朝百三名家集》本《谢康乐集》中《游名山志》,辑得很不完备,《文选》注所引的七条,未全录出;《太平御览》引的十四条,一条也没有收入。兹将《太平御览》中所引的抄录于此,以见一斑。(一)《游名山志》曰:"吹台有高桐皆百围,峄阳孤桐方此为劣。"(《太平御览》卷九五六,页四引)(二)《游名山志》曰:"楼石山多支子也。"(《太平御览》卷九五九,页七引)(三)《游名山志》曰:"楼石山多章枕,皆为三四五围。"(《太平御览》卷九六〇,页四引)(四)谢灵运《游名山志》曰:"新溪蛎味偏甘,有过紫溪者。"(《太平御览》卷九四二,页四引)(五)《游名山志》曰:"赤岩山水石之间,唯有甘蕉林,高者十丈。"(《太平御览》卷九七五,页二引)(六)《游名山志》曰:"泉山竹际及金州多麦门冬。"(《太平御览》九八九,页一)(七)《游名山志》:"名室药多黄精。"(《太平御览》卷九八九,页五)(八)《游名山志》曰:"横山诸小草多芎䓖。"(《太平御览》卷九九〇,页六)(九)《游名山志》曰:"横阳诸山,草多恒山。"(《太平御览》卷九九二,页三)(一〇)《游名山志》曰:"泉山多牡丹。"(《太平御览》卷九九二,页六)(一一)《游名山志》曰:"石室紫苑。"(《太平御览》卷九九三,页五引)(一二)《游名山志》曰:"龙须草唯东阳、永嘉有。永嘉有缙云堂,意者谓鼎湖攀龙须时有坠落,化而为草,故有龙须之称。"(《太平御览》卷九九四,页六引)(一三)《游名山志》曰:"石簣山绿崖而上,高百许丈,里悉青苔,无别草木。"(《太平御览》卷一〇〇〇,页三引)(一四)《游名山记》曰:"芙蓉山有异鸟,爱形顾影不自藏,故为罗者所得,人谓鸧鸹。"(《太平御览》卷九二八,页二引)

图书在版编目(CIP)数据

谢灵运诗选/叶笑雪选注. —上海：复旦大学出版社,2024.10
(卿云古典选刊)
ISBN 978-7-309-17351-2

Ⅰ.①谢… Ⅱ.①叶… Ⅲ.①古典诗歌-诗集-中国-南朝时代 Ⅳ.①I222.739.1

中国国家版本馆CIP数据核字(2024)第061648号

谢灵运诗选
叶笑雪　选注
封面题签:潘伯鹰
责任编辑:宋文涛

复旦大学出版社有限公司出版发行
上海市国权路579号　邮编:200433
网址:fupnet@fudanpress.com　http://www.fudanpress.com
门市零售:86-21-65102580　团体订购:86-21-65104505
出版部电话:86-21-65642845
浙江新华数码印务有限公司

开本890毫米×1240毫米　1/32　印张8.375　字数152千字
2024年10月第1版
2024年10月第1版第1次印刷

ISBN 978-7-309-17351-2/I·1397
定价:68.00元

如有印装质量问题,请向复旦大学出版社有限公司出版部调换。
版权所有　侵权必究